SANDRA DÜNSCHEDE
Knochentanz

SANDRA DÜNSCHEDE
Knochentanz
Kriminalroman

Bisherige Veröffentlichungen im Gmeiner-Verlag:
Friesenschrei (2015), Friesenlüge (2014), Friesenkinder (2013), Nordfeuer (2012), Todeswatt (2010), Friesenrache (2009), Solomord (2008), Nordmord (2007), Deichgrab (2006)

Personen und Handlung sind frei erfunden.
Ähnlichkeiten mit lebenden oder toten Personen
sind rein zufällig und nicht beabsichtigt.

Besuchen Sie uns im Internet:
www.gmeiner-verlag.de

© 2015 – Gmeiner-Verlag GmbH
Im Ehnried 5, 88605 Meßkirch
Telefon 0 75 75 / 20 95 - 0
info@gmeiner-verlag.de
Alle Rechte vorbehalten
1. Auflage 2015

Lektorat: Claudia Senghaas, Kirchardt
Herstellung: Julia Franze
Umschlaggestaltung: U.O.R.G. Lutz Eberle, Stuttgart
unter Verwendung eines Fotos von: © Carolin Weinkopf / photocase.de
Druck: GGP Media GmbH, Pößneck
Printed in Germany
ISBN 978-3-8392-1744-3

Für Erika,
die den Stein ins Rollen brachte ...

§ 168 Störung der Totenruhe

(1) Wer unbefugt aus dem Gewahrsam des Berechtigten den Körper oder Teile des Körpers eines verstorbenen Menschen, eine tote Leibesfrucht, Teile einer solchen oder die Asche eines verstorbenen Menschen wegnimmt oder wer daran beschimpfenden Unfug verübt, wird mit Freiheitsstrafe bis zu drei Jahren oder mit Geldstrafe bestraft.

(2) Ebenso wird bestraft, wer eine Aufbahrungsstätte, Beisetzungsstätte oder öffentliche Totengedenkstätte zerstört oder beschädigt oder wer dort beschimpfenden Unfug verübt.

(3) Der Versuch ist strafbar.

Strafgesetzbuch (StGB)

1. KAPITEL

»Hm.« Polizeihauptkommissar Ladwig kratzte sich am Kinn, während er auf die geöffneten Ladetüren des Transporters blickte.

Der Kastenwagen war auf regennasser Straße augenscheinlich ins Schlingern geraten und beinahe ungebremst frontal gegen einen Baum gekracht. Ladwig war aus dem Kommissariat Niendorf zeitgleich mit dem ebenfalls verständigten Rettungswagen am Unfallort eingetroffen. Die Notärztin hatte versucht, den Fahrer zu reanimieren. Doch vergeblich. Der Mann war noch vor Ort verstorben.

Kommissar Ladwig hatte mit seinen Leuten die Unfallstelle abgesichert und den Verkehrsunfalldienst informiert. Der war kurze Zeit später aus der Stresemannstraße angerückt, ebenso wie ein Sachverständiger von der DEKRA. Während die Kollegen die Spuren gesichert und den Unfallverlauf rekonstruiert hatten, war Ladwig zurück zu seinem Einsatzwagen gegangen und hatte den Abschleppdienst gerufen. Die Nacht war ungemütlich und er wollte schnell zurück ins Warme. Ähnlich schien es den Kollegen zu ergehen, denn schon bald hatte man mit der Räumung der Unfallstelle beginnen wollen – dabei aber eine grausige Entdeckung gemacht.

Ladwig trat näher an die Heckklappe des Transporters. Er fröstelte, und das nicht nur aufgrund des nasskalten Wetters. Ein leicht süßlicher Geruch wehte ihm entgegen, als er die Klappe ganz öffnete, um sich einen besseren Überblick zu verschaffen. Seine Augen streiften die bleichen Körper, die dicht gedrängt auf der Ladefläche lagen. Er spürte, wie Übelkeit ihn zu überwältigen drohte, und wandte sich ab.

»Ist der Wagen auf ein Bestattungsinstitut zugelassen?«, fragte er seinen Mitarbeiter, den er angewiesen hatte, den Halter des Fahrzeugs zu ermitteln. Der junge Beamte schüttelte stumm seinen blassen Kopf. »Hätte ich mir auch nicht vorstellen können«, murmelte Ladwig vor sich hin. Welches seriöse Unternehmen transportierte auf diese Weise schon die sterblichen Überreste seiner Kunden? Wieso aber befanden sich die Leichen in dem Wagen? Wieder kratzte er sich am Kinn, während er noch einmal in den Transporter blickte.

»Der Fahrer ist nicht hier gemeldet«, erklärte ein weiterer Polizist, der plötzlich wie aus dem Nichts neben dem Hauptkommissar auftauchte. »Rumäne mit Wohnsitz in Slobozia.« Er folgte Ladwigs Blick. »Ist das Blut?« Der Kollege deutete auf einen der toten Körper.

»Nicht unwahrscheinlich, oder?«, grummelte Ladwig, der eine Menge Arbeit auf sich zukommen sah. Alleine der Bericht. Was sollte er da schreiben?

»Aber Tote bluten doch nicht mehr, oder?« Der Beamte reckte seinen Kopf in die Höhe, während Ladwig überlegte, was als Nächstes zu tun war. Sie mussten die Unfallstelle räumen, aber wohin mit den Leichen? »Das ist doch eine Schussverletzung!« Der andere Polizist hatte sich weit vorgelehnt, um besser in das Innere des Wagens blicken zu können. »Und die ist frisch, oder?« Ohne Ladwigs Antwort abzuwarten, kletterte der Mann auf die Ladefläche und bemühte sich, Platz zwischen den Leichen zu finden.

Seit dieser Mitarbeiter in das Team gekommen war, zeichnete er sich vor allem durch unüberlegten Übereifer aus. Schon so einige Male war er über das Ziel hinausgeschossen, aber in diesem Fall war Ladwig dankbar über das Vorpreschen des Polizisten. »Dann rufe ich am besten die Mordkommission!«, atmete er erleichtert auf.

2. KAPITEL

Peer Nielsen drehte sich stöhnend in seinem Bett herum. Er wollte nicht aufwachen. Mit aller Gewalt versuchte er, den Traum festzuhalten. Zu schön war die Frau, die neben ihm am Strand lag und die ihn gerade mit einem verführerischen Lächeln gebeten hatte, ihren Rücken mit Sonnenmilch einzucremen. Er spürte ihre weiche, samtige Haut unter seinen Händen, doch ein penetrantes Piepsen machte ihm klar, dass dies nur ein weiches Jerseybettlaken war, über das seine Finger zärtlich strichen. »Verdammt«, zischte er und angelte noch schlaftrunken nach seinem Handy auf dem Nachttisch.

»Nielsen.« Er hielt die Augen geschlossen, während ihm eine Stimme am anderen Ende der Leitung etwas von einem Unfall mit fünf Leichen erzählte. »Und?« Was hatte er mit Unfallopfern am Hut?

»Das sind keine Unfallopfer. Einer der Männer weist eine Schussverletzung auf!«

Noch immer verstand Peer die Zusammenhänge nicht, aber da er Rufbereitschaft hatte, blieb ihm wohl nichts anderes übrig, als sich das anzuschauen. »Gut, ich komme«, seufzte er daher ins Telefon und zog dabei die Bettdecke über den Kopf. Einen kurzen Augenblick gab er sich dem Gedanken hin, einfach weiterschlafen zu können. Das Trommeln des Regens auf den Dachfenstern ließ ihn zusätzlich zögern. Bei diesem Wetter schickte man doch keinen Hund auf die Straße, und er sollte sein warmes Bett verlassen, nur weil es auf dem Ring 3 einen Unfall gegeben hatte, für den er wahrscheinlich noch nicht einmal zuständig war? Verdammt. Nielsen schlug die Decke zurück und setzte sich auf. Es nützte nichts, das war nun einmal sein Job. Stöhnend erhob er sich und tapste in die Küche. Für einen Kaffee blieb ihm zwar keine Zeit – aber ein Energiedrink tat's auch. Während er in seine Jeans und einen Pullover schlüpfte, stürzte er die kalte Flüssigkeit zum Wachwerden hinunter. Dann riss er seine Jacke vom Garderobenhaken, griff nach den Autoschlüsseln und zog die Tür seiner kleinen Dachgeschosswohnung hinter sich zu.

Sein Auto stand zum Glück direkt vor dem Haus. Mit wenigen schnellen Schritten hatte er es erreicht und stieg ein. Er startete den Motor und drehte beinahe zeitgleich den Regler der Heizung hoch. Sein noch bettwarmer Körper gewöhnte sich nur langsam und äußerst schmerzlich an die nasskalte Umgebung. Zum Glück verfügte der Kombi über eine Sitzheizung, die Peer auf der höchsten Stufe anschaltete. Noch einmal seufzte er, ehe er den Gang einlegte und Gas gab.

Um diese Zeit waren die Straßen beinahe leer, daher sparte er sich das Blaulicht, ohne das er tagsüber niemals so schnell vorangekommen wäre. Nur wenige Minuten und er sah bereits die abgesperrte Unfallstelle auf dem Ring 3. Nielsen hielt am Straßenrand und stieg aus. Regen schlug ihm ins Gesicht und noch einmal verfluchte er innerlich seinen Job, Petrus und Tief »Mathilda« oder wer auch immer dafür verantwortlich war, dass er in Nullkommanichts bis auf die Haut durchnässt war und wie ein Schneider fror. Er blickte sich um und sah einen jungen Beamten auf sich zustürmen. »Kommen Sie! Hier!« Der Polizist winkte ihm zu. Peer nickte und hielt Ausschau nach seinem Mitarbeiter, aber Michael Boateng schien noch nicht vor Ort zu sein. Seltsam, fand Nielsen und eilte durch den Regen zur Unfallstelle.

Der Kastenwagen sah übel zugerichtet aus. Kein Wunder, dass der Fahrer nicht überlebt hatte. Peer kam gerade hinzu, als die Männer vom Bestattungsunternehmen das Unfallopfer in einen Metallsarg legten. Weiter hinten am Straßenrand sah er weitere Leichenwagen.

Neben dem Transporter, im Schutz des Baumes stand ein anderer Polizist und rauchte. »Nielsen, Mordkommission«, rief er dem Mann zu. Der nickte lediglich und wies mit seiner glühenden Zigarette auf den Kastenwagen. Peer wandte sich irritiert um und ging zum Heck. Die Beamten hatten inzwischen einen Scheinwerfer auf die Ladefläche gerichtet, sodass die bleichen Körper ihm quasi entgegenstrahlten. Trotzdem konnte er kaum glauben, was er sah.

»Wo kommen die denn her?«

»Das wüssten wir auch gerne.«

Der rauchende Polizist war neben ihn getreten. »Ladwig, PK 24«, stellte er sich endlich vor. Der Kollege schien reichlich mitgenommen von dem grausigen Fund

und auch Peer musste schlucken, ehe er seinen Blick erneut auf die Leichen richtete.

»Einer der Toten weist eine recht frische Schussverletzung auf. Deshalb haben wir Sie gerufen«, erklärte Ladwig, während Peer versuchte, das Bild vor sich auf der Ladefläche irgendwie zu verarbeiten. Er hatte zwar in seiner Laufbahn schon etliche Leichen gesehen – zum Teil stark verwest oder entstellt, aber so viele tote Menschen auf einem Haufen waren ihm noch nicht begegnet.

»'Tschuldigung, Chef, ging nicht schneller«, näherte sich Michael Boateng keuchend. In der Dunkelheit war der Schwarzafrikaner kaum auszumachen. »Mein Wagen ist nicht ... Mein Gott, was ist das denn?« Sprachlos und mit weit aufgerissenen Augen drängte sich Boateng zwischen Nielsen und Ladwig.

»Keine Ahnung«, presste Peer hervor und wollte sich auf die Ladefläche schwingen. Sein erster Versuch scheiterte, da er mit den nassen Sohlen seiner Schuhe am Rand abrutschte. Beim zweiten Mal aber fand er Halt und stand plötzlich zwischen den Leichen. Ein leicht süßlich modriger Geruch stieg ihm in die Nase und er musste sich anstrengen, um die aufsteigende Übelkeit zu unterdrücken.

»Hat jemand mal Handschuhe?«

Boateng war im Gegensatz zu seinem Chef wie immer bestens ausgerüstet und zog aus seiner wetterfesten Goretex-Jacke ein Paar Latexhandschuhe. »Bitte!«

Peer nickte schweigend und kniete sich zwischen die Toten. Die Übelkeit lauerte nach wie vor gleich hinter seinem Kehlkopf, sodass er kaum zu schlucken wagte. Auch seine Atmung beschränkte er auf ein Minimum, denn auf der Ladefläche war der Leichengeruch um ein Vielfaches intensiver.

Vorsichtig drehte er den obersten Körper ein Stück zu sich. Die Leichenstarre schien erst einzusetzen, lange konnte der Mann also noch nicht tot sein. Auf der bleichen Brust war deutlich die Schusswunde zu erkennen, wegen der man ihn gerufen hatte.

Die anderen Toten schienen allerdings keine Verletzungen aufzuweisen. Jedenfalls nicht auf den ersten Blick. Das würde erst eine Obduktion zeigen.

»Die Spurensicherung soll sich das anschauen und anschließend müssen die Leichen in die Rechtsmedizin«, sagte Nielsen zu Boateng und sprang von der Ladefläche.

»Geht klar, ich kümmere mich.«

»Wer hat den Unfall eigentlich gemeldet?«, wandte sich Peer an Ladwig. Der zog bereits an einer weiteren Zigarette, die er nun jedoch auf den Boden warf und austrat. Mit fahrigen Fingern nestelte er an seiner Jacke und holte sein Merkbuch hervor. »Eine gewisse Klara Vossen«, las Ladwig vor, als er die entsprechende Seite gefunden hatte. »Wir haben die Dame befragt, aber sie hat den Unfall nicht gesehen. Ist vorbeigekommen, nachdem der Wagen den Baum bereits gerammt hatte.«

»Ich möchte trotzdem ihre Personalien«, forderte Peer. »Gab es weitere Zeugen?«

Kommissar Ladwig zuckte mit den Schultern. »Uns sind keine bekannt.«

Nielsen blickte sich um. Viel Verkehr gab es um diese Zeit nicht; schon gar nicht bei dem Wetter. Gut möglich, dass niemand den Unfall beobachtet hatte. »Und der Halter des Fahrzeuges?«

»Kleinunternehmer aus Altona. Haben wir aber bisher noch nicht erreichen können.«

3. KAPITEL

»Und ihr habt keine Ahnung, woher diese Leichen kommen?« Gerhard Fritsche, Peers Chef, blickte ihn mehr als erstaunt an.

Nielsen war direkt vom Einsatzort ins Präsidium gefahren und hatte eine Besprechung, die er für 9 Uhr ansetzte, vorbereitet. Nun saß das gesamte Team inklusive seinem Vorgesetzten in großer Runde zusammen und alle schauten ziemlich ratlos aus der Wäsche. Solch einen Fall hatte es in Hamburg noch nicht gegeben – jedenfalls nicht, soweit sich die Anwesenden erinnern konnten.

Peer schüttelte den Kopf. »Dafür haben wir die Adresse der Zeugin. Du, Boateng«, nickte er seinem Mitarbeiter zu, »fährst gleich nachher zu ihr und befragst sie noch einmal. Nimm Jens mit«, bestimmte er.

»Und was ist mit dem Wagen?«, fragte Fritsche.

»Ist bei der Spusi.«

»Das meine ich nicht.«

Peer wusste ganz genau, worauf sein Chef hinauswollte. Schließlich war er schon einige Jahre Leiter einer Mordbereitschaft. Doch den Kleinunternehmer aus Altona wollte er selbst unter die Lupe nehmen. Vorher musste er allerdings in die Rechtsmedizin. Die Leichen vom Ring 3 hatten erste Priorität, daher war die Untersuchung gleich heute Vormittag angesetzt.

»Also, Lutz, du verfasst noch einen Zeugenaufruf für die Presseabteilung und Carsten, du gehst bitte mal die Vermisstenmeldungen der letzten Monate durch. Vielleicht finden wir da einen Ansatzpunkt«, verteilte er weitere Aufgaben an sein Team und überging dadurch die Frage seines Vorgesetzten. »Also, an die Arbeit!«

»Mann, wie viele kommen denn noch?«, wunderte sich Dr. Choui, der gerade wichtige Dokumente zur Abholung durch einen Kurier am Empfang des Rechtsmedizinischen Institutes abgab. Natürlich war er über den Unfall auf dem Ring 3 informiert, trotzdem erstaunte ihn die Anzahl der Toten, die am Seiteneingang des Instituts zur Untersuchung angeliefert wurden. Da kam eine Menge Arbeit auf ihn und seine Mitarbeiter zu. Die Lehrveranstaltung am Nachmittag würde er wohl absagen müssen. Er informierte rasch seine Sekretärin und ging anschließend gleich hinunter in den Keller. Zunächst wollte er sich einmal einen Überblick verschaffen, ehe er die Arbeit aufteilte.

»So, das ist die Letzte«, verkündete der Bestattungsunternehmer und ließ sich den Empfang der sechs Leichen von Dr. Choui quittieren. »Das muss ja ein heftiger Unfall gewesen sein, bei so vielen Toten.«

Der Mann im dunklen Anzug nickte. »Schon, aber fünf waren ja schon tot.«

»Waren schon tot?« Der Rechtsmediziner reichte dem Bestattungsunternehmer mit verwirrter Miene die unterschriebenen Papiere zurück.

Der nickte. »Lagen hinten auf der Ladefläche des verunfallten Transporters.«

Das roch nach einem spektakulären Fall und Dr. Choui liebte solche Fälle. Sofort machte er sich daran, den ersten Leichensack zu öffnen. Langsam legte er den bleichen Körper frei. »Nanu«, entfuhr es ihm, »den kenne ich!«

Peer hatte nur noch seine Jacke und die Autoschlüssel aus seinem Büro geholt und war schnell aus dem Polizeipräsidium verschwunden. Im Grunde genommen hatte er es nicht eilig, in die Rechtsmedizin zu kommen, aber der Sinn stand ihm an diesem Morgen auch nicht nach weiteren Fragen seines Chefs. Der meinte es wahrscheinlich nur gut und grundsätzlich pflegten die beiden ein sehr freundschaftliches Verhältnis, schließlich hatte Gerhard Fritsche sich stets für Peer eingesetzt und seine Karriere vorangetrieben. In letzter Zeit jedoch empfand Nielsen die beinahe väterliche Fürsorge ein wenig lästig und er ging seinem Chef daher so weit wie möglich aus dem Weg.

Er lenkte den Wagen durch den dichten Verkehr Richtung Eppendorf. In einer Seitenstraße, in der es wie in einer gewöhnlichen ruhigen Wohngegend aussah, befand sich das Rechtsmedizinische Institut.

»Moin!«, grüßte er flüchtig die Dame am Empfang, die ihm die Tür geöffnet hatte und mitteilte, dass Dr. Choui sich bereits im Keller befand.

Peer schluckte. Nicht mal eine kleine Gnadenfrist war

ihm vergönnt. Er öffnete die Tür zum Untergeschoss und versuchte, das beklemmende Gefühl, das ihm jedes Mal, wenn er diese Stufen hinabstieg, beinahe den Atem nahm, zu ignorieren.

Er hatte die Leichen doch bereits am Unfallort gesehen, versuchte er sich zu beruhigen. Außerdem war das nicht seine erste Obduktion. Schon des Öfteren war Peer bei einer Leichenöffnung dabei gewesen. Trotzdem würde er sich nie daran gewöhnen und das spürte er auch heute, als er sich mit flatterigen Fingern einen der grünen Kittel zuband.

Bereits hier in dem kleinen Raum neben dem Zutritt zum Obduktionsbereich hörte er, dass in dem Institut Hochbetrieb herrschte. Stimmen hallten durch die gekachelten Kellerräume. Das scheppernde Rattern der Bahren drang an sein Ohr. Langsam griff er nach ein paar Schutzüberziehern für seine Schuhe, streifte sie über und holte ein letztes Mal tief Luft, ehe er um die Ecke bog. Die Plastikschoner raschelten unter seinen Sohlen, während er den Gang hinunter in Richtung der Kühlfächer ging. Direkt davor lag der Raum, in dem die Leichen angeliefert wurden und in dem Dr. Choui gerade eine erste äußere Leichenschau an dem Mann mit der Schussverletzung durchführte. Als der Rechtsmediziner ihn sah, hielt er kurz inne.

»Guten Tag, Kommissar Nielsen! Na, da haben Sie mir ja reichlich Arbeit beschert.«

Peer schluckte, konnte seinen Blick aber nicht von dem inzwischen beinahe komplett erstarrten Körper wenden. »Können Sie denn schon etwas sagen?«, fragte er, obwohl er wusste, dass sich Dr. Choui meist sehr bedeckt hielt, ehe die Untersuchungen nicht vollständig abgeschlossen waren.

»Ja.«

»Ja?« Peer glaubte, sich verhört zu haben, und schaffte es endlich, sich vom Anblick der Leiche zu lösen.

Der Mediziner nickte. »Einer von denen war schon mal hier.«

»Hören Sie, Ihr Vater ist ein erwachsener Mann. Wenn er nicht suizidgefährdet ist oder sonst ein außergewöhnlicher Umstand vorliegt, können wir nicht einfach nach ihm suchen.« Kommissar Franke schaute die junge Frau am Empfang des PK25 in Bahrenfeld eindringlich an. Er verstand ja, dass sie sich Sorgen um ihren Vater machte, weil er sich zwei Tage lang nicht bei ihr gemeldet hatte, aber er hatte bei Weitem nicht genügend Personal, um nach jedem zu suchen, der für ein paar Tage mal von der Bildfläche verschwand.

»Aber zu Hause ist er auch nicht.« Die Tochter sah ihn aus tränenfeuchten Augen an. Sie war eine attraktive Frau, sah sehr gepflegt aus und machte auf ihn einen intelligenten Eindruck. Keiner dieser Fälle, bei denen sich Leute aufgrund ihres Alkoholpegels in die Haare bekamen, gegenseitig aufeinander losgingen und dann, wenn einer die Flucht ergriffen hatte, hier aufschlugen, um eine Vermisstenanzeige aufzugeben. »Vielleicht besucht er jemanden?« Franke konnte sich Hunderte von Gründen vorstellen, warum jemand nicht zu Hause war. »Oder er ist verreist?«

Die Rothaarige schüttelte ihren Lockenkopf. »Doch nicht, ohne mir Bescheid zu geben. Und auf der Arbeit hat er sich auch nicht gemeldet.«

Franke musste zugeben, dass der Fall seltsam klang, dennoch konnte er der Frau nicht helfen. »Haben Sie denn die Freunde Ihres Vaters schon alle angerufen? Vielleicht weiß da jemand was? Oder Sie versuchen es mal in den Krankenhäusern.« Er wusste selbst, wie wenig beruhigend das klang, aber als erwachsener Mann war man seiner Tochter gegenüber ja keine Rechenschaft schuldig. Möglich, er hatte eine Frau kennengelernt?

»Mein Vater«, begann die Rothaarige, doch dann schüttelte sie den Kopf. Scheinbar sah sie ein, dass man ihr hier nicht helfen konnte. Sie klemmte ihre Handtasche unter den Arm, steckte das Foto in ihre Manteltasche und drehte sich ohne ein weiteres Wort um. Franke beobachtete jeden ihrer Schritte, bei welchen die Schuhe laut auf dem Boden klackten.

»Mannomann, was die immer für Vorstellungen haben«, drang die Stimme von Frankes Kollege aus dem Hinterzimmer. »Erst neulich war hier eine ältere Frau, deren Hund im Volkspark abgehauen war. Richtig beschimpft hat die mich, als ich ihr gesagt habe, dass wir dafür nicht zuständig sind. Wofür sie überhaupt Steuern zahle«, der Polizist schüttelte den Kopf

»Naja, ein Hund ist ja nun auch ein bisschen was anderes als ein Vater.« Franke konnte die attraktive

Rothaarige schon verstehen. Nur sein Kollege sah das anders.

»Ach wat. Der sitzt wahrscheinlich in irgendeiner Kaschemme und säuft sich die Hucke voll.«

»Waaaas?«

Peer war mehr als erstaunt. Damit hatte er nicht im Geringsten gerechnet. »Wirklich?«, versicherte er sich vorsichtshalber noch mal, doch Dr. Choui erklärte erneut, einen der Toten schon einmal auf dem Tisch gehabt zu haben. »Das war ein Gewebespender. Sieht man gleich an den Schnitten. Muss nur in den Akten nachschauen, wie er hieß.«

»Gewebespender?« Peer hatte zwar schon gehört, dass man heutzutage neben den Organen auch andere Teile des menschlichen Körpers entnahm, aber in Berührung war er mit dieser Thematik noch nicht näher gekommen. »Hier?« Er blickte sich entgeistert um.

»Ja, ja«, nickte der Rechtsmediziner. »Nicht alle Leichen, die zu uns kommen, werden obduziert. Auch Leute mit dem Wunsch, nach dem Tod anderen Menschen Gewebe zu spenden, landen bei uns. Das kann eine Augenhornhautspende für erblindete Patienten, die Herzklappenspende zur Transplantation oder die Spende von Stützgeweben, zum Beispiel Knochengeweben sein.«

Peer nickte zaghaft. Die Vorstellung, man würde nach seinem Tod an ihm herumschnippeln, erzeugte bei ihm eine Gänsehaut, obwohl derlei Entnahmen sicherlich wichtig waren, und es wahrscheinlich auch in diesem Bereich viel zu wenig Spender gab.

»Und die anderen Leichen?«, versuchte er dennoch möglichst schnell das Thema zu wechseln.

Dr. Choui hob abwehrend die Hände. »Nicht jeder Tote landet bei uns. Zwar leistet sich Hamburg den Luxus, jeden unerklärlichen Todesfall bei uns untersuchen zu lassen, aber es gibt ja auch eine Menge natürliche Todesursachen. Außerdem führe ich nicht jede Leichenschau persönlich durch.«

»Können Sie denn etwas zu den Todeszeitpunkten sagen?«

Der Mediziner wiegte seinen Kopf hin und her. »Auf jeden Fall sind die länger tot, als der Mann mit der Schussverletzung. Aber wie lange, ist schwierig zu sagen. Ein paar Tage aber bestimmt.«

Ein paar Tage, wunderte sich Nielsen. Wieso lagen die dann nicht schon längst unter der Erde? »Und der mit der Schussverletzung?«

»Da kann der Todeszeitpunkt noch nicht lang zurückliegen. Vielleicht ein Tag, höchstens zwei. Aber Näheres kann ich Ihnen erst nach der Obduktion sagen.«

Peer nickte. So kannte er den Rechtsmediziner. Auf Spekulationen ließ der sich selten festnageln und letztendlich halfen ihm diese bei seinen Ermittlungen auch nicht weiter. »Gut, dann schicken Sie mir doch die Obduktionsberichte, wenn Sie so weit sind.« Die Anwesenheit bei den Obduktionen sollte ruhig der neue Staatsanwalt übernehmen, der gerade von Herrn

Holst, dem Sektionsassistenten, zu ihnen geführt wurde, dachte Peer.

»Mach ich«, bestätigte Dr. Choui. »Kann aber ein wenig dauern.«

Nielsen warf einen letzten Blick über die Bahren mit den Leichen und verabschiedete sich dann. Diese Kellerräume bedrückten ihn, daher beeilte er sich, in den kleinen Vorraum zu gelangen, wo er den Kittel zurück auf einen Haken hängte und die Schutzüberzieher für die Schuhe in den Müll warf. Schnell hastete er die Kellertreppe hinauf und flüchtete an die frische Luft.

»So schlimm?«

Eigentlich rechnete Peer damit, in das Gesicht eines Sektionshelfers oder Rechtsmediziners zu blicken, als er sich umdrehte, doch neben dem Eingang drückte sich eine andere Visage herum. »Herr Pisto!«

»Ganz recht«, entgegnete der Mann und warf seine Zigarette auf den Boden. »Habe gehört, dass es bei dem Unfall letzte Nacht einen grausigen Fund gegeben hat.«

Wie schnell sich diese Neuigkeit doch herumgesprochen hatte, überlegte Peer und schüttelte seinen Kopf.

Der Journalist grinste. »Kommen Sie, Herr Kommissar. Ein paar Infos.«

Nielsen drehte sich auf dem Absatz um und beeilte sich, zu seinem Wagen zu kommen.

Pisto folgte ihm. »Weiß man schon, wer die Toten sind? Wie sind die in den Unfallwagen gekommen?«

Peer drückte auf den Schlüssel und augenblicklich löste sich die Verriegelung.

»Sie können mir doch wenigstens verraten, wie viele es waren. Und was ist mit dem Fahrer?« Die Fragen schossen wie eine Gewehrsalve aus dem Mund des Journalisten.

Nielsen öffnete die Autotür, hielt kurz inne und wandte sich um. »Wir haben eine offizielle Pressestelle. An die können Sie sich gerne wenden!« Obwohl er dem Typen am liebsten den Marsch geblasen hätte, blieb er freundlich. Er war schließlich lernfähig. Vor Jahren hatte er einem aufdringlichen Journalisten ordentlich seine Meinung gegeigt und es dadurch auf die Titelseite der Hamburger Morgenpost geschafft. Das passierte ihm nicht noch einmal. Obwohl diese Aasgeier seiner Ansicht nach keine freundliche Behandlung verdient hatten. Immer auf der Suche nach sensationellen Neuigkeiten, oftmals am moralischen Abgrund. Alleine schon, ihm hier aufzulauern. Wahrscheinlich hatte der Reporter bereits die Anlieferung der Leichen beobachtet oder sogar fotografiert. Nur eine Frage der Zeit, bis man die Bilder in den Nachrichten würde sehen können. Ohne ein weiteres Wort stieg Peer in den Wagen und fuhr los.

4. KAPITEL

Michael Boateng starrte durch die Windschutzscheibe auf ein Mehrfamilienhaus in Schnelsen. Hier sollte die Frau wohnen, die gestern als Erste am Unfallort gewesen war und den Rettungswagen verständigt hatte. Neben ihm saß sein Kollege Jens Schnitter, den er laut Peers Anweisung zur Befragung mitgenommen hatte, und wartete auf eine Reaktion von ihm. Hoffentlich ist sie zu Hause, dachte Boateng, machte jedoch keinerlei Anstalten auszusteigen. Der nächtliche Einsatz steckte ihm noch in den Knochen. Immer wieder schob sich das Bild der Leichen auf der Ladefläche des verunglückten Transporters in seine Gedanken. Bleiche Haut, starre Augen. Und dann dieser Geruch. Er hatte das Gefühl, dass er trotz ausgiebiger Dusche noch immer nach Verwesung roch.

Die Tür des Mehrfamilienhauses wurde geöffnet und eine Frau trat hinaus. Sie trug ein dunkles Kostüm und trippelte auf ihren Pumps den Plattenweg zum Parkplatz entlang.

Boateng stieg aus, sein Kollege folgte ihm. »Frau Vossen?«

Die Dame blieb abrupt stehen und verlor dadurch beinahe das Gleichgewicht auf ihren Stöckelschuhen. Unsicher blickte sie sich um.

»Kommissar Michael Boateng«, stellte er sich vor, während er auf sie zuging. »Und das ist Kommissar Schnitter. Wir sind von der Polizei, Mordkommission.«

Bei der Nennung seiner Abteilung weiteten sich Klara Vossens Augen gehörig, während sie zögernd nickte. »Ich bin in Eile«, stotterte sie und setzte sich wieder in Bewegung.

»Ich habe nur ein paar Fragen zu dem Unfall.«

»Da habe ich schon alles zu gesagt.« Klara Vossen steuerte auf einen schwarzen Smart zu, der vor den angrenzenden Garagen stand.

Mit wenigen großen Schritten hatte Michael Boateng die trippelnde Frau überholt und stellte sich ihr in den Weg. »Es geht ganz schnell«, versicherte er und sah, wie sie schluckte. Der Frau ging es vermutlich ähnlich wie ihm. Obwohl sie die Leichen auf der Transportfläche nicht gesehen hatte. Dafür aber den sterbenden Fahrer, dessen Anblick sich wahrscheinlich ebenso in ihr Gedächtnis gebrannt hatte.

»Gut«, lenkte sie ein, da ihr anscheinend klar wurde, dass sie ihn anders ohnehin nicht loswerden würde. »Dann fragen Sie.«

»Können Sie mir bitte kurz schildern, was gestern am Unfallort passiert ist?«

Unverständnis schoss ihm aus ihrem Blick entgegen. »Das habe ich doch schon Ihrem Kollegen alles erzählt«, seufzte sie. »Ich war auf dem Nachhauseweg vom Spätdienst, als ich plötzlich diesen Wagen am Straßenrand gesehen habe. Ich habe angehalten und gesehen, dass der Fahrer blutend hinter dem Steuer saß. Doch die Tür klemmte, sodass ich ihn da nicht rausholen konnte. Daher habe ich sofort den Rettungsdienst informiert. Von den anderen Autos hat ja keines angehalten«, flüsterte sie. Die Bilder des Unglücks übermannten sie. Eine Träne bahnte sich einen Weg über ihre Wange. Jens Schnitter, der inzwischen zu den beiden getreten war, wühlte aus seiner Jackentasche ein Packet Tempos und reichte es ihr.

»Danke.« Klara Vossen nahm eines der Taschentücher und schnäuzte sich kräftig die Nase.

»Hat der Fahrer zu dem Zeitpunkt denn noch gelebt?«, fragte Boateng weiter.

Sie nickte. »Er hat geschrien vor Schmerzen.«

»Und hat er auch etwas gesagt?«

»Gesagt?« Sie schaute ihn nachdenklich an. »Könnte sein, dass er etwas sagen wollte. Aber ich habe das nicht verstanden. Hörte sich an wie ›Cadaver‹.«

Noch immer reichlich wütend bog Nielsen von der Max-Brauer-Allee auf die Auffahrt zu einem kleinen Hinterhof ab. So oder so würde der Journalist jetzt wahrscheinlich wieder Gerüchte verbreiten und die Polizei als unfähig und vor allem unkooperativen Verein darstellen. Er fühlte sich machtlos gegen diese Medien, die er verteufelte, aber ab und zu dennoch brauchte. Wie sonst sollten sie beispielsweise ihren Zeugenaufruf publik machen? Und wer wusste schon, ob sie in diesem Fall die Presse nicht noch öfters um Mithilfe bitten mussten? Bisher jedenfalls hatten sie noch nichts; außer ein paar Leichen und den verunglückten Transporter, der jener Autovermietung gehörte, die ihren Sitz in diesem rumpligen Hinterhof hatte. Peer parkte den Wagen und blickte sich um. Kreuz und quer standen verschiedene Mietfahrzeuge, die sich nicht unbedingt im besten Zustand befanden. Eher schrottplatzreif, schoss es ihm durch den Kopf und er fragte sich, wer sich hier wohl einen Wagen mietete, wo es doch genügend renommierte Autovermietungen in der Stadt gab, die sicherlich auch nicht viel teurer waren. Rechter Hand befand sich der Eingang zu einem Büro, jedenfalls deutete die schaufensterartige Verglasung an, dass dahinter nicht unbedingt Wohnraum zu finden war. Er steuerte auf den Eingang zu und entdeckte ein schäbiges Firmenschild, das jedoch den Gesamteindruck des Unternehmens nur unterstrich.

Es gab keine Klingel, daher trat er einfach ein und rief dabei ein »Tag« in den schummrigen Raum.

»Guten Tag«, hörte er die Erwiderung seines Grußes, noch ehe er die Person richtig ausmachen konnte. Hinter einem alten Holzschreibtisch, auf dem haufenweise bunter Nippes stand, saß ein Mann um die vierzig und blickte ihn aus dunklen Löchern an.

»Herr Öztürk?«

»Ja.«

»Peer Nielsen, Mordkommission.« Er wartete auf die Reaktion des anderen, doch von der Miene des Unternehmers ließ sich nichts ablesen.

»Mordkommission?«, fragte der Mann und stand dabei auf. »Sie kommen aber nicht wegen meines Transporters, oder?«

»Doch, schon.«

Auf der Stirn seines Gegenübers bildeten sich Falten. Peer war sich jedoch unsicher, ob die Überraschung von Herrn Öztürk echt oder lediglich vorgetäuscht war. Hatte der Mann gewusst, was in seinem Wagen transportiert wurde? »Ermittelt die Mordkommission jetzt schon bei Unfällen? Es war doch ein Unfall, oder?«

»Auch.«

»Auch?« Wieder runzelte der Kleinunternehmer die Stirn, kniff diesmal sogar die Augen leicht zusammen. Zeitgleich spürte Peer Nielsen einen Stich in der Magengegend.

»Ich möchte wissen, ob Sie den verunglückten Mann, der den Transporter von Ihnen gemietet hat, kannten.«

Sofort schüttelte der andere den Kopf. Etwas zu schnell, befand Peer und bohrte daher weiter. »Aber Sie haben ihm den Wagen vermietet, oder war das Fahrzeug gestohlen?«

»Nein, nein, aber ich kann mich ja nicht an jeden Kunden erinnern«, beeilte sich Herr Öztürk zu erklären.

»Dann suchen Sie bitte einmal den Mietvertrag heraus.« Er glaubte dem Mann nicht. Wie ein florierendes Unternehmen sah diese Kaschemme jedenfalls nicht aus. Und anscheinend gab es auch keine Mitarbeiter. Der Inhaber musste dem Kunden also begegnet sein.

»Das dauert aber einen Moment.«

»Ich habe es nicht eilig.« Er wandte sich zu dem großen Fenster um und blickte schweigend hinaus. Hinter sich hörte er Schritte, dann das Rascheln von Papier.

»Ach, hier ist der Vertrag ja schon«, hörte er kurz darauf Herrn Öztürks Stimme. »Da war aber alles in Ordnung. Führerschein und so habe ich kontrolliert.«

Peer nahm die Unterlagen und musste zugeben, dass auf den ersten Blick alles ordnungsgemäß wirkte. »Ich nehme das mit«, bestimmte er.

»Nein, das geht nicht. Ich brauche den Vertrag für die Versicherung.«

»Dann machen Sie bitte eine Kopie.«

»Kopie?« Herr Öztürk schaute ihn an, als habe er einen doppelten Salto oder sonst ein Kunststück von ihm verlangt. Doch wie sich herausstellte, besaß der Unternehmer kein Kopiergerät.

»Fax?«, erkundigte Peer sich und reichte dem Mann seine Karte, als dieser nickte.

Joswig Klatten kletterte in den kleinen Elektrowagen und startete den beinahe geräuschlosen Motor. Nach der Mittagspause hatte er mehrere Gräber neu bepflanzt, nun war es an der Zeit, die Kompostbehälter zu leeren. Eigentlich war dies die Aufgabe seines Kollegen, doch der war seit zwei Tagen nicht zur Arbeit erschienen. Krank gemeldet hatte er sich laut dem Chef nicht, obwohl das gar nicht seiner Art entsprach. Aber jetzt im Frühjahr gab es viel Arbeit, sodass Joswig gar nicht dazu gekommen war, sich weiter Gedanken darüber zu machen. Wirklich dicke waren die beiden ohnehin nicht, vielmehr ärgerte er sich, die Aufgaben des Kollegen nun auch noch am Hals zu haben.

Trotzdem die Sonne sich tagsüber langsam durch den Hochnebel gekämpft hatte, war es empfindlich kalt und Joswig zog den Reißverschluss seiner wattierten Arbeitsjacke bis zum Kinn hoch. Er lenkte den Wagen mit dem Anhänger über die sandigen Wege und stoppte kurz darauf vor dem ersten Müllbehälter. Immer wieder ärgerte er sich über die Leute, die achtlos einfach jeglichen Müll auf den Komposthaufen warfen. Konnten die denn nicht lesen? Außerdem war Mülltrennung in Hamburg etwas Selbstverständliches. Das kannte doch bereits jedes Kind. Er fischte ein paar Plastikblumentöpfe zwischen verwelkten Blumen und Gestecken heraus und begann anschließend, den restlichen Müll mit einer Mistgabel auf den Anhänger zu laden. Der feuchte Dreck wog schwer, Joswig kam ins Schwitzen und verfluchte seinen Kollegen, der ihn mit dieser miesen Aufgabe alleine ließ. Und dann diese Rückenschmerzen. Ein paar Mal pausierte er, ehe der Behälter leer war und er die Mistgabel auf den Anhänger warf.

Bei dem Gedanken an die weiteren Komposthaufen brauchte er gleich noch eine Pause. Er setzte sich auf das Elektromobil und zog aus der Tasche seiner Jacke eine Packung Zigaretten. Genussvoll inhalierte er den Rauch und ließ seine Gedanken mit den Schwaden davontreiben. Was sein Kollege jetzt wohl trieb?

Ob er einfach blaumachte? Es sich gutgehen ließ? Warum nicht? Schließlich arbeiteten sie sich hier den Buckel krumm, da konnte man sich auch mal eine Auszeit gönnen, dachte Joswig, schrak aber dennoch auf, als sich Motorengeräusch näherte. Sofort meldete sich sein schlechtes Gewissen. Sicher der Chef, vermutete er und warf die Zigarette ins Gebüsch. Schnell ließ er den Motor des Elektrowagens an und fuhr zum nächsten Abfallbehälter.

Hier befand sich diesmal kein Plastikmüll zwischen den Grünabfällen, doch als Joswig die erste Gabel anhob, lugte zwischen dem Grünzeug ein Karomuster hervor. Er stutzte, warf den Müll auf den Wagen und stellte die Mistgabel zur Seite. Mit spitzen Fingern fischte er nach dem Stoff, der sich als Thermohemd entpuppte. Wer wirft denn so etwas weg, fragte Joswig sich und untersuchte das Kleidungsstück näher. Als er den dicken Stoff wendete, blieb ihm die Luft weg und er taumelte rückwärts. Auf der Vorderseite war ein Loch im Stoff und das Karomuster an dieser Stelle blutgetränkt.

5. KAPITEL

Peer Nielsen erwachte schweißgebadet. Die Leichen aus dem Transporter verfolgten ihn bis in seine Träume. Das war ihm lange nicht passiert. In seinem Traum hatte er auf einem Sektionstisch gelegen. Nackt und bloß. Dr. Choui hatte sich grinsend über ihn gebeugt und gesagt: »Na, dann wollen wir mal reinschauen!« Peer hatte protestieren wollen. Er war doch noch gar nicht tot, aber er konnte sich nicht bewegen, nicht schreien, nicht wehren. Hilflos hatte er mit ansehen müssen, wie das Skalpell in sein Fleisch schnitt und der Mediziner Gewebeproben entnahm. Beim Geräusch der oszillierenden Säge war er zum Glück aufgeschreckt.

Er stand auf und versuchte die Traumbilder zur Seite zu schieben. Draußen war es neblig, aber es versprach dennoch, ein schöner Tag zu werden. Die ersten schwachen Sonnenstrahlen kämpften sich bereits durch sein Dachfenster direkt ins Terrarium seines Leguans Fritzchen, der hinter der Glasscheibe in Hoffnung auf Futter freudig hin und her tänzelte. Peer musste lächeln, doch so leicht ließ sich der Albtraum nicht vertreiben. Während er Fritzchen mit einem Stück Obst fütterte, drängte sich die Frage, wann ein Mensch wirklich tot war, in seine Gedanken. Natürlich wusste er, dass es in Deutschland eine gesetzliche Definition dafür gab, aber wer garantierte für deren Korrektheit? Konnten Mediziner nicht auch irren? Ach, schalt er sich, diese Frage ist für den Fall nun wirklich nicht relevant. Die Leichen sind definitiv tot; und das bereits seit Tagen. Er ließ das letzte Stück Apfel in das Terrarium fallen und schlurfte ins Bad. Das heiße Wasser tat gut, er spürte, wie sich sein Körper leicht entspannte. Am liebsten wäre er für immer und ewig unter dem warmen Strahl stehen geblieben, aber leider rief die Arbeit.

Schnell trocknete er sich ab und schlüpfte in ein paar frische Klamotten, ehe er die Wohnung verließ. Draußen war es kälter, als er gedacht hatte. Na ja, was erwartete er? Es war Anfang April, da konnte man keine sommerlichen Temperaturen verlangen. Schon gar nicht in Hamburg. Er sollte froh sein, dass wenigstens der Schnee weg war.

Sein E-Mail-Postfach quoll über, aber ehe er auch nur die erste Nachricht geöffnet hatte, stand Boateng in der Tür und hielt ihm einen Plastikbeutel entgegen.

»Was ist das?«

»Das hat ein Mann in der Notkestraße abgegeben. Blutverschmierte Kleidung aus dem Müllbehälter des Friedhofs.«

Peer zog die Augenbraue hoch. »Und?«

»Die Kollegen meinten, das könnte etwas mit unserem Fall zu tun haben. Immerhin ist auf der Vorderseite des Hemdes ein Loch. Könnte eine Einschussstelle sein.«

»Gut«, nickte Nielsen, »dann schick das in die Rechtsmedizin zu Dr. Choui. Vielleicht kann der etwas damit anfangen.« Da sie ohnehin so gut wie keine Spuren hatten, konnte es auf keinen Fall schaden, den Fund untersuchen zu lassen. Auch wenn er sich nicht allzu viel davon versprach, aber einen Versuch war es wert. »Hast du gestern etwas von der Zeugin erfahren?«

Boateng wiegte seinen Kopf langsam hin und her. »Der Fahrer hat noch gelebt, als sie dort ankam, und etwas Unverständliches geschrien.« Er glaubte zwar nicht, dass der Wortfetzen sie weiterbrachte, aber vorsichtshalber hatte er ihn notiert. »Ich habe nachher einen Chat mit den rumänischen Beamten. Vielleicht können die etwas damit anfangen.«

»Die Anfrage hast du aber über Europol gestellt, oder?«

»Klar, Chef.« Es war nicht das erste Mal, dass sie Unterstützung im Ausland suchten. Die Vorgehensweise war ihm daher bekannt.

»Ist gestern noch ein Fax eingegangen?«

Boateng zuckte mit den Schultern. »Aber ich schaue gleich mal nach.«

»Nee, lass mal«, bremste Peer seinen Mitarbeiter. Er wollte sich sowieso einen Kaffee holen und konnte dabei einen Abstecher zum Faxgerät der Abteilung einlegen.

Auf dem Flur lief er seinem Chef direkt in die Arme.

»Und wie weit seid ihr?« Gerhard Fritsche schaute ihn hoffnungsvoll an.

Peer konnte sich vorstellen, wie viel Druck sein Vorgesetzter bekam. Durch seine Begegnung mit Pisto wusste er, dass die Medien ja bereits Wind von dem Inhalt des verunglückten Transporters bekommen hatten. »Die Ermittlungen laufen. Wir warten auf die ersten Ergebnisse«, versuchte Nielsen auszuweichen.

»Ja, aber wir müssen bald eine Meldung rausgeben. Die Presse macht ordentlich Dampf.«

Peer nickte, wusste aber nicht, was für Informationen er liefern sollte. Noch hatten sie ja nicht einmal eine Ahnung, wer die Leichen waren.

»Ich gehe nicht eher, bis Sie mir sagen, wo die Sachen geblieben sind, die der Kollege meines Vaters im Müll gefunden hat.«

Franke zuckte unter der lautstarken Ansage der rothaarigen Frau leicht zusammen.

»Herr Klatten hat mir erzählt, er habe die Sachen hier abgegeben.«

Der Kommissar nickte. Hamburg war halt auch nur ein Dorf. Auf ihrer Suche war Christina Thomsen angeblich rein zufällig auf den Arbeitskollegen ihres Vaters gestoßen, der ihr gleich brühwarm von dem Fund berichtet hatte. Den hatte er am Morgen im Polizeikommissariat abgegeben und Franke hatte aufgrund der durchaus verdächtigen Spuren das Hemd an die Kollegen von der Mordkommission weitergeleitet. »Die Kleidungsstücke werden untersucht.«

»Wo?«

»Bei der Mordkommission.«

»Mordkommission?« Die Rothaarige schwankte leicht.

Franke nickte und fragte sich gleichzeitig, was die Frau sich denn vorgestellt hatte. Schließlich war sie es doch, die seit Tagen behauptete, ihrem Vater sei etwas zugestoßen. Und vielleicht hatte sie recht. Die gefundenen Kleidungsstücke hatten schon sehr nach einer Arbeitskluft ausgesehen und das Loch auf der Brust sowie das Blut wiesen durchaus auf ein Verbrechen hin. »Setzen Sie sich doch«, forderte er sie auf, als er sah, wie ruhig Christina Thomsen plötzlich wirkte. »Ich erkundige mich mal, ob es bereits neue Erkenntnisse gibt.«

Peer war mit seinem Kaffeebecher in sein Büro zurückgekehrt und studierte den Mietvertrag, den Herr Öztürk wie angewiesen gefaxt hatte. Auch auf den zweiten Blick wirkten die Unterlagen korrekt. Und die Kopie des Führerscheins zeigte keine Auffälligkeiten. Er legte die Papiere auf Boatengs Schreibtisch. Vielleicht fiel dem etwas auf. Vier Augen sahen bekanntlich mehr als zwei. Oder er konnte bei seinem Chat den rumänischen Kollegen fragen. Wann sollte der eigentlich stattfinden? Er zuckte zusammen, als sein Telefon klingelte. »Nielsen? Hallo?«

Es war Dr. Choui. »Der Gewebespender ist identifiziert. Es handelt sich um Arne Lüdemann«, teilte ihm der Rechtsmediziner mit. »Meine Sekretärin mailt Ihnen mit den Obduktionsberichten auch gleich die Kontaktdaten. Sie wollen ja wohl mit den Angehörigen sprechen, oder? Macht ja Sinn«, beantwortete er die Frage, ehe Peer überhaupt zu Wort kam. »Und der andere ist an der Schussverletzung gestorben. Definitiv. Habe das Projektil gleich mal zu Ihren Kollegen aus der Ballistik geschickt.«

Bei dem Gedanken daran, wie Dr. Choui in dem Leichnam nach der Kugel suchte, war Peer froh, dass diesmal der Staatsanwalt die Anwesenheit bei der Sektion übernommen hatte. War ja auch ein sensationeller Fall, da wollten die Bürohengste mal live vor Ort sein. Er war nicht scharf auf Obduktionen – wirklich nicht, aber dass die Staatsanwaltschaft sich immer nur die Rosinen herauspickte, ärgerte ihn schon. »Haben Sie die Kleidungsstücke schon erhalten?«

»Welche Kleidungsstücke?«

Nielsen klärte den Mediziner kurz über den Fund auf. »Wäre gut, wenn Sie einen Abgleich mit dem Schussopfer möglichst schnell vornehmen könnten.«

»Mach ich. Mit den anderen Leichen sind wir auch fertig. Aber das waren alles normale Todesfälle. Nichts Auffälliges, nur dass sie auf jeden Fall schon länger tot sind als der erschossene Mann.«

»Wie viel länger?«

»Im Schnitt circa zwei Wochen.«

6. KAPITEL

Franke atmete erleichtert auf. Endlich hatte er die Rothaarige dazu bewegen können, nach Hause zu gehen. Zwar hatte er versprochen, sich sofort bei ihr zu melden, wenn er etwas von der Mordkommission hörte, dann aber war sie tatsächlich auf ihren Pumps davongetrippelt.

Irgendwie konnte er die Frau gut verstehen, obwohl sie ihm ein wenig zu hysterisch erschien. Wahrscheinlich verspürte er deswegen dieses ungute Gefühl in der Magengegend. Ob er selbst einmal zum Friedhof rausfahren und den Gärtner befragen sollte? Obwohl, was konnte der ihm schon sagen? Joswig Klatten hatte die Kleidungsstücke ja nur im Müll gefunden. Besser, er wartete zunächst die Ergebnisse ab.

Peer hingegen fiel das Warten immer schwer. Nervös trommelte er mit den Fingern auf der Schreibtischplatte, während er auf die Mail von Dr. Chouis Sekretärin wartete. Wenigstens ein Punkt, an dem er ansetzen konnte, denn der Zeugenaufruf, der heute in der Zeitung veröffentlicht worden war, hatte bisher noch keine bahnbrechenden Hinweise gebracht. Außer ein paar Wichtigtuern hatte sich kein Zeuge des Unfalls gemeldet. Vielleicht gab es wirklich niemanden, der gesehen hatte, wie der Transporter von der Fahrbahn abgekommen war?

Er schrieb sich die Kontaktadresse des identifizierten Toten auf, nachdem die Nachricht endlich eingegangen war, nahm seine Jacke und verließ das Büro. Die Anschrift lag in Altona. Kurz überlegte er, ob es Zufall war, dass auch der Kleinunternehmer hier ansässig war, konzentrierte sich dann aber auf den bevorstehenden Besuch von Elvira Lüdemann, der Mutter des Verstorbenen, wie er der Mail entnommen hatte. Er parkte in einer kleinen Seitenstraße und stieg aus. Die Hinterbliebene wohnte nicht weit von ihm entfernt, aber die Gegend kannte er kaum. Selten verirrte er sich in diese Richtung seines eigenen Wohnreviers; er trieb sich privat meist im Schanzenviertel oder auf der Reeperbahn herum. Daher nahm er diese Mehrparteienhäuser heute wohl das erste Mal bewusst wahr. Dr. Choui hatte ihm erklärt, dass es oftmals zu Gewebespenden kam, da in diesem Fall ein Zuschuss zur Bestattung geleistet wurde. Und wenn er sich die Wohnblöcke hier so anschaute, kam ihm das in diesem Fall durchaus plausibel vor. Alt und schäbig wirkten die Häuser, oft mit Graffiti an den Wänden, das den bröckelnden Putz zumindest an einigen Stellen noch zusammenzuhalten schien. Die Fenster meist nur einfach verglast, da zog es bestimmt im Winter wie Hechtsuppe. Naja, dachte Peer, wenigstens brauchten die Leute nicht auf der Straße zu leben, denn davon gab es trotz sozialen Wohnungsbaus und diverser Einrichtungen immer noch genug Menschen in Hamburg. Und nicht alle hatten einen tolerierten Schlafplatz, wie die Obdachlosen unter der Kennedy Brücke, der zumal noch ein traumhaftes Panorama bot, für das andere Leute viel Geld zahlten.

Doch in diesen kasernenartigen Gebäuden war die Miete wohl eher niedrig – zumindest im Vergleich zu anderen Wohnungen in Hamburg. Der Stadtteil war nicht sonderlich gefragt und an den Häusern schien lange nichts gemacht worden zu sein. Umso verwunderter war Peer, dass zumindest die Türanlage funktionierte, denn kurz nachdem er bei Frau Lüdemann geklingelt hatte, ertönte ein Surren und die braune Holztür ließ sich aufstoßen. Im Hausflur roch es nach Bratfett und kaltem Zigarettenrauch. Schnell hechtete er die Stufen in den ersten Stock hinauf, wo Frau Lüdemann ihn mit bangem Gesichtsausdruck erwartete.

»Peer Nielsen, Polizei Hamburg!« Er streckte ihr seine Dienstmarke entgegen, um sie zu beruhigen. Doch seine Vorstellung hatte eine andere Wirkung.

»Polizei?« Die ältere Dame wurde noch blasser, als sie eh schon war. Ihre Gesichtshaut wirkte beinahe durchsichtig, nervös trippelte sie von einem Fuß auf den anderen, unsicher darüber, was jetzt geschehen würde.

Peer lächelte sie an. Die alte Frau erinnerte ihn an seine Großmutter. »Ich habe ein paar Fragen an Sie. Darf ich reinkommen?«

Trotz unsicherem Blick nickte sie und setzte sich beinahe in Zeitlupe in Bewegung. Peer hatte noch nie einen Menschen gesehen, der sich so langsam bewegte, und fragte sich, wie fit er wohl im Alter sein würde. Schnell schob er den Gedanken jedoch zur Seite, denn die Vorstellung, alt und einsam in solch einer Wohnung oder gar in einem Heim dahinvegetieren zu müssen, behagte ihm gar nicht.

Er folgte der Frau durch den engen schummrigen Flur. In der Wohnung roch es wie bei seinen Großeltern früher. Nach alten Leuten eben – muffig, zu stark geheizt, wenig gelüftet. Nach einer ihm erscheinenden Ewigkeit erreichten sie endlich das Wohnzimmer. »Setzen Sie sich doch. Darf ich Ihnen etwas anbieten?«

Peer nahm auf dem abgewetzten Sofa Platz. »Nein danke«, lehnte er ihr Angebot ab. Wahrscheinlich würde es Jahre dauern, bis sie in ihrem Tempo ein Getränk aus der Küche herbeigeschafft hätte.

Umständlich ließ Frau Lüdemann sich auf einen Sessel fallen und schaute ihn an.

Peer hüstelte leicht. »Wie ich vom Rechtsmedizinischen Institut erfahren habe, ist Ihr Sohn kürzlich verstorben. Mein Beileid.« In den Augen von Frau Lüdemann entdeckte er ein Glitzern und schluckte. »Er war ja Gewebespender und ich hätte da eine Frage.«

»Das war Hilkas Idee mit der Spende. Ich war ja dagegen, dass die an ihm rumschnippeln, aber Hilka hat gesagt, wir bekommen dann Geld für die Beerdigung.«

Peer nickte. Sein Blick wanderte durch die Wohnung. Finanziell schien es nicht sonderlich gut um die ältere Dame bestellt. Das Mobiliar wirkte alt und abgewohnt und auch ihre Kleidung war leicht verschlissen. So würde er im Alter nicht leben wollen. »Ja, und die Beerdigung. Wann soll die sein?«

Frau Lüdemann kniff die Augen zusammen. Auf ihrer Stirn gruben sich die bestehenden Furchen noch tiefer in die Haut. »Sein? Die war doch vor drei Tagen. An dem Montag, wo es so geregnet hat. Meine neuen Schuhe, die ich mir extra zur Beerdigung gekauft hatte, sind so gut wie hinüber. Die kann ich wegschmeißen.« Die ruinierten Schuhe schienen sie mehr mitzunehmen als der Trauerfall.

»Am Montag?«, murmelte Peer. Er war anfänglich davon ausgegangen, dass der Leichnam noch im Krematorium gelegen hatte, von wo man ihn entwendet hatte. »Also eine Erdbestattung?«

Frau Lüdemann nickte.

Endlich stand die Verbindung, und Boateng lächelte in die Webcam seines Computers. Der Mann auf dem Bildschirm lächelte zurück. In perfektem Englisch erklärte Boateng den Sachverhalt.

»Gut, wir benachrichtigen die Angehörigen«, bestätigte der rumänische Kollege.

»Wir hoffen sehr, über das Umfeld des Opfers weitere Ermittlungsansätze zu erhalten, denn momentan haben wir wenig über den Fahrer, außer den Mietvertrag und die Kopie des Führerscheins.«

»Wir werden unser Bestes versuchen«, versprach der Rumäne.

»Danke! Ach, und die Unfallzeugin hatte ausgesagt«, Boateng blätterte in seinem Merkbuch, »der Fahrer hätte so etwas geäußert wie ›Cadaver‹?«

Sein Gegenüber auf dem Bildschirm nickte. »Ja, ja, der wird gewusst haben, was auf der Ladefläche lag, denn ›cadavru‹ ist das rumänische Wort für ›Leiche‹.«

»Ach, so!«

»Habt ihr denn eine Ahnung, was der mit den Toten vorhatte?«

Michael Boateng schüttelte den Kopf und beobachtete, wie der Kollege sich am Hinterkopf kratzte. »Vielleicht Forschungszwecke?«

»Forschungszwecke?«

»Ja«, der rumänische Polizist nickte. »Soweit ich weiß, gibt es verschiedene Bereiche, in denen menschliche Leichen verwendet werden.«

Boateng nickte. In diese Richtung hatten sie noch gar nicht gedacht. Kurz war das Thema Gewebespende aufgekommen, aber genau genommen nur, weil Dr. Choui einen der Toten als einen Spender identifiziert hatte. Aber dass auch in anderen Bereichen menschliche Leichen verwertet wurden, hatten sie bisher ausgeblendet.

»Ja, gut. Danke für den Hinweis.«

Er hörte ein Läuten und der Rumäne deutete an, das virtuelle Treffen beenden zu müssen. »Ich melde mich, wenn wir die Angehörigen ausfindig gemacht und aufgesucht haben.« Ein kurzes Aufflammen und die Verbindung war unterbrochen.

Boateng starrte nachdenklich auf den Bildschirm,

auf dem lediglich sein Bild noch zu sehen war. Forschungszwecke, überlegte er. Was genau könnte das sein? Schnell tippte er ein paar Schlagwörter in die Suchmaschine im Internet. Beinahe fassungslos ließ er sich beim Aufpoppen der Ergebnisliste in seinen Stuhl zurückfallen. So viele Einträge hatte er nicht erwartet. Er nahm sich einen Block und notierte einige der Gebiete. Außer im medizinischen Bereich, wo Leichen vorrangig als Organ- oder Gewebespender sowie als Anschauungs- und Schulungsobjekte Verwendung fanden, wurden tote Körper auch in der Unfallforschung eingesetzt. Und auch die bekannte »Body Farm« in Tennessee arbeitete mit Leichen, um Erkenntnisse über die Verwesungsprozesse zu gewinnen. Die Einsatzgebiete waren vielfältiger, als er gedacht hatte. Darüber sollte er unbedingt mit Nielsen sprechen. Er stand auf und ging hinüber in dessen Büro. Doch von seinem Chef war weit und breit nichts zu sehen. Wo der nur steckte?

Peer war nach dem Besuch bei Frau Lüdemann zum Altonaer Friedhof gefahren. Ihn ließ die Vorstellung, dass die Täter die Leiche wieder ausgegraben haben mussten, nicht los. Daher hatte er sich von der trauernden Mutter genau erklären lassen, wo das Grab ihres verstorbenen Sohnes lag.

Viel war an diesem Tag nicht los auf dem Friedhof, Peer fand direkt vor dem Eingang in der Stadionstraße einen Parkplatz und stieg aus. Laut Beschreibung lag die Grabstelle nicht weit von der Kapelle entfernt, die sich gleich linker Hand befand. Frau Lüdemann hatte darauf bestanden. So war es ihr, wenn auch unter Mühen, möglich, das Grab zu besuchen. Der Altonaer Friedhof war ansonsten groß. 63 Hektar maß das Gelände des viertgrößten hamburgischen Friedhofs, und eine weite Strecke konnte Frau Lüdemann nun einmal aufgrund ihres Alters und Gesundheitszustandes nicht zurücklegen. Das Grab ihres bereits vor Jahren verstorbenen Mannes, das sich beinahe in der Mitte des Areals befand, hatte sie daher schon länger nicht mehr besuchen können.

Er bog wie beschrieben an der Kapelle ab. Gleich hinter dem WC lag die Grabstelle Arne Lüdemanns. Einen Stein gab es noch nicht, lediglich ein schlichtes Holzkreuz gab über den Verstorbenen Auskunft. Peer blickte sich um. Spuren würden sie wahrscheinlich keine mehr finden, dazu hatte es zwischenzeitlich zu stark geregnet, trotzdem holte er sein Handy aus der Jackentasche und wählte die Nummer der Kollegen von der Spurensicherung. »Nein, es handelt sich nicht um eine Exhumierung. Die hat doch schon stattgefunden. Der Tote liegt wieder in der Rechtsmedizin«, beruhigte er seinen Gesprächspartner, der ihm sofort mitgeteilt hatte, dass sie ohne richterlichen Beschluss kein Grab ausheben durften. »Aber vielleicht findet ihr andere Spuren, zum Beispiel am Sarg.« Bei dem Gedanken daran, wie Arne Lüdemann wieder ausgegraben worden war, fröstelte ihn. Wer tat nur so etwas? Gut, soweit er wusste, hatten die Kollegen des Öfteren mit geschändeten Grabstellen oder sogar schwarzen Messen, die auf dem Friedhof abgehalten wurden, zu tun, aber dass Leichen ausgebuddelt und entwendet wurden, davon hatte er noch nichts gehört.

»Ja, gut, ich warte hier«, bestätigte Nielsen, nachdem der Mitarbeiter der Spurensicherung zugestimmt hatte. Noch einmal ließ er den Blick über das Grab und die leicht welken Blumenkränze schweifen, ehe er sich Richtung Toilette umwandte. Er musste dringend pinkeln und hoffte, dass die WC-Anlage geöffnet war.

Vor dem Gebäude stand ein kleiner Elektrowagen der Friedhofsgärtnerei. Peer betrat den Toilettenraum, in dem ein älterer Mann an einem Waschbecken gerade einen Schluck Wasser trank. »Entschuldigung, gehören Sie hier zu der Gärtnerei?«

Der Angesprochene hob seinen Kopf und musterte Peer. »Ja?«

»Sagen Sie, sind Ihnen in letzter Zeit Unregelmäßigkeiten an Gräbern aufgefallen?«

»Unregelmäßigkeiten?«

Peer nickte, wie sonst sollte man Zeichen von Ausgrabungen nennen? Doch der Gärtner schien nicht zu verstehen, worauf er hinauswollte. Mit fragendem Blick schaute er ihn an.

»Zum Beispiel Spuren von Verwüstungen oder ist irgendwo rumgebuddelt worden?«

»Nein, nicht dass ich wüsste. Wieso?«

»Wo kann man hier mit dem Auto auf den Friedhof kommen?« Peer ging auf die Gegenfrage gar nicht ein.

»Überhaupt nicht?«

»Na, der Leichenwagen muss ja auch aufs Gelände. Irgendwo wird es doch wohl eine Zufahrt geben.« Langsam, aber sicher ging der Argwohn des Mannes ihm auf die Nerven. Dass der Hamburger per se auch immer so misstrauisch sein musste.

»Ja, aber die Einfahrt ist nur für die Bestatter und die Gärtnerei.«

»Und die Polizei.« Peer hielt dem Mann seine Dienstmarke entgegen. Wider Erwarten blieb die Miene des Älteren unverändert. »Dann sind Sie bestimmt wegen der Klamotten da.«

»Welche Klamotten?«

»Na, die mit dem Blut.« Peer nickte, schüttelte aber anschließend gleich den Kopf. »Nein, die Kleidung wird untersucht. Aber hier auf dem Friedhof gibt es ein Grab, das ausgehoben wurde.«

Mit gerunzelter Stirn blickte Joswig Klatten ihn an. Hier wurden beinahe täglich Gräber ausgehoben. Was war daran so ungewöhnlich? Ungewöhnlicher als blutverschmierte Kleidung in einem Abfalleimer?

»Egal«, winkte Peer ab. »Wo ist die Zufahrt?«

Der Friedhofsgärtner machte ihm ein Zeichen.

»Moment«, hielt Peer ihn jedoch zurück. Zunächst einmal musste er seine Blase entleeren. Anschließend folgte er dem Mann nach draußen. Es war ein kleines Stück zu laufen, dann aber erreichten sie einen Eingang, an dem es auch ein Zufahrtstor gab. Joswig Klatten nestelte aus seiner Hosentasche einen Schlüsselbund, doch dann stutzte er plötzlich.

»Was ist?«, hakte Peer nach, dem dieses Zögern aufgefallen war.

Mit ratloser Miene sah Joswig Klatten ihn an. »Das Schloss ist weg.«

Langsam öffnete Christina Thomsen die Eingangstür zur Wohnung ihres Vaters. Obwohl sie wusste, dass er nicht zu Hause war und sie über einen Schlüssel verfügte, kam sie sich wie ein Eindringling vor. So leise wie möglich trat sie daher auf ihren Pumps in den Flur und schloss die Tür hinter sich. Einen kurzen Moment blieb sie bewegungslos stehen. Das Gefühl, ihr Vater könne aus dem Bad oder der Küche treten, lähmte sie. Geräuschlos schlüpfte sie aus ihren Schuhen und stellte sie auf die Fußmatte am Eingang direkt unter der Garderobe. Noch einmal lauschte sie in die Stille hinein, ehe sie ins Wohnzimmer ging. Hier wirkte alles, als hätte Georg Thomsen nur für einen kurzen Moment die Wohnung verlassen, als sei er zur Arbeit. Der Friedhof war sein Leben. Sie hatte es noch nie anders gekannt. Als Kind hatte er sie oft mitgenommen. Sie hatte geholfen Stiefmütterchen auf Gräber zu pflanzen, und hatte die Bänder der verwelkten Kränze gesammelt. Der glatte Stoff hatte ihr gefallen. Und noch heute konnte sie das Gefühl, das viele Leute beim Betreten eines Friedhofs empfanden – Beklommenheit, Trauer, Angst – nicht teilen. Für sie war dieser Ort stets wie ein zweites Zuhause gewesen. Sie fand die letzten Ruhestätten ganz normal. Alles hatte seinen

Sinn, seine Zeit in dieser Welt. Aber jetzt war irgendetwas aus dem Ruder gelaufen.

Seufzend ließ sie sich in den alten, kratzigen Polstersessel fallen. Ihr Blick wanderte über den massiven Eichenschrank, den Fernseher, der noch auf Stand-by stand, und blieb an einer Fototasche auf dem Couchtisch haften. Sie grinste, weil ihr Vater in derlei Dingen eher altmodisch war. Zwar hatte er mittlerweile auch eine kleine Digitalkamera, aber er druckte sich nach wie vor die Bilder alle im Drogeriemarkt um die Ecke auf Papier aus. Sie stand auf und stöberte durch die Wohnung, öffnete Schubladen, blätterte die Post der letzten Tage durch. Etwas Wichtiges schien nicht dabei zu sein, sie legte die Papiere auf den Küchentisch, goss die Blumen, lüftete kurz und verließ bald darauf die Wohnung.

7. KAPITEL

Die Ergebnisse der Spurensicherung, die Peer am nächsten Morgen auf seinem Schreibtisch fand, waren ernüchternd. Zwar hatte sich bestätigt, dass das Grab von Arne Lüdemann leer war, aber ansonsten hatte man kaum verwertbare Spuren gefunden, außer einer einzelnen Probe, die man allerdings noch auswerten musste.

»Verdammt«, fluchte Peer und hoffte, dass wenigstens Dr. Choui etwas in Bezug auf die blutgetränkte Kleidung hatte herausfinden können. Doch auch nach dem zehnten Läuten hob im Büro des Rechtsmediziners niemand ab. Sicherlich befand der sich in einer Sektion.

Von den Kollegen hatte er in der Gemeinschaftsküche erfahren, dass man am Elbufer einen Kopf gefunden hatte. Wo der Rest der Leiche war, wusste man noch nicht. »Aber der muss schon länger im Wasser herumgetrieben sein, so wie der aussah«, hatte ihm der Leiter der Mordbereitschaft erklärt, der diesen Fall übernommen hatte.

Peer hinterließ eine Nachricht für Dr. Choui und blickte auf seine Uhr. In einer Viertelstunde begann die Besprechung, die für heute angesetzt war. Er seufzte. Lange würde die kaum dauern, denn viel hatten sie bisher nicht. Hoffentlich nahm sein Chef nicht teil, dachte Peer, doch dieser Wunsch wurde ihm leider nicht erfüllt.

Als er mit einer Kaffeetasse und mehreren Akten beladen den Besprechungsraum betrat, saß Gerhard Fritsche bereits an dem großen runden Tisch und blickte erwartungsvoll auf, als er Peer sah.

»Morgen, Chef«, grüßte Nielsen ihn, stöhnte dabei aber innerlich. Sicherlich würde sein Vorgesetzter wieder unangenehme Fragen stellen. Und kaum war ihm dieser Gedanke durch den Kopf geschossen, ging es auch schon los.

»Und, wie weit seid ihr? Habt ihr schon etwas Konkretes?«

Peer nahm erst einmal einen Schluck Kaffee, ehe er von dem blutigen Hemd und dem leeren Grab des Gewebespenders berichtete. »Boateng hat Kontakt zu den rumänischen Kollegen aufgenommen, wegen des verunglückten Fahrers.«

Mittlerweile waren die anderen aus dem Team eingetroffen. »Ja, aber die Rumänen haben sich noch nicht gemeldet. Wollten die Daten überprüfen und die Angehörigen benachrichtigen«, übernahm nun Boateng das Wort, dem jedoch etwas ganz anderes auf der Zunge brannte. Eilig verteilte er ein paar Blätter und erklärte, welche Formen der Leichenverwertung es gab. »Ich denke, an diesem Punkt sollten wir weiter ansetzen. Denn wenn wir herausfinden, was man mit den Leichen vorhatte, kommen wir vielleicht eher an die Täter ran.«

Peer blickte irritiert auf die Unterlagen seines Mitarbeiters. Warum war ihm dieser Einfall nicht gekommen? Immerhin gab es ja bei einer der Leichen eine ganz deutliche Verbindung zu dieser Theorie. Nur, bedeutete das nicht, dass auch Dr. Choui und die Mitarbeiter der Rechtsmedizin verdächtig waren? So oder so war es ein heikles Thema, denn auch die anderen Bereiche, in denen man mit menschlichen Leichen arbeitete, hatten es in sich.

»Und wie genau stellst du dir das vor?« Peer blickte fragend zu Boateng, der allerdings schon genaue Pläne hatte, wie er vorgehen wollte.

»Also, ich würde mit der Forschung anfangen«, erklärte er. »Da wird meiner Ansicht nach am wenigsten kontrolliert. In der Rechtsmedizin und auch in der Anatomie dokumentieren die sich doch zu Tode. Da braucht man sich nur die Obduktionsberichte anschauen.« Die anderen in der Runde nickten und auch Gerhard Fritsche schien diese Vorgehensweise schlüssig.

»Nur, wie wollen Sie da an Informationen kommen?«, fragte er Peers Mitarbeiter. »Da steht doch bestimmt eine starke Lobby hinter, wenn ich hier so den Einsatz der Leichen als Crash-Test-Dummys aufgelistet sehe. Die Studien werden bestimmt von der Automobilbranche in Auftrag gegeben und die sollten Sie nicht unterschätzen.«

Boateng nickte. »Schon klar, aber mit denen käme ich wahrscheinlich in der Uni gar nicht in Berührung.«

»Gut«, nickte Peer schnell, um Gerhard Fritsche zuvorzukommen. »Aber unterschätz das nicht. Schließlich werden die Wissenschaftler wahrscheinlich von den Autoherstellern bezahlt.«

Doch der junge Kommissar strahlte. »Danach könnten wir vielleicht …«

Nielsen winkte ab. »Das ist ein Ansatz, wir sollten schauen, ob es weitere gibt. Wie sieht es mit Hinweisen in Folge des Zeugenaufrufs aus? Hat sich da etwas ergeben?« Erwartungsvoll blickte er in die Runde, aber die anderen Kollegen schauten nur betreten drein.

»Wer kann denn die Pressemeldung übernehmen?«, kam Gerhard Fritsche zur Hilfe.

Zögernd hob Lutz Bielenberg den Arm. »Aber keine Konferenz, nur texten«, stellte er gleich klar.

Peer nickte. »Und Carsten, du kümmerst dich um ein Rundschreiben an alle Friedhofsverwaltungen. Die sollen sich mal umhören bei ihren Gärtnern, ob denen etwas aufgefallen ist in letzter Zeit. Gut möglich, dass neben dem Altonaer auch noch andere Friedhöfe betroffen sind.«

»Und du?« Gerhard Fritsche schaute ihn fragend an. Wieder so eine dämliche Frage, ärgerte Peer sich. Und das vor seinen Mitarbeitern. Als wenn er sich rechtfertigen müsste für seine Arbeit. Wie sauer ihm das aufstieß. »Ich kümmere mich um das blutverschmierte Hemd«, knirschte er, schob die Akten zusammen und stand auf. »Also dann! An die Arbeit!« Eilig stürmte er aus dem Raum und spürte die Blicke der anderen in seinem Rücken.

Dr. Choui streifte sich die Latexhandschuhe ab. Manchmal empfand er seinen Job wirklich als unangenehm –

besonders, wenn sie es wie in diesem Fall mit Wasserleichen zu tun hatten, wobei »Leiche« war nicht ganz richtig, bisher hatten Spaziergänger am Elbstrand lediglich den Kopf eines Toten gefunden. Gut, dadurch hatte die Sektion nicht so lange wie gewöhnlich gedauert, aber das Gesicht war durch Fäulnisprozesse und Tierfraß fast nicht mehr vorhanden gewesen. Er wusch sich rasch die Hände und stieg dann die Kellertreppe hinauf. In seinem Büro sah er den blinkenden Anrufbeantworter. Während er Nielsens Nachricht abhörte, trank er einen Schluck Wasser. Irgendwie hatte er einen komischen Geschmack im Mund.

Ein Stockwerk höher lagen die Labore. »Habt ihr schon was?«, fragte er die Mitarbeiter. Der Rechtsmediziner war selbst gespannt auf die Ergebnisse. Der Fall mit den fünf Leichen machte ihn neugierig. Wenngleich jeder Tag spannend blieb, wie man an dem angeschwemmten Kopf sah; aber ein und dieselbe Leiche war ihm bisher noch nicht zweimal auf den Tisch gekommen.

Er blickte einer Frau im weißen Kittel, die konzentriert auf einem Monitor verschiedene Kurven abglich, über die Schulter. »Tja, also ich würde sagen, das Blut auf dem Hemd stammt von dem Schussopfer«, murmelte sie.

Dr. Choui nickte. Mit diesem Ergebnis hatte er gerechnet. Der Zufall wäre ihm auch zu groß erschienen, wenn es noch jemanden mit einem Loch in der Brust gäbe. Außerdem passte der Fundort des Kleidungsstückes zu den anderen Leichen. Aber wer hatte den Mann erschossen? Ein Rätsel, das der Rechtsmediziner auch trotz modernster Labortechniken nicht klären konnte. Das war Aufgabe der Polizei. Und die informierte Dr. Choui sofort über die Ergebnisse des Abgleichs.

Peer war mehr als froh über den Anruf des Rechtsmediziners. Nach der seltsamen Versammlung am Morgen hätte er das Büro am liebsten gleich wieder verlassen. Nun hatte er wenigstens einen triftigen Grund. Außerdem hatten sie jetzt die Chance, eine weitere Leiche zu identifizieren. Soweit er wusste, lag den Kollegen in Bahrenfeld eine Vermisstenanzeige vor, die in Zusammenhang mit dem gefundenen Hemd und somit mit dem erschossenen Mann aus dem verunglückten Leichentransporter stand. Er wählte die Nummer des PK 25 und bat Franke, die Angehörige zu informieren und unverzüglich ins Rechtsmedizinische Institut zu bringen. »Ich warte dort auf Sie!«

Schon am Klingeln ihres Handys meinte Christina Thomsen zu erkennen, dass es schlechte Neuigkeiten gab. Mit zitterndem Finger drücke sie das Telefonicon auf dem Bildschirm ihres Smartphones. »Ja?«
　Ein Räuspern war zu hören, dann Frankes Stimme. »Ja, Frau Thomsen, ich versprach Ihnen, mich zu melden, wenn es etwas Neues gibt.«
　»Ja?«

Wieder hüstelte der Kommissar und bestätigte damit Christinas Befürchtungen.

»Sie haben ihn gefunden?«

»Ja, nun ja«, so ganz stimmte dieser Umstand zwar nicht, aber das war jetzt egal. »Ich würde Sie in zehn Minuten abholen, wenn es geht? Sie müssten zu einer Identifizierung nach Eppendorf.«

Eppendorf, schoss es ihr durch den Kopf. »Ja, aber ich kann auch selbst ...«

»Nein«, entfuhr es Franke etwas scharf.

Christina Thomsen zuckte zusammen und schwieg. In ihrem Kopf flogen die Gedanken durcheinander. »Ist er tot?«, flüsterte sie nach einer Weile.

Vom anderen Ende der Leitung kam wieder dieses Räuspern. »In zehn Minuten bin ich bei Ihnen.«

Peer war bereits vor einer guten halben Stunde am Rechtsmedizinischen Institut eingetroffen, wollte aber draußen auf Franke und die Angehörige warten. Während er in seinem Auto auf dem Parkplatz saß, beobachtete er, wie ein Leichenwagen die schmale Auffahrt neben dem Haupteingang hochfuhr und vor dem Seiteneingang stehen blieb. Ihn fröstelte bei dem Gedanken, dass wahrscheinlich gleich wieder ein toter Mensch in den Lastenaufzug geschoben und in den Keller des Instituts gebracht wurde. Oder andersherum, denn die Leichen wurden schließlich nach der Untersuchung auch wieder abgeholt. Es sei denn, sie hatten sich als Spender für die Anatomie zur Verfügung gestellt. Dann blieben die Körper länger hier, soweit er wusste. Peer hatte sich selbst noch nie Gedanken darüber gemacht, was mit seinem Körper nach seinem Tod geschehen sollte. Gut, die Vorstellung, dass man in einer Holzkiste in der Erde verbuddelt wurde und irgendwann die Maden und Würmer sich durch das verwesende Fleisch fraßen, schob man verständlicherweise gerne weit von sich fort. Er auch. Aber daher hatte er sich wie wohl auch die meisten anderen Leute gar nicht mit der Möglichkeit, seinen Leichnam für andere Zwecke zu spenden, befasst. Ihm fiel ein, was Boateng heute Morgen berichtet hatte. Natürlich waren Körperspenden wichtig, wie sonst sollten beispielsweise Studenten den menschlichen Körper ohne Risiken erforschen? Und sicherlich machten auch die Versuche der Automobilindustrie Sinn, aber die Vorstellung, irgendwelche Erstsemester würden an seinem Körper herumschnippeln, fand er nicht wirklich angenehmer als die Madenversion. Peer musste sich unweigerlich schütteln und war froh, als er endlich den Peterwagen vom PK 25 vorfahren sah.

Er stieg aus und beobachtete, wie Franke neben seinem Auto einparkte, ausstieg und eine der hinteren Türen öffnete. Die junge Frau mit der wallenden roten Mähne blickte sich hektisch um. Peer gelang es kaum, seinen Blick von Christina Thomsen zu wenden, daher nickte er Franke nur flüchtig zu, bevor er sich vorstellte. »Peer Nielsen, Mordkommission.« Wider Erwarten zuckte die Rothaarige nicht zusammen. Sie schien derartig auf das bevorstehende Ereignis fokussiert, dass sie ihn gar nicht richtig wahrnahm. Mit zögerlichen Schritten folgte sie seiner Handbewegung zum Eingang des Instituts. Nielsen warf Franke einen fragenden Blick zu, aber der hob nur leicht die Schultern.

Im Institut wurden sie bereits erwartet. Herr Holst, der Sektionsassistent, hatte den Leichnam zur Identifizierung in dem kleinen Nebenzimmer zurechtgemacht, sodass der Tote aussah, als schliefe er lediglich. Der Körper war mit einem weißen Tuch abgedeckt, das die Schnitte der Obduktion verdeckte. Sehr pietätvoll, wertete Peer und bezweifelte, dass man im Rechtsmedizinischen Institut Schindluder mit Leichen trieb, so wie Boateng es in seiner These als mögliche Annahme aufgelistet hatte. Ganz im Gegenteil. Hier schien man sehr würdevoll, fast ehrfurchtsvoll mit dem Tod umzugehen, obwohl man nicht sagen konnte, ob das tatsächlich auf alle Mitarbeiter des Instituts zutraf. Vielleicht gab es hier korrupte Angestellte?

Peer wurde durch das Schluchzen von Frau Thomsen aus seinen Gedanken gerissen. Nur langsam war sie ihm und Franke in den kleinen Raum gefolgt und hatte, nachdem sich ihre Augen an die gedämpften Lichtverhältnisse gewöhnt hatten, ihren Vater sofort erkannt. Unsicher ging sie an Peer vorbei auf den Leichnam zu und streckte ihre Hand aus. »Papa?« Im letzten Moment zuckte sie zurück vor der Berührung.

Abrupt drehte sie sich auf ihrem Absatz herum und prallte direkt in Peer hinein. Der Duft ihres leicht blumigen Parfüms drang in seine Nase, und ohne nachzudenken, nahm er ihren Arm und führte sie hinaus. Ihr Körper fühlte sich verkrampft an und er hatte Angst, sie könne jeden Augenblick zusammenbrechen. Draußen sah er, wie sie um Fassung rang und mühsam ihre Tränen unterdrückte.

»Ich fahre Sie nach Hause«, bestimmte er und führte Christina Thomsen zu seinem Wagen. Nachdem er sie auf den Rücksitz verfrachtet hatte, wandte er sich an Franke. »Wie ist die Anschrift?«

Der Bahrenfelder Kommissar schluckte ein paar Mal, ehe er ihm eine Adresse in Ottensen nannte.

Peer nickte. »Ich melde mich«, sagte er und verabschiedete sich. Er stieg in seinen Wagen und prüfte im Rückspiegel den Zustand von Christina Thomsen, ehe er den Motor startete und losfuhr. Was für eine schöne Frau, dachte er immer wieder, während er sich durch den dichten Verkehr kämpfte. Hin und wieder hob er den Kopf und schaute in den Rückspiegel, bis ihm daraus zwei große, dunkle Augen entgegenblickten. Sofort schoss ihm das Blut in die Wangen und er hatte das Gefühl, förmlich zu glühen. Sein Herz pochte bis zu seinem Hals, der sich plötzlich staubtrocken anfühlte. Krampfhaft versuchte er so zu tun, als konzentriere er sich ausschließlich auf die Straße, dabei tobte in seinem Inneren ein Wirbelsturm.

Endlich hatten sie die Zieladresse erreicht. Christina

Thomsen machte jedoch keine Anstalten auszusteigen. »Können Sie mit hineinkommen?«, fragte sie leise, während sie auf das Mehrfamilienhaus starrte. »Ich möchte jetzt nicht alleine sein.«

Peers Herz setzte einen Schlag aus und er schluckte. »Ja, klar«, versuchte er möglichst cool zu erwidern und stoppte den Motor.

Die Wohnung von Christina Thomsen war klein, aber hübsch eingerichtet. Der dunkle Parkettfußboden harmonierte hervorragend mit den Echtholzmöbeln im Kolonialstil. Bunte Gardinen und moderne Bilder setzten entsprechende Farbkontraste. Einen guten Geschmack hat sie, fuhr es ihm durch den Kopf. Und wie aufgeräumt es hier ist. Unweigerlich musste er an seine eigene Bude denken, die auch nicht größer, aber wesentlich unordentlicher war.

»Soll ich uns einen Tee machen?«

»Das kann ich doch auch«, bot er an und stiefelte in die Küche. Auf der Arbeitsplatte stand ein Wasserkocher, den er füllte und anstellte. Christina war ihm gefolgt und holte aus einem Regal zwei Tassen. Abschließend angelte sie aus einer Teebox zwei Beutel und hängte sie in die Gefäße.

Der Wasserkocher brauchte eine halbe Ewigkeit. Jedenfalls kam es Peer so vor. »Schön haben Sie es hier.«

Sie nickte.

»Und von dem Verkehr hört man fast nichts.«

Ihr Schweigen war ihm unangenehm. Zum Glück

blubberte endlich das Wasser und er goss den Tee auf, mit dem sie sich schließlich an den Küchentisch setzten. Lange Zeit war nur das Klimpern ihrer Teelöffel zu hören, bis Christina Thomsen unvermittelt zu reden begann. »Ich hätte mich mehr um ihn kümmern müssen.«

»Wie meinen Sie das?« Peer blickte die Tochter des Verstorbenen an.

»Na, seit meine Mutter tot ist, war er ganz alleine und bestimmt oft einsam.«

»Ja, aber er hatte seine Arbeit«, versuchte er ihre Selbstvorwürfe zumindest etwas zu entkräften.

Sie lächelte. »Ja, die hatte er. Sie war auch sein Ein und Alles. Seit ich denken kann, liebt er diesen Friedhof.« Sie rührte nachdenklich in ihrer Tasse. »Vielleicht mehr, als er uns jemals geliebt hat.«

Peer schluckte. In Familiendingen war er selbst nicht so gut. Seine Eltern hatten sich getrennt, als er 13 gewesen war. Zu seinem Vater hatte er seitdem wenig Kontakt und zu seiner Mutter auch nicht – zumindest, seit sie diesen neuen Lebensgefährten hatte, der in Peers Augen überhaupt nicht zu ihr passte.

»Wie meinen Sie das?«, hakte er nach.

»Ach«, seufzte sie und rührte weiter den Tee um. »Für den Friedhof hat er einfach alles getan.« Sie stockte. »Irgendwie seltsam, von ihm in der Vergangenheit zu reden.«

»Was glauben Sie, was passiert ist?«, versuchte Peer ihr anschließendes Schweigen wieder zu brechen.

Doch der schmerzerfüllte Blick, der ihn traf, als sie ihn anblickte, ließ ihn augenblicklich die Frage bereuen.

»Ich weiß es nicht«, flüsterte sie kraftlos. »Mein Vater war ein herzensguter Mensch. Er hatte keine Feinde, keinen Streit, mit niemandem. Wahrscheinlich war er nur zur falschen Zeit am falschen Ort.«

8. KAPITEL

Michael Boateng war am Montagmorgen als Erster im Büro. Das Wochenende war ihm diesmal irgendwie unerträglich lang erschienen; ungeduldig fuhr er seinen Computer hoch.

Zunächst checkte er seine Mails, aber von den Rumänen war immer noch keine Antwort eingegangen. Gibt es doch gar nicht, dachte er. So lange kann es doch nicht dauern, ein paar Angehörige ausfindig zu machen. Deren Arbeitsmoral möchte ich haben, seufzte er innerlich. Haben die nicht verstanden, dass es sich um einen ziemlich prekären Fall handelt?

Auch von der Uni in Hannover hatte er noch keine Rückmeldung. Dort hatte er nämlich eine Abteilung ausfindig gemacht, die sich mit Leichen-Crash-Tests beschäftigte, und um einen Termin gebeten. »Vielleicht besser, ich rufe da mal an«, murmelte er vor sich hin und wollte gerade zum Telefonhörer greifen, als Nielsen das Büro betrat.

»Und, was hat die Identifizierung am Freitag ergeben?«

Peer setzte seinen Kaffeebecher ab und nickte euphorisch. »Ist der Friedhofsgärtner aus Altona. Georg Thomsen«, erklärte er und sein Gesicht begann zu strahlen. »Christina hat ihn eindeutig identifiziert.«

»Christina?« Boateng blickte seinen Chef mit einem riesigen Fragezeichen im Gesicht an.

»Ja, Christina Thomsen, die Tochter.«

Der Abend war lang geworden. Christina hatte ihn nicht gehen lassen. »Ich kann jetzt nicht alleine sein«, hatte sie erklärt und eine Flasche Rotwein geöffnet. Vom Alkohol gelöst, hatten sie sich schließlich gegenseitig aus ihrem Leben erzählt und waren irgendwann beim vertraulichen Du gelandet. Wirklich weiter in dem Fall hatte ihn dieser Abend zwar nicht gebracht, aber er hatte sich in Gegenwart dieser Frau so wohl wie seit Langem nicht mehr gefühlt. Es tat ihm gut, gebraucht zu werden. Genauso wie die Umarmung zum Abschied.

»Gut«, riss Michael Peer aus den angenehmen Erinnerungen des Freitagabends. »Dann sollten wir doch noch mal beim Friedhof ansetzen, oder?«

Peer winkte ab. Die Kollegen der Spurensicherung hatten nichts Nennenswertes gefunden, was also sollten sie entdecken? »Da warten wir noch mal auf die Auswertung der Probe. Die Ergebnisse müssten heute eigentlich kommen.« Er schaltete nun ebenfalls seinen Computer an und sichtete zunächst einmal die Nachrichten in seinem Postfach. Die Pressemitteilung, die am Freitag noch rausgegangen war, hatte letztendlich Gerhard Fritsche abgenommen, da Peer nicht mehr erreichbar gewesen war. Aber das Rundschreiben an die Friedhofsverwaltungen war noch nicht freigegeben. Das hätte sein Chef ja nun wirklich auch gleich mit genehmigen können. So ging ihnen wieder Zeit verloren, ärgerte Peer sich, während er den Text überflog und nickte. Anschließend sandte er dem Mitarbeiter per Mail die Freigabe. Vielleicht war es ja auch auf anderen Friedhöfen zu Unregelmäßigkeiten gekommen? Einen Versuch war es wert.

Sein Blick blieb auf der Versandbestätigung der Mail haften, während seine Gedanken schon wieder zu dem Freitagabend zurückkehrten. Das ganze Wochenende hatte er in einer Art Traumzustand verbracht. Er konnte sich nicht erinnern, wann er sich das letzte Mal derart gut mit einer Frau unterhalten hatte. Christina Thomsen war nicht nur eine attraktive Mittdreißigerin, sondern auch noch äußerst gebildet. Jedenfalls hatte sie bei allen Gesprächsthemen, die er angeschnitten hatte, locker mithalten können. Selbst beim Fußball, obwohl das ja eher kein typisches Frauenthema war. Ja, die Frau hatte einfach Format und wieder spürte Peer bei der Erinnerung an die Rothaarige ein leichtes Kribbeln in der Magengegend, das jedoch jäh erstickt wurde.

»Die stellen sich vielleicht an!«, schimpfte Boateng und knallte den Hörer laut auf die Gabel. Peer blickte seinen Mitarbeiter verständnislos an. »Die Uni in Hannover. Wollen mir partout keinen Termin geben. Das ist doch schon seltsam, oder?«

Nielsen brauchte einen Moment, um zu verstehen, wovon Boateng überhaupt sprach. Zwar hatte er selbst am Freitag grünes Licht für die Nachforschungen in

Bezug auf die Körperspender gegeben, aber irgendwie hatte er das anscheinend verdrängt. Waren ja auch nicht unbedingt schöne Vorstellungen, die man mit den Experimenten verband. »Wolltest du dir das etwa angucken, oder was?«

Michael schüttelte den Kopf. Auf den Anblick gecrashter Leichen hatte er wenig Lust. Er wollte doch lediglich zunächst einmal mit dem Professor darüber sprechen, woher die Uni ihre Spender für die Tests bezog, und einen Blick auf die Erfassung der Leichendaten werfen. Doch das schien streng geheim. »Einen richterlichen Beschluss werde ich wohl kaum bekommen, um die Unterlagen einzusehen. Wir haben ja nichts gegen die Uni in der Hand. Ist ja nur eine von vielen Möglichkeiten, wofür die Leichen in dem verunglückten Transporter vorgesehen gewesen sein könnten.«

Peer nickte. »Dann fang doch erst einmal mit einem anderen Bereich an. Soll ich dich bei Dr. Choui ankündigen?« Er wollte sowieso beim Rechtsmedizinischen Institut anrufen, um sich zu erkundigen, ob die Freigabe der Leiche des Friedhofsgärtners schon vorlag. Er hatte Christina versprochen, sich darum zu kümmern.

Boateng schüttelte den Kopf. Irgendwie behagte ihm die Vorstellung nicht, den Rechtsmediziner, der schon so lange sehr kollegial mit ihnen zusammenarbeitete, mit seinen Verdächtigungen zu konfrontieren. Auch, wenn sie nur rein hypothetisch waren. »Dann nehme ich mir lieber Gunter Hagen vor«, grinste er.

»Oder du begleitest mich noch einmal nach Altona?«, schlug Peer vor. »Wollte mir den Vermieter des Transporters noch einmal zur Brust nehmen.«

Kaum eine halbe Stunde später saßen die beiden im Dienstwagen und fuhren Richtung Altona. Die Sonne schien und der Himmel war beinahe wolkenlos. »Der Frühling scheint doch noch zu kommen«, bemerkte Boateng, als sie auf dem Hinterhof des Kleinunternehmers geparkt hatten und ausstiegen.

»Stimmt«, entgegnete Peer, dem dieses heitere Wetter auch wesentlich besser gefiel als die letzten verregneten Tage. Heute war es beinahe schon warm und man konnte die Sonne förmlich riechen.

Auf dem Innenhof stand ein nagelneuer Transporter. »Die Versicherung kann unmöglich schon geleistet haben«, zischte Michael Boateng Peer mit erhobener Augenbraue zu.

Die Tür zum Büro stand offen, sie hörten die Stimme von Herrn Öztürk. »Ja, aber wie soll ich das erklären?«

Nielsen legte seinen Finger an den Mund und verharrte am Eingang. Doch trotz angestrengten Lauschens war nichts zu hören. Anscheinend handelte es sich um ein Telefonat, denn obwohl eine Antwort fehlte, sprach nun der Kleinunternehmer wieder. »Besser wäre es sicherlich zu warten, bis ein wenig Gras über die Sache gewachsen ist.« Doch der Gesprächspartner am anderen Ende schien damit ganz und gar nicht einverstanden zu sein. »Ja, ich weiß. Bin ich ja auch dankbar für, aber ...«

Peer blickte zu Boateng, der mit hochkonzentriertem Gesichtsausdruck auf weitere Gesprächsfetzen wartete. Doch die blieben aus. Entweder der andere Teilnehmer hatte einfach nach einer wütenden Schimpftirade aufgelegt, oder der Kleinunternehmer hatte sie entdeckt. Einen kurzen Moment lauschten die beiden noch in die Stille, dann trat plötzlich Herr Öztürk aus der Tür. Boateng taumelte vor Schreck rückwärts, während Peer sich nicht rühren konnte.

»Was machen Sie denn hier?«, fragte der Mann und warf ihnen einen grimmigen Blick zu.

Nielsen fing sich als Erster. »Wir wollten noch einmal mit Ihnen über den Mieter des verunglückten Transporters sprechen.« Da dies keine Ausrede war, kamen ihm die Worte ganz leicht über die Lippen. In den Augen seines Gegenübers sah er ein kurzes Aufblitzen. Boateng hatte es auch wahrgenommen und runzelte leicht die Stirn. Die beiden Kommissare hatten durch die unbewusste Geste ihre Haltung wiedergefunden. »Und einen neuen Transporter haben Sie auch schon. Hat denn die Versicherung schon geleistet?« Peer drehte sich zu dem Wagen um, hinter sich hörte er ein leichtes Hüsteln.

»Ja, ein Freund hat mir geholfen. Der Betrieb muss schließlich weitergehen. Ich habe eine Familie zu ernähren.«

Schon an der Stimmlage erkannte Peer, dass dies gelogen war, aber er sagte nichts. Was auch? Aufgrund eines

Erfahrungswertes und Bauchgefühls konnte man keinen Verdächtigen festnageln. »Ja, also«, fuhr er stattdessen fort, »wie dem auch sei. Aber hat der Unglücksfahrer öfter bei Ihnen Autos gemietet? Wie hieß er noch gleich?«

»Krosschenko, Janosch Krosschenko«, kam Boateng ihm zur Hilfe, dem der Name wegen seiner Nachforschungen in Rumänien geläufiger war.

»Genau, also, Herr Öztürk, hat Herr Krosschenko des Öfteren Fahrzeuge bei Ihnen geliehen?« Die Angaben konnten in der Tat sehr relevant sein, denn wenn sich herausstellte, dass es auch auf anderen Friedhöfen ausgehobene Gräber gab, dann konnte man vielleicht mit den Daten eine weitere Verbindung zu Herrn Öztürks Autovermietung herstellen.

Der Angesprochene gab sich ahnungslos. »Da müsste ich in meiner Kundenkartei nachsehen.«

Peer blickte sich demonstrativ um. Besonders umfangreich konnte die ja nicht sein. Weder heute noch bei seinem letzten Besuch hatte er einen einzigen Kunden gesehen. »Ja, bitte!«, forderte er daher und folgte dem Unternehmer, der sich wortlos umgedreht hatte und hinein ging.

Wie erwartet war das Büro leer. Also ein Telefonat, schlussfolgerte Peer. Nur mit wem? Ganz sicher konnte er sich natürlich nicht sein, ob es in dem Gespräch um den Leichentransporter gegangen war, aber sein Gefühl sagte ihm, dass es sich zumindest um etwas gehandelt hatte, was nicht für seine Ohren bestimmt gewesen war. Ähnlich wie bei dem Mietvertag hatte Herr Öztürk auch diesmal erstaunlich schnell die Kundenkarte des verunfallten Mieters gefunden. Der zufolge hatte der Rumäne etliche Male einen Wagen angemietet – jedes Mal einen Kleintransporter. Statt nach einer Kopie zu fragen, fotografierte Peer die Daten diesmal einfach mit seinem Handy ab. Er fragte sich sowieso, wer heutzutage noch mit physischen Karteikarten arbeitete. Das erinnerte ja geradezu an die Steinzeit. Obwohl, wenn er sich so umblickte, schien die Zeit in dem Büro, zumindest was die Einrichtung betraf, wirklich stehengeblieben zu sein. Dunkle massive Eichenmöbel, kombiniert mit einer grellen Tapete, deren Muster heutzutage fast schon wieder modern war. Auch der orientalische Teppich passte eher in Frau Lüdemanns Wohnung, als in die Räume einer Autovermietung.

»Es kam ja doch einige Male vor, dass Herr Krosschenko den Wagen gemietet hat. Kannten Sie den Mann denn näher?«

Etwas zu schnell schüttelte Herr Öztürk plötzlich den Kopf.

»Hm, und wie haben Sie sich verständigt? Sprechen Sie Englisch?«, mischte sich Boateng ein.

Der Inhaber des Unternehmens schaute von Peer zu Boateng und zurück. »Ich weiß nicht. Woher soll ich wissen?«, verfiel er in die Rolle des Ahnungslosen. Zusätzlich setzte er plötzlich auf gebrochenes Deutsch – anscheinend um seine Hilflosigkeit zu unterstreichen. Schließlich war er hier das Opfer, mit und an dessen Eigentum ein Verbrechen verübt worden war.

Doch Peer ließ sich nicht täuschen. »Herr Öztürk, so viele Kunden werden Sie ja nun nicht haben. Da werden Sie sich doch an einen Mieter erinnern, der in den …«, er warf einen Blick auf die Karteikarte, »letzten drei Monaten beinahe jede zweite Woche Ihren Transporter ausgeliehen hat.«

»Nein, woher? Ich bin nicht immer hier. Mein Bruder manchmal hilft mir.«

»Ihr Bruder?«, hakte Peer nach.

Herr Öztürk nickte.

»Gut, dann müssen wir Ihren Bruder eben auch befragen. Wie heißt er? Wo wohnt er?« Peer zückte sein Merkbuch und einen Kuli, nahm aber trotzdem wahr, wie der Adamsapfel des Unternehmers unnatürliche Auf- und Abbewegungen vollzog.

Der Befragte presste einen Namen und die Adresse hervor. »Aber mein Bruder hat damit bestimmt nichts zu tun«, schob er anschließend aufgebracht hinterher.

»Wenn dem so ist, hat er ja nichts zu befürchten.«

Die beiden verabschiedeten sich und wussten, sobald sie den Fuß über die Schwelle setzten, würde Herr Öztürk seinen Bruder informieren.

»Notfalls lass ich den ganzen Schuppen auseinandernehmen«, brummte Peer, als sie in den Wagen stiegen. »Hier ist definitiv etwas faul und ich finde heraus, was es ist.«

Er startete den Wagen und trat das Gaspedal durch. Der Motor des Kombis jaulte auf, der Lärm hallte von den Häuserfassaden um sie herum zurück. Energisch fuhr er durch die enge Hofeinfahrt auf die Straße und übersah dabei beinahe einen Fahrradfahrer, der vor Schreck fast vom Fahrrad fiel.

»Fahr gefälligst auf der richtigen Seite«, schimpfte Peer hinter der Windschutzscheibe und beschleunigte wieder. Jetzt, gegen die Mittagszeit ließ sich der Verkehr ertragen, aber zur Feierabendzeit würde wieder das reinste Chaos auf Hamburgs Straßen herrschen.

Doch noch hatten sie Glück und erreichten die angegebene Adresse des Bruders schon nach etwas mehr als 20 Minuten, was für die Strecke an sich eine sehr gute Zeit war. Aber Peer war irgendwie aufgewühlt und trat das Gaspedal häufig mehr als erlaubt durch. Er hasste es einfach, wenn es nicht voranging – egal ob im Job oder im Verkehr.

Der Bruder des Kleinunternehmers wohnte in einer heruntergekommenen Wohnsiedlung in Wilhelmsburg. Im schäbigen Hausflur roch es nach Essen. Musik war zu hören und Kindergeschrei. Die Türglocke funktionierte nicht, daher pochte Peer bestimmt gegen die Tür, woraufhin ein kleiner blasser Junge öffnete.

»Ist dein Vater zu Hause?«

Der Kleine schüttelte den Kopf. Zumindest verstand er ihn.

»Und deine Mutter?«

Augenblicklich drehte der Junge sich um und schrie: »Ana!«

Kurz darauf schlurfte eine recht ausgedehnte Frau auf sie zu.

»Frau Öztürk?«, vergewisserte Peer sich. Zögernd nickte sie. »Wir möchten gerne Ihren Mann sprechen. Ist er zu Hause?«

»Nein, Mann nix da. Arbeit!«

Arbeit? Das musste auf jeden Fall eine andere Beschäftigung sein, als in der Autovermietung, denn dort hatten sie ihn ja nicht angetroffen.

»Wo?« Seltsamerweise verfiel Peer automatisch in eine einfachere Sprechweise. Ganze Sätze schienen ihm überflüssig.

»Hafen«, ertönte die knappe Antwort.

Peer nickte. Es machte wenig Sinn, sich weiter mit der Frau zu unterhalten. Er nestelte aus seiner Innentasche eine Visitenkarte und reichte sie der Frau. »Er soll mich anrufen, wenn er wieder da ist. Okay?« Automatisch hatte er seine Stimme angehoben, als ob das das Sprachproblem lösen könne. Hinter der Frau scharten sich mittlerweile weitere Kinder, doch er nickte nur zum Abschied und drehte sich um. Boateng folgte ihm.

»Meinst du, das hat was gebracht?«, fragte der, als sie das Haus verließen.

Peer zuckte mit den Schultern.

»Vielleicht hätten die Kinder etwas gewusst? Die konnten bestimmt Deutsch.«

»Möglich«, murmelte Peer, dem unverständlich war, wie man in einem Land leben konnte, dessen Sprache man kaum beherrschte. Wie regelten solche Leute behördliche Angelegenheiten? Er selbst war ja oft mit den bürokratischen Vorgängen in Deutschland überfordert. Allein eine Steuererklärung oder Kontoeröffnung. Erst neulich hatte er die Bank gewechselt, da er mit einer Beraterin aneinandergeraten war. Er hatte vergessen, einen Dauerauftrag zu löschen, und sie wollte das Geld nicht zurückholen. Der Vorfall war eskaliert und Peer hatte sich daraufhin eine andere Bank gesucht. Aber schon bei der Kontoeröffnung war er von den ganzen Verträgen und Zusatzvereinbarungen geradezu erschlagen worden. Wie musste es da erst jemandem ergehen, der noch nicht einmal die Sprache verstand, in der die Verträge verfasst waren?

»Wir fahren zurück ins Präsidium. Vielleicht haben die Kollegen was«, seufzte er und stieg in den Wagen.

9. KAPITEL

Christina Thomsen durchforstete die Unterlagen ihres Vaters. Sie war sich sicher, dass er eine Sterbeversicherung abgeschlossen hatte. Zwar hatte Peer Nielsen sich noch nicht bei ihr gemeldet, aber es war ja nur eine Frage der Zeit, bis ihr Vater beerdigt werden konnte, und dafür musste einiges vorbereitet werden.

Am Morgen hatte sie mit dem Bestattungsinstitut gesprochen und der Friedhofsverwaltung. Ihr Vater hatte sich bereits zu Lebzeiten eine Grabstelle auf dem Friedhof ausgesucht und sein Arbeitgeber zahlte die Ruhestätte als Teil des Arbeitsvertrages. Zumindest darum brauchte sie sich also nicht zu kümmern. Ohnehin war sie erschrocken darüber, was eine Bestattung für Kosten verursachte – aber ihr Vater hatte das bestimmt gewusst und entsprechend vorgesorgt. Christina zog den nächsten Ordner aus dem Regal und legte ihn auf den Tisch. Während sie zwischen den Papieren blätterte, durchschnitt das Klingeln ihres Handys die Stille in der Wohnung und ließ sie zusammenzucken. Sie schaute auf das Display und drückte nach einem kurzen Zögern den Anruf einfach weg. Doch schon kurze Zeit später läutete das Telefon erneut.

Christina stöhnte. Sie hatte keine Lust, mit dem Anrufer zu sprechen. »Nicht jetzt«, zischte sie vor sich hin und wartete, bis das Gespräch auf die Mailbox umgeleitet wurde. Allerdings gab sich der andere nicht so schnell geschlagen wie Christina, die beim nächsten Läuten schnaubend und blind vor Wut das Telefonat annahm.

»Was ist?«, bellte sie in ihr Handy.

»Ähm, hallo, hier ist Peer«, ertönte es vom anderen Ende der Leitung.

»Oh«, entfuhr es ihr und eine heiße Welle rollte durch ihren Körper. »Ja, hallo, schön dass du anrufst.« Christina räusperte sich. »Sorry, aber ich dachte, du wärst mein Kollege. Habe etwas Stress auf der Arbeit.« Sie machte eine Pause, ehe sie fragte: »Gibt es etwas Neues?«

Boateng rückte den Stuhl, auf dem er saß, zurecht und posierte sich vor dem Bildschirm. Er hatte eine Mail von dem rumänischen Kollegen erhalten, heute Nachmittag wollte er sich erneut über eine Internetkonferenz bei ihm melden. Das wurde auch langsam Zeit. Ursprünglich hatte Peer dabei sein wollen, doch ein Anruf hatte ihn überstürzt aus dem Büro eilen lassen.

Michael blickte auf seine Uhr, noch zwei Minuten, dann war es so weit. Musste er noch einmal? Ach nee, dafür war es jetzt eh zu spät. Ob die Rumänen etwas herausgefunden hatten? Er warf noch einmal einen Blick auf die Akte des verunglückten Fahrers, über den sie bisher kaum mehr wussten als seinen Namen. Plötzlich erklang ein Signalton. Boateng rückte sich noch einmal in Position, dann drückte er den Knopf, um die Videoschalte anzunehmen. Auf dem Bildschirm flackerte das Bild eines blassen dunkelhaarigen Mannes auf. Es war nicht der Kollege vom letzten Mal.

»Sie können Deutsch mit mir sprechen«, grinste der Rumäne ihn an. Meine Großeltern sprachen Deutsch und dadurch auch der Rest der Familie. Daher habe ich Ihre Anfrage übernommen.«

»Oh, gut«, freute sich Boateng, der zwar über gute Englischkenntnisse verfügte, aber so war es leichter.

»Haben Sie denn schon etwas herausfinden können? Die Angehörigen informiert?«

Der Kollege am Bildschirm nickte. »Es hat zwar etwas gedauert, da wir nicht gleich die Familie angetroffen haben, aber die Angehörigen sind informiert und, soweit ich weiß, schon auf dem Weg nach Deutschland, um den Leichnam zur Bestattung heimzuholen.«

»Gut«, nickte Boateng. Er ging davon aus, der Kollege habe die Familie an ihn verwiesen. Dann würden die hier sicherlich bald aufschlagen. Er würde sich um einen Dolmetscher kümmern müssen.

»Is hilfreich«, empfahl der Rumäne. Er habe sich ohnehin gewundert, denn in dem Viertel, in dem die Familie lebte, wohnten die eher ärmeren Schichten. »Keine Ahnung, wie die den Leichentransport bezahlen wollen. Ohnehin, auch die Einrichtung war für die Gegend sehr teuer.«

»Was haben die denn gesagt, warum Janosch Krosschenko in Deutschland war?«

»Zum Arbeiten. Sei ja jetzt schließlich erlaubt.«
Boateng nickte. »Und wussten die auch, was?«
Der Kollege schüttelte den Kopf. »Nee ich hatte den Eindruck, die Familie hält Deutschland für das Paradies. Jedenfalls hat der Janosch wohl gut verdient.«

»Nur womit, das wissen wir nicht«, murmelte Boateng vor sich hin.

Peer hatte Christina mitgeteilt, dass er in der Wohnung ihres Vaters nach Anhaltspunkten für den Mord suchen wollte, und da sie ihm gesagt hatte, sie sei gerade dort, hatte er sich sofort auf den Weg dorthin gemacht. Seine Eile rührte jedoch nicht nur von den möglichen neuen Hinweisen her. Als er den Klingelknopf drückte, zitterte seine Hand leicht und ein Kribbeln machte sich in seiner Magengegend breit, als er kurz darauf Schritte hörte. Christina Thomsen sah auch heute wieder umwerfend aus, obwohl man ihr den Stress der letzten Tage ansah. Als sie Peer erblickte, lächelte sie leicht. »Komm rein.«

Er folgte ihr durch den Flur ins Wohnzimmer, wo auf dem Couchtisch ausgebreitet mehrere Unterlagen und Ordner lagen. »Ich suche nach einer Sterbeversicherung«, erklärte sie. »Eine Beerdigung ist ganz schön teuer.«

Peer nickte, obwohl er keine genaue Vorstellung davon hatte, was so eine Bestattung wohl kostete. »Soll ich dir helfen?« Er nahm einen Stapel Papiere zur Hand. Darunter kam die Fototasche zum Vorschein. »Oh«, bemerkte er, »darf ich?«

Christina nickte leicht und Peer nahm die Bilder aus der Schutzhülle.

»Er hat seinen Beruf sehr geliebt. Anscheinend hat er die schönsten Gräber auf dem Friedhof fotografiert«, kommentierte sie die Aufnahmen. »Meinst du, er hätte sich vielleicht auch solch einen Grabschmuck gewünscht?«

»Ich weiß nicht«, entgegnete Peer, während er die Fotos eingehend betrachtete. Es handelte sich bei den Bildern ausschließlich um Aufnahmen recht neuer Grabstellen. Die Todesdaten auf den Holzkreuzen waren aus diesem oder dem letzten Jahr. Nicht älter.

Aber warum hatte Georg Thomsen sie abgelichtet? Er warf einen Blick auf das vorletzte Foto und zuckte zusammen.

»Was ist?« Christina sah ihn von der Seite an.

»Das ist das Grab von Arne Lüdemann«, antwortete er und tippte dabei auf das glänzende Papier. Dort stand auf einem schlichten Holzkreuz der Name des Gewebespenders, den Dr. Choui im Rechtsmedizinischen Institut identifiziert hatte. »Seine Leiche war auch in dem Transporter.«

»Was?« Christina riss die Augen auf.

»Vielleicht ist deinem Vater etwas aufgefallen und er ist da in etwas hineingeraten?«

»Das glaube ich nicht.«

»Aber warum hat er dann diese Aufnahmen gemacht?«

»Weil ihm die Gräber gefallen haben?«

Peer schüttelte vehement den Kopf. »Nein, nein, das kann kein Zufall sein. Darf ich die Bilder mitnehmen?«

»Ja, aber wofür?«

»Ich will nachprüfen, ob auch die anderen Grabstellen ausgehoben worden sind. Werde mal diesen Kollegen deines Vaters befragen.«

»Joswig Klatten?« Christina blickte auf ihre goldene Armbanduhr. »Der hat bestimmt schon Feierabend gemacht. Die fangen ja morgens früh an und machen dafür zeitig Schluss.«

»Hm«, überlegte Peer, »dann muss ich das auf morgen verschieben. Hast du sonst noch etwas gefunden?«

»Leider nicht!«

10. KAPITEL

Auch am nächsten Morgen war Boateng der Erste im Büro. Er hatte gestern noch eine Weile mit dem rumänischen Kollegen über die möglichen Hintergründe des Leichentransports gesprochen, aber war nicht wirklich zu einem Ergebnis gekommen. »Sie können mich gerne anmorsen, wenn die Angehörigen bei Ihnen auftauchen«, hatte der Rumäne angeboten und dabei freundlich genickt.

Als sein Telefon jetzt läutete und er die Nummer vom Empfang im Display sah, erwartete er nun eigentlich, dass die Angehörigen des toten Fahrers angekommen waren, aber die Kollegin meldete den Besuch von Herrn Öztürk.

Boateng warf noch einmal einen Blick auf den noch verwaisten Schreibtisch seines Chefs und machte sich dann auf den Weg zum Empfang, um den Besucher abzuholen.

Der Mann, der in der Warteecke saß, sah seinem Bruder sehr ähnlich. Daher fiel es Boateng auch nicht schwer, ihn in der Reihe der fremden Leute zu erkennen. »Bitte kommen Sie doch mit«, forderte er Herrn Öztürk auf und überlegte, ob er den Bruder des Kleinunternehmers aus Altona alleine befragen oder auf einen Kollegen warten sollte. Es handelte sich ja lediglich um eine

Überprüfung und der Mann war grundsätzlich nicht verdächtig. Daher entschied er sich, das alleine in die Hand zu nehmen.

»Ihr Bruder hat uns gesagt, Sie würden häufiger bei ihm im Geschäft aushelfen?«

Herr Öztürk nickte, während Michael das Bild und die Mietunterlagen des rumänischen Fahrers hervorkramte. »Dann kennen Sie diesen Mann?«

Der Befragte starrte auf das Bild. Seine Augenlider zuckten, doch dann schüttelte er den Kopf. »Nein.«

Boateng holte tief Luft. Das ging ihm nun langsam doch auf die Nerven. Dieses Katz-und Mausspiel. »Der Mann hat häufig bei Ihnen Fahrzeuge gemietet und weder Sie noch Ihr Bruder kennen ihn? Wie kann das sein?«

Sein Gegenüber zuckte mit den Schultern, doch Boateng sah ähnlich wie bei dem Kleinunternehmer aus Altona den Adamsapfel unnatürlich über dem Kragen seines Pullovers auf und ab hüpfen.

»Wollen Sie denn gar nicht wissen, was mit dem Mann ist?« Er kniff die Augen zusammen und wartete auf eine Reaktion. Doch sein Besucher saß nur da und schwieg.

Peer fuhr an diesem Morgen direkt von zu Hause zum Altonaer Friedhof. Er wollte herausfinden, was es mit den Gräbern auf sich hatte, die Georg Thomsen fotografiert hatte. Von unterwegs rief er im Büro an, um über seinen Einsatz Bescheid zu geben, doch dort hob niemand ab. »Das gibt es doch gar nicht«, wunderte er sich, während er den Wagen vor dem Hauptportal parkte. Mit strammen Schritten lief er den breiten Weg entlang und sah sich dabei suchend um. Herr Klatten sollte eigentlich hier warten, aber weit und breit sah er keine Spur von dem Friedhofsgärtner. Nervös drehte er sich einmal um sich selbst. Er konnte unmöglich auf dem riesigen Areal nach dem Mann suchen, dafür hatte er weder Zeit noch kannte er sich hier aus. Er zog sein Handy aus der Tasche, doch gerade als er wählen wollte, bog das kleine Elektroauto um die Ecke. Er hob die Hand zum Gruß, als könne man ihn übersehen.

Der ältere Mann stoppte den Wagen kurz vor Peer und kletterte umständlich aus dem Gefährt.

»Herr Klatten, guten Morgen!«

Der Friedhofsgärtner nickte lediglich.

Peer holte die Fotos heraus und hielt sie seinem Gegenüber unter die Nase. »Sehen Sie, diese Fotos hatte Ihr Kollege gemacht. Fällt Ihnen daran etwas auf?«

Herr Klatten zog eines der Bilder dichter vor seine Augen. »Hm«, er gab die Aufnahme zurück.

Peer wartete, doch der Mann schwieg. »Und?«, hakte er deswegen nach.

»Ja, Georg hat da neulich mal was gefaselt. Angeblich sei ihm an einigen Gräbern etwas aufgefallen, aber ich habe nicht richtig zugehört.« Peer spürte leichten Ärger in sich aufsteigen, konnte den Mann aber verstehen. Wie oft erzählten ihm seine Mitarbeiter etwas und er hörte nicht richtig zu? Er nickte. »Meinen Sie, wir können uns die Gräber anschauen?«

»Ja, aber da muss ich vorher mal in der Verwaltung nachfragen, wo die sich genau befinden.«

Herr Öztürk war gegangen. Boateng hatte aus dem Mann einfach nichts herausbekommen können. Beharrlich hatte der Bruder des Kleinunternehmers wiederholt, er habe mit der ganzen Sache nichts zu tun. »Ich helfe nur hin und wieder aus. Wie man das innerhalb der Familie eben macht.« Aufgefallen sei ihm nichts. Michael hatte leise geseufzt und den Mann schließlich nach Hause geschickt. So kamen sie nicht weiter.

Vielleicht sollte er den Fall doch noch einmal von der anderen Seite beleuchten und der Frage nachgehen, warum man die Leichen überhaupt geklaut hatte? Wohin wollte der rumänische Fahrer die Toten bringen und was hatte man dort mit ihnen vor?

Für Boateng kamen da nur irgendwelche illegalen Experimente infrage. Dass man ihn in Hannover nicht sprechen wollte, machte die Forschungen dort für ihn schon verdächtig. Was hatten die zu verbergen? Gab es wirklich Leute, die ihren Leichnam für solche Versuche spendeten oder ging da etwas nicht mit rechten Dingen zu?

Er stand auf und schlenderte in die Küche. Dort stand Gerhard Fritsche und goss sich gerade einen Kaffee ein.

»Na, wie kommt ihr voran?«

Boateng gab ein resigniertes Stöhnen von sich, während er sich aus dem Kühlschrank einen Erdbeerjoghurt nahm. Langsam riss er den Aludeckel auf und erzählte dabei von seinem Misstrauen gegenüber der Uni.

»Solange ihr da keinen konkreten Verdacht habt«, bedauerte Fritsche. »Was ist denn hier mit der Rechtsmedizin? Habt ihr dort schon nachgeforscht?«

»Ach«, winkte Boateng ab, »wenn die irgendein Schindluder mit Leichen treiben wollten, würden die sicherlich nicht nachts welche ausgraben. Haben ja quasi genug davon im Kühlschrank.« Er grinste Fritsche an.

»Stimmt, aber vielleicht hat Dr. Choui eine Idee, was die Täter mit den Leichen wollten. Mit Toten kennen die sich ja nun wirklich aus.«

Fritsche hat recht, dachte Boateng. Zumindest unterhalten sollte er sich einmal mit dem Rechtsmediziner. Am besten, er rief ihn gleich an. Eilig warf er den leeren Joghurtbecher in den Müll.

»Wo ist eigentlich Peer?«, wollte Fritsche wissen.

»Nachforschungen«, antwortete Boateng im Gehen, obwohl er auch nicht wusste, wo sein Chef steckte.

Peer Nielsen hatte neben Joswig Klatten auf dem Elektromobil Platz genommen und ließ sich über den Altonaer Friedhof chauffieren. Der Friedhofsgärtner hatte sich von der Verwaltung die Lage der Gräber geben lassen und fuhr nun mithilfe dieser Buchstaben-Zahlenkombination die erste Grabstätte an.

»Wie war denn Ihr Verhältnis zu Georg Thomsen?«

Der Mann neben Peer wandte erstaunt seinen Kopf zu ihm. »Bin ich jetzt verdächtig?«

»Nein«, beeilte Nielsen sich zu antworten. »Aber wir wissen so gut wie nichts über das Opfer und müssen natürlich in jede Richtung ermitteln.«

Klatten nickte verständnisvoll, beantwortete aber die Frage nicht.

»Und?«, hakte Peer daher nach.

»Ja, was soll ich sagen?« Der Gärtner räusperte sich. »Wir waren Kollegen. Ansonsten hatten wir nichts miteinander zu tun.«

»Hm«, nickte Peer und überlegte, ob er dem Mann glauben sollte. Aber warum sollte der Gärtner lügen? Wenn er etwas mit dem Tod des Kollegen zu tun hatte, hätte er wohl kaum das Hemd zu ihnen gebracht, oder?

Joswig Klatten stoppte das Gefährt und riss Peer dadurch aus seinen Grübeleien. Schnell war der Friedhofsmitarbeiter aus dem Mobil geklettert und stürmte auf das Grabmal zu. »So schaufeln wir das nicht zu«, rief er zu Nielsen hinüber, der die Grabstätte im Näherkommen inspizierte. Die Grabbepflanzung war noch dürftig, ansonsten fiel ihm jedoch kein Unterschied zu den anderen Gräbern auf. Wieder holte er die Fotos aus der Tasche und suchte nach dem entsprechenden Bild.

»Sehen Sie hier, dieses Hügelige wirkt wie aufgeschüttet.« Klatten wies auf die bepflanzte Fläche. »Das ebnen wir immer schön gleichmäßig.«

»So, wie auf dieser Aufnahme?« Peer zeigte auf das Foto und der Gärtner nickte.

»Genau!«

Ganz offensichtlich war zwischen der Aufnahme und

jetzt etwas an diesem Grab verändert worden und Nielsen ahnte bereits, was. Er zückte sein Handy und wählte die Nummer der Spurensicherung.

»Ah, gut dass du anrufst«, begrüßte der Kollege ihn. »Wir haben die Ergebnisse der Probe von Arne Lüdemanns Grab. Es handelt sich eindeutig um Blut des erschossenen Friedhofgärtners.«

»Ach so?«, entgegnete Peer erstaunt mit Blick auf das vor ihm liegende Grabmal. »Ja, ihr müsstet sowieso noch einmal auf den Altonaer Friedhof kommen. Ich glaube, hier gibt es noch weitere leere Gräber«, erklärte er dem Beamten. Anschließend rief er den Staatsanwalt an. »Ja, ich bin mir zwar ziemlich sicher, dass sich kein Leichnam mehr in dem Grab befindet, aber trotzdem wäre es gut, wenn Sie notfalls einer Exhumierung nachträglich zustimmen würden«, sicherte er sein weiteres Vorgehen ab.

Joswig Klatten starrte ihn währenddessen sprachlos an. Er verstand offensichtlich gar nicht, was hier auf dem Friedhof vor sich ging. Anders als Georg Thomsen, der den Tätern scheinbar zu nah gekommen war.

11. KAPITEL

Boateng saß an seinem Schreibtisch und starrte auf den Bildschirm. Dr. Choui hatte er nicht erreichen können. »Der befindet sich mitten in einer Sektion«, hatte dessen Sekretärin ihm mitgeteilt und seine Bitte um Rückruf notiert. Um die Wartezeit sinnvoll zu nutzen, hatte er mithilfe eines entsprechenden Programms eine Übersicht über die verschiedenen Ermittlungspunkte des Falls gebastelt, aber so recht schien nichts zusammenzupassen. Vier ältere Leichen, ein erschossener Friedhofsgärtner, ein dubioser Kleinwagenverleiher und ein ausgehobenes Grab auf dem Altonaer Friedhof. Wo genau war der Punkt, an dem alles zusammenlief? Der kleinste gemeinsame Nenner? Bisher hatte er sich vor allem mit der Frage, was man mit den Leichen wollte, beschäftigt, aber vielleicht war das der falsche Ansatz. Schau hin, ermahnte er sich, sah aber nach wie vor nur den Altonaer Friedhof – wobei nicht klar war, woher die anderen Leichen stammten. Und wenn er sich darauf konzentrierte? Vielleicht ließe sich über die Identität der Leichen eine Spur zum Täter finden? Er fuhr sich mit der Hand über das Gesicht, ohne den Blick von seinem Bildschirm zu wenden, als plötzlich das Telefon läutete. Froh über die Ablenkung und voller Hoffnung, es könne Dr. Choui sein, nahm er den Hörer ab.

»Ja, ich komme schon«, entgegnete er kurz darauf, nachdem ihm die Kollegin vom Empfang mitgeteilt hatte, dass die Angehörigen des verunglückten Rumänen eingetroffen waren. Er stand auf und fuhr mit dem Fahrstuhl ins Erdgeschoss.

Neben dem Vater des Toten waren auch noch dessen Frau, zwei Brüder sowie eine Tante angereist. Jedenfalls war die Warteecke voll und die Kollegen am Empfangsschalter verdrehten die Augen aufgrund der Lautstärke, die die Familie verursachte. Boateng trat zu den Familienmitgliedern, die sich förmlich auf ihn stürzten, als sie den Namen Krosschenko hörten. Fünf Leute redeten gleichzeitig auf ihn ein, aber er verstand kein Wort. Nur die aufgeregte Stimmung konnte er beinahe körperlich spüren. Michael hob die Hand und versuchte, die Familie zur Ruhe zu bringen.

»Papa?« Er kannte das rumänische Wort für Vater nicht, hoffte aber, dass es wie in vielen Sprachen ähnlich dem deutschen Wort kam. Und tatsächlich. Ein älterer, grauhaariger Mann nickte plötzlich. Durch Zeichen deutete Boateng dem Vater an, ihm zu folgen.

Den Rest der Familie überließ er den genervten Kollegen vom Empfang.

In seinem Büro bat er den Mann, auf einem der Stühle vor seinem Schreibtisch Platz zu nehmen. Er drehte den Bildschirm seines Computers, setzte sich neben den Besucher und wählte den Kollegen in Rumänien über das Internet an.

»Oh«, staunte der Polizist auf dem Monitor vor ihnen, da der Vater schneller als erwartet in Hamburg aufgeschlagen war.

»Und nicht nur das«, stöhnte Boateng leicht. »Die haben da anscheinend ein Familienevent draus gemacht.« Er fragte sich, wie die Leute sich solch eine Reise leisten konnten. Und auch die Überführung der Leiche würde sicherlich nicht billig sein. Wie bezahlte die Familie das? Er wollte jedoch keine Zeit verlieren, möglichst viel über den Toten zu erfahren, und schob daher seine Gedanken zur Seite. »Fragen Sie ihn bitte, was sein Sohn in Hamburg gearbeitet hat.«

»Aber das habe ich schon. Er weiß es nicht.«

»Haben Sie ihm auch erzählt, dass Janosch Leichen durch die Gegend gefahren hat?«

Die Miene des rumänischen Kollegen verzog sich, dann plapperte er irgendetwas auf Rumänisch. Der Vater des Toten glotzte auf den Bildschirm. Wahrscheinlich das erste Mal, dass er skypt, dachte Boateng und betrachtete den Mann von der Seite, der plötzlich den Kopf schüttelte und munter in den Monitor hineinredete.

»Nein, er weiß nichts von dem Job. Nur, dass er gut bezahlt wurde. Aber er will wissen, wo sein Sohn ist.«

»In der Rechtsmedizin«, sagte Boateng, ließ aber noch nicht locker. »Fragen Sie ihn, ob er etwas über einen Öztürk weiß.«

Wieder schüttelte der Grauhaarige den Kopf.

»Uni Hannover Professor Lachmann?«

Der Alte kniff die Augen zusammen, während er dem Kollegen in Rumänien lauschte.

»Nein, er weiß nichts. Tut mir leid.« Der rumänische Polizist kratzte sich am Kopf. »Vielleicht ist Ihr Ansatz falsch.«

»Falsch?« Michael schaute den Kollegen fragend an.

»Na ja, Sie wollen wissen, wer die Toten sind, beziehungsweise was mit ihnen passieren sollte. Ich aber würde mich fragen, wo die Fäden zusammenlaufen. Gibt es einen gemeinsamen Punkt, an dem sich alles trifft?«

Dieser Ansatz kam Boatengs aktuellen Überlegungen gleich.

»Es sind doch alles Leute, die noch nicht lange tot sind, oder?«

Boateng nickte. »Laut unserem Rechtsmediziner sind die Leichen im Schnitt circa zwei Wochen alt. Und vielleicht waren das nicht die einzigen, denn Janosch Krosschenko hat laut Kundenkartei öfter bei Öztürk Transporter gemietet.« Nun kratzte Boateng sich am Kopf, während der Vater des toten Fahrers ihn fragend anschaute.

»Krosschenko war aber sicherlich nur ein Handlanger«, vermutete der Kollege auf dem Bildschirm. »Kaum vorstellbar, dass der einen großen Deal alleine am Laufen hatte. Nur gut bezahlt hat sein Auftraggeber ihn, aber wofür?«

Wie vermutet, war das Grab leer, das Peer von den Kollegen hatte ausheben lassen, und er nahm an, dass auch die anderen Grabstellen, die Georg Thomsen auf seinen Bildern festgehalten hatte, ohne Leichnam waren. Den Sterbedaten nach zu urteilen, schien dieses unfassbare Treiben jedoch schon länger als zwei Wochen vonstatten zu gehen. »Das gibt es doch nicht«, murmelte Peer. Da betrieb einer im großen Stil Leichendiebstahl und keiner merkte etwas. »Und Ihnen ist wirklich nichts aufgefallen?«, wandte er sich an Joswig Klatten.

Der war immer noch ganz schockiert von dem leeren Grab und schüttelte unaufhörlich den Kopf. »Georg hat ja ab und an was gefaselt, aber das habe ich nicht ernst genommen. So pingelig, wie der immer mit seinen Grabstellen war.«

Welchen Zusammenhang gibt es zwischen den Leichen, fragte sich Peer, nachdem er sich verabschiedet hatte und wieder in seinen Wagen stieg. Wieso waren ausgerechnet sie gestohlen worden? Peer holte nochmals die Bilder aus seiner Tasche und betrachtete sie. Die Sterbedaten lagen nicht länger als acht Monate zurück, rechnete er nach. Die Leichen in der Rechtsmedizin waren aber im Schnitt zwei Wochen alt. Wahrscheinlich wurden bereits seit gut acht Monaten hier Gräber ausgehoben. Oder noch länger? Wann hatte Georg Thomsen das Vorgehen bemerkt? Und warum hatte er nichts der Polizei gemeldet? Die Störung der Totenruhe war strafbar. Das musste dem Friedhofsgärtner bekannt gewesen sein.

Noch einmal sah er sich die Lebensdaten auf den

Holzkreuzen an. »Alt sind die nicht geworden«, murmelte er vor sich hin, als ihm auffiel, dass die Verstorbenen lediglich zwischen 30 und 40 Jahre alt gewesen waren. Das hatte er bisher noch gar nicht bemerkt, aber wenn er jetzt so darüber nachdachte, stach diese Gemeinsamkeit – auch bei den Leichen aus dem Transporter – ins Auge, denn der tote Friedhofsgärtner fiel nicht nur wegen der Schussverletzung, sondern auch aufgrund seines Alters aus der Reihe. Wahrscheinlich ein sogenannter Kollateralschaden, überlegte Peer. Die anderen Leichen aus dem Transporter waren ihm jünger erschienen und passten daher auch in die Beobachtungen von Georg Thomsen, die Nielsen als Beweis in den Händen hielt. Aber warum mussten die Leichen so jung sein?

Boateng war genervt. Er hatte die rumänische Familie in einem Mannschaftswagen zu einem Bestattungsinstitut gefahren, das die Überführung von Janosch Krosschenko nach Slobozia übernehmen würde. Woher die Familie das Geld hatte, fragte sich Boateng zwar immer noch, aber letztendlich war er sich nach dem Verhör ziemlich sicher, dass die Angehörigen keinen blassen Schimmer gehabt hatten, wie und was Janosch Krosschenko hier in Deutschland gearbeitet hatte. Trotzdem blieb Wut und Trauer bei der Familie zurück und Michaels Nerven waren während der Fahrt zum Bestattungsinstitut mehr als strapaziert worden. Obwohl er kein Wort verstanden hatte. Aber eine gewisse Anfeindung ihm gegenüber hatte in der Luft gehangen, die er beinahe körperlich hatte spüren können. Für derlei hasserfüllte Schwingungen hatte Boateng seit frühester Kindheit Antennen entwickelt, denn aufgrund seiner Hautfarbe war der Schwarzafrikaner bis heute vielen Menschen in der Bevölkerung ein Dorn im Auge. Obwohl er einen deutschen Pass besaß, blieb er für einige Leute ein Fremdkörper der Gesellschaft.

Als Boateng den Gang zum Büro entlangstampfte, hörte er seinen Chef bereits von Weitem mit den anderen Kollegen diskutieren. »Wir müssen überlegen, was die mit den Leichen wollten. Hat Michael schon etwas rausgefunden?«

»Nein, habe ich nicht«, beantwortete Boateng die Frage selbst, als er ins Büro trat.

Peer stockte kurz aufgrund des überraschenden Auftritts, fuhr dann aber fort: »Gut, dann fahren wir beide gleich zusammen in die Rechtsmedizin und in die Anatomie. Auch die Bereiche müssen wir sorgfältig unter die Lupe nehmen.« Er schaute Michael direkt an, der, obwohl er bereits um einen Termin bei Dr. Choui gebeten hatte, irgendwie ein schlechtes Gewissen bekam. Doch bevor er sich rechtfertigen konnte, gab Peer bereits weitere Anweisungen: »Lutz und Jens, ihr recherchiert zusammen, woher man generell vom Tod eines Menschen erfährt. Woher wussten die Täter von den relativ frischen Begräbnissen? Die werden kaum auf gut Glück auf den Friedhof gefahren sein.

Der Krosschenko hatte bestimmt eine Liste und ich möchte wissen, wie die kürzlich Verstorbenen da drauf gelandet sind. Carsten, du …« Das Telefon unterbrach seine Ansage. Peer nahm den Hörer ab und blaffte ein kurzes »Nielsen« hinein. Anschließend lauschte er den Worten des Anrufers, wobei sich auf seiner Stirn immer mehr Runzeln bildeten. »Gut, wir kommen sofort«, beendete er schließlich das Gespräch unter den erwartungsvollen Blicken seiner Mitarbeiter.

»Rechtsmedizin müssen wir verschieben«, erklärte er an Michael Boateng gewandt. »Aber du kannst mich auf den Friedhof in der Bernadottestraße begleiten. Ein Gärtner hat dort ein ausgehobenes Grab entdeckt.«

Wenig später saßen die beiden in Peers Dienstwagen und fuhren Richtung Ottensen. Der Feierabendverkehr hatte zwar schon eingesetzt, dennoch kamen sie zügig voran.

»Meinst du, die Sache hat etwas mit unserem Fall zu tun?«, fragte Boateng Peer.

Der nickte. »Ganz bestimmt. Hätte mich gewundert, wenn die Täter sich nur auf einen Friedhof beschränkt hätten. So viele Bestattungen gibt es auf dem Altonaer Friedhof nun auch nicht.«

»Und in der Bernadottestraße?«

Peer hob die Schultern. Diesen im Vergleich zur Altonaer Anlage eher kleinen Friedhof kannte er so gut wie gar nicht. Genau genommen nur aus den Medien, denn vor einiger Zeit war dort eine ältere Dame von einem wenige Tage zuvor entlassenen

Sexualstraftäter überfallen und vergewaltigt worden. Er erinnerte sich, dass damals eine Welle der Empörung durch die Bevölkerung gegangen war. Die Staatsanwaltschaft hatte den Vergewaltiger auch nach der Haftstrafe als gefährlich eingestuft und eine elektronische Fußfessel beantragt. Das Landgericht hatte dies jedoch abgelehnt.

»Gab es da nicht mal diesen Säuglingsfund in der Bernadottestraße?«, fragte Michael Boateng, der sich auch seine Gedanken zum Ottenser Friedhof machte.

»Stimmt«, nickte Peer und erinnerte sich an den Fall, in dem seine Kollegen die Ermittlungen übernommen hatten, nachdem ein Friedhofsgärtner zwischen einigen Gräbern einen toten Säugling entdeckt hatte.

»Dann ist der Friedhof kein unbeschriebenes Blatt«, bemerkte Boateng, als Peer vor dem kleinen Eingangstor stoppte.

Auch heute schien die Sonne, aber es war recht windig. Eine häufige Kombination des Hamburger Wetters, denn der Wind vertrieb oftmals schnell die Regenwolken, sorgte aber auch für die bekannten kühlen Temperaturen.

Die metallene Pforte ächzte leicht, als Peer sie aufstieß. Auf dem Friedhof war wenig los, das konnte man in dem doch recht übersichtlich gestalteten Areal relativ schnell erkennen. Das Büro der Friedhofsgärtnerei ließ sich daher nicht übersehen.

»Moin, Nielsen, Polizei«, rief er, während er den kleinen, schummrigen Raum betrat.

Sofort sprang ein schmaler, junger Mann auf und streckte ihm die Hand entgegen. »Schulte, gut, dass Sie da sind. Kommen Sie!«

Ehe Peer es sich versah, hatte der Gärtner sich an ihm vorbeigequetscht und eilte bereits den Sandweg Richtung Bleickenallee entlang. Peer und Michael hatten ein wenig Mühe, mit dem Mann Schritt zu halten, doch bereits wenig später blieb Herr Schulte stehen.

»Sehen Sie«, wies er auf ein Grab.

Peers Blick folgte dem Fingerzeig. Vor ihnen lag ein frisch ausgehobenes Loch, daneben ein Erdhaufen. Wenn die Blumenkränze nicht völlig verstreut herumgelegen hätten, man hätte meinen können, die Bestattung solle noch stattfinden. Doch als Peer an den Rand der Grabstelle trat, gähnte ihn ein geöffneter, leerer Holzsarg an. »Oh«, entfuhr es ihm.

»Ja, oh«, nickte der Friedhofsgärtner. »Zuerst habe ich ja geglaubt, meine Kollegen erlauben sich einen Scherz. Ich bin nämlich ganz neu hier. Da macht die ältere Belegschaft schon mal einen Spaß. Aber als die nichts von alldem hier wussten«, Herr Schulte zeigte noch einmal in das Erdloch, »da war mir klar, das kann nur etwas mit diesem Rundschreiben, das gestern von Ihnen gekommen ist, zu tun haben.«

Peer sah das ähnlich. Nur, dass sich die Täter nun anscheinend nicht einmal mehr die Mühe machten, die Grabstellen wieder zuzuschaufeln. »Ich schicke Ihnen die Spurensicherung. Bis dahin hier bitte nichts berühren.« Vielleicht wurden die Täter generell unvorsichtiger und die Kollegen fanden diesmal etwas Brauchbares.

12. KAPITEL

»Hast du die Zeitung heute schon gelesen?« Gerhard Fritsche stand vor seinem Büro und schaute ihn über seine randlose Brille hinweg an, als Peer zur Arbeit erschien.

»Nee, wieso?«

»Weil die Presse uns gerade in der Luft zerreißt!« Nielsens Vorgesetzter wedelte wild mit dem Hamburger Abendblatt herum.

»Bestimmt Pisto, stimmt's?«

»Wieso, hast du mit dem gesprochen?«

»Nee, aber das genau ist wahrscheinlich der Grund, warum er über uns herzieht.«

»Na ja«, gab Fritsche nun zu bedenken. »So ganz unrecht hat er nicht. Oder habt ihr inzwischen etwas Konkretes?«

Peer spürte, wie es in seiner Magengegend langsam anfing zu brodeln. War ja wieder typisch. Nur weil sie noch keine Spur von den »Leichenwühlern« hatten, wie er mittlerweile die oder den Täter in diesem Fall für sich selbst nannte, durfte dieser Presseheini ihn als unfähig hinstellen. Und nicht nur das, aufgrund Peers fehlender Ermittlungserfolge zog Pisto gleich den gesamten Polizeiapparat durch den Kakao. »Was wir an Ergebnissen vorzuweisen haben, erfährst du gleich in der Versammlung«, entgegnete er ärgerlich und rauschte in sein Büro. Er wusste, dass es unklug war, Fritsche derart vor den Kopf zu stoßen, aber momentan konnte er nicht anders. Dieser Fall ging an die Substanz, und das nicht nur an seine.

Als Johann Burger am Morgen zu seinem »Geschäft« – wie er sein Bestattungsunternehmen nannte – kam, war er allerbester Laune. Der Frühling näherte sich mit großen Schritten und das Wetter wurde endlich wieder angenehmer. Er als Bestatter, der ständig Beerdigungen beiwohnen musste, hasste die feuchten kalten Wintermonate. Sein Alter machte ihm zu schaffen, denn besonders, wenn es draußen nasskalt war, spürte er sein Rheuma noch stärker. Nun aber wurde es langsam wärmer, da machte ihm auch sein Job mehr Spaß.

Er parkte sein Auto neben dem Leichenwagen, der bei vielen Menschen ein beklemmendes Gefühl hervorrief. Er hingegen liebte den eleganten Schlitten und fuhr diesen fast lieber als seinen recht schnittigen Mercedes. Nur zum Einkaufen konnte man schlecht mit dem Leichenwagen beim Supermarkt vorfahren. Obwohl ihm das vermutlich weniger ausgemacht hätte als den anderen Kunden. Er war mit dem Tod geboren, aufgewachsen, alt geworden. Sein Vater war bereits in der dritten Generation Bestatter gewesen und hatte das langjährige Familienunternehmen fortgeführt. Schon als Kind hatte Johann zwischen den Särgen Verstecken gespielt. Für ihn gehörte der Tod ganz selbstverständlich zum

Leben dazu und ohne auch nur einen einzigen Gedanken an einen möglichen anderen Beruf zu verschwenden, war er in die Fußstapfen seines Vaters getreten, der vor gut zehn Jahren gestorben war. Seitdem führte er das Geschäft alleine.

Johann Burger stieg aus und ging über den Hof auf die Tür zu. Als er den Schlüssel im Schloss herumdrehen wollte, fiel ihm auf, dass nicht abgeschlossen war. Seltsam, hatte er gestern vergessen abzusperren? Er öffnete die Tür, doch auf den ersten Blick wirkte alles wie immer. Und er hatte schon gedacht, es sei eingebrochen worden. Nicht, dass bei ihm etwas zu holen wäre, aber es gab in der Stadt Gruppen, die sich dem Satanismus verschrieben hatten und er hatte schon von Einbrüchen bei seinen Kollegen gehört, bei denen in den Räumen zwischen dem Trauerambiente rituelle Feiern abgehalten worden waren. Er stellte seine Tasche auf den Tisch und warf flüchtig einen Blick auf den Kalender, der gleichzeitig als Schreibtischunterlage diente. Heute standen zwei Bestattungen an und die Leiche von Frau Bülter musste noch für eine Aufbahrung zurechtgemacht werden. Die Familie wollte am offenen Sarg Abschied nehmen, was heute zwar eher unüblich war, aber Johann Burger erfüllte gerne auch solche Wünsche. Er fand es richtig, den Tod nicht zu verdrängen, sondern plädierte dafür, möglichst natürlich und ganz selbstverständlich damit umzugehen. So wie er. Schließlich gehörte der Tod zum Leben dazu – und das nicht nur zu seinem.

Er ging in den hinteren Bereich seiner Räumlichkeiten, wo es einen kleinen Kühlraum gab. Den musste man als Bestatter heutzutage schon haben, und er war ziemlich stolz auf seinen, der wirklich anständig kühlte und über eine entsprechende Belüftung verfügte, sodass es einen nicht gleich aus den Latschen haute, wenn man nach mehreren Stunden die Tür öffnete. Auch heute wehte ihm lediglich ein leichter Verwesungsgeruch entgegen, den er jedoch kaum wahrnahm. Er tastete nach dem Lichtschalter. Die Neonbeleuchtung flammte auf und Johannes Burger zuckte zusammen. Der Raum war leer.

Die Stimmung während der morgendlichen Versammlung war verständlicherweise angespannt. Und das lag nicht nur an Peers schroffer Bemerkung gegenüber Fritsche, sondern auch die anderen Kollegen hatten bereits die Schlagzeilen in der Zeitung gelesen. Zu allem Übel hatte Pisto mit seinen hämischen Behauptungen, die Polizei habe noch nicht einmal einen blassen Schimmer, was es mit dem »Leichentransport« auf sich habe, recht. Wirkliche Ermittlungserfolge konnte Peer nicht vorweisen, stattdessen machten die Täter scheinbar unbehelligt weiter – wie man an dem ausgehobenen Grab auf dem Friedhof in der Bernadottestraße sah. Er hatte einen Kollegen der Spurensicherung zu der Besprechung hinzugebeten, aber auch diesmal hatten die Täter keine verwertbaren Spuren hinterlassen. »Wir haben ein paar Fußabdrücke gesichert, aber die müssen wir jetzt erst einmal mit den Schuhen der Friedhofsgärtner abgleichen«, erklärte der Beamte. Und selbst dann, stöhnte Peer innerlich, hatten sie momentan niemanden, den man ansonsten anhand dieser Spuren überprüfen konnte.

»Michael und ich waren gestern noch bei der Autovermietung Öztürk«, übernahm er schließlich das Wort. »Aber da hing nur ein Schild, dass das Geschäft vorübergehend geschlossen sei. Telefonisch war weder der Inhaber noch dessen Bruder zu erreichen. Carsten, vielleicht kannst du dich da mal drum kümmern?« Der Mitarbeiter nickte ihm zu.

»Tja, aus der Familie von Janosch Krosschenko war nichts rauszubekommen«, mischte Boateng sich nun ein. »Aber ich kümmere mich heute noch mal um die Frage der möglichen Leichenverwendung und rede mit Dr. Choui und jemandem aus der Anatomie.«

Fritsche nickte dem Schwarzafrikaner zufrieden zu, ehe er Peer einen fragenden Blick zuwarf.

»Ich war ja gestern auf dem Altonaer Friedhof«, erklärte Nielsen, während er die Fotos des toten Friedhofsgärtners hervorholte und verteilte. »Georg Thomsen ist den Tätern scheinbar auf die Spur gekommen, denn die Gräber auf diesen Bildern sind, so scheint es momentan jedenfalls, alle ausgehoben worden. Ich bin mal der Frage auf den Grund …« Seine Ausführungen wurden jäh durch ein Klopfen unterbrochen. Eine junge Kollegin vom Kriminaldauerdienst öffnete die Tür und trat zögernd ein. Die Teilnehmer der Versammlung konnten den Grad ihrer empfundenen Peinlichkeit an ihrer Gesichtsfarbe ablesen, der sich bei Fritsches Ansprache noch einmal verstärkte.

»Bitte?«

»Wir haben da eine Meldung von einem Bestatter aus Rahlstedt.« Die Polizistin räusperte sich. »Da sind drei Leichen aus einem Kühlraum verschwunden.«

Die Anwesenden schauten die junge Frau fassungslos an, die betreten zu Boden blickte. Peer schluckte und fand als Erster die Sprache wieder. »Das übernehmen Michael und ich!«, bestimmte er und stand schon auf. Boateng brauchte noch einen Moment, um die Nachricht zu verarbeiten, ehe er nickte und Nielsen folgte.

Johann Burger erwartete sie bereits völlig aufgelöst vor seinen Geschäftsräumen. Peer sah den älteren Herrn wild winken, als er neben dem Leichenwagen stoppte.

»Oh je«, entfuhr es ihm, als ihm klar wurde, dass der Fall immer skurriler wurde. Klauten die Täter jetzt tatsächlich schon die Leichen aus den Bestattungshäusern? Kaum zu glauben.

Er stieg aus und ging auf den Mann zu, der aschfahl im Gesicht war. »Herr Burger?«

Der Bestatter schluckte, das Sprechen fiel ihm sichtlich schwer. »Gut, dass Sie da sind. Kommen Sie!«, krächzte er heiser und machte den beiden mit der Hand ein Zeichen, ihm zu folgen. Ähnlich wie bei seinen Besuchen im Rechtsmedizinischen Institut spürte Peer etwas Kaltes nach ihm greifen und fröstelte. *Es sind keine Lei-*

chen da, versuchte er sich selbst zu beruhigen, als er und Boateng dem Inhaber des Bestattungsinstituts zwischen den Holzsärgen hindurch zum Kühlraum folgten.

»Zuerst habe ich gedacht, ich hätte vergessen abzusperren«, erklärte Herr Burger im Gehen. »Aber sehen Sie.« Er wies in einen weiß gekachelten Raum, aus dem ihnen eine gähnende Leere vermischt mit einem leichten Verwesungsgeruch entgegenwehte.

»Wie viele Leichen waren hier gelagert?«

»Drei.«

»Drei?« Peer stieß die Luft laut aus seiner Lunge. Das konnte doch wohl nicht wahr sein. Anscheinend wurden die Täter immer dreister. »Und wie alt waren sie?«

Johann Burger schaute ihn fragend an. »Wie alt?«

»Ja, ich meine, handelte es sich bei den Toten um ältere Menschen oder sind sie jung gestorben?«

Der Bestatter schüttelte den Kopf. »Nur Kevin Stein, der war gerade mal Anfang 30 und ist bei einem Unfall ums Leben gekommen. Die anderen beiden hatten ein stattliches Alter erreicht und der Tod war sicherlich eine Erlösung.«

Seltsam, dachte Peer. Das passte so gar nicht ins Profil der Täter. Bisher hatten sie hauptsächlich relativ jung verstorbene Leichen entwendet. Ob sie die älteren Toten zur Tarnung mitgenommen hatten? Oder hatten die Räuber sich schlichtweg vertan? »Gut«, beschloss Nielsen. »Ich schicke Ihnen gleich die Spurensicherung vorbei. Also nichts anfassen und alles so lassen, wie es ist.«

Die Miene seines Gegenübers faltete sich wie ein zusammengeknülltes Blatt Papier zusammen. »Aber die Aufbahrung von Frau Bülter sollte doch heute Mittag hier im Andachtsraum stattfinden. Was sage ich denn bloß den Angehörigen?«

Boateng hob bedauernd die Hände. Er konnte die Verzweiflung des Mannes gut nachvollziehen. Ihm selbst war es unangenehm, in diesem Fall bisher noch nichts herausgefunden zu haben und ständig mit neuen Fällen des Leichendiebstahls konfrontiert zu werden.

Es war an der Zeit, herauszufinden, was die Täter mit den Leichen vorhatten. Wofür benötigten Sie derart viele tote Körper? Wenn sie auf diese Frage endlich eine Antwort finden würden, kämen sie den Verbrechern vermutlich eher auf die Spur.

13. KAPITEL

»Kannst du mich an der nächsten S-Bahn rauswerfen?«, fragte Boateng Nielsen, nachdem die Spurensicherung eingetroffen war und sie sich auf den Rückweg machten.

»Klar, aber wieso?«

»Will noch nach Eppendorf. Mit Dr. Choui sprechen.«

»Okay, dann komme ich mit.«

Michael runzelte leicht die Stirn. Er ahnte, warum sein Chef nicht ins Büro zurückwollte und verstand ihn sogar. Sicherlich wartete Fritsche auf ihn. Der Leiter der Mordkommission hatte Nielsen schon während der Versammlung ständig missmutig beäugt. Als ob Peer etwas dafür konnte, dass hier in Hamburg Leichen geklaut wurden. Natürlich war das ein spektakulärer Fall, der sicherlich auch bundesweit für Schlagzeilen sorgen würde, wenn sie nicht schnell etwas herausfanden.

Peers Handy klingelte und nachdem er die Nummer geprüft hatte, nahm er das Gespräch über die Freisprechanlage an. »Carsten, hast du die Öztürks gefunden?«

»Nee, scheinen wie vom Erdboden verschluckt«, berichtete der Mitarbeiter, der die Brüder ausfindig machen sollte. »Aber wir haben noch eine andere Idee.«

»Und die wäre?«

Carsten Hinrichs räusperte sich. »Ja, also wir haben gedacht, wenn jetzt schon bei einem Bestattungsunternehmen Leichen geklaut werden. Dann vielleicht auch im Krematorium.«

Boateng nickte anerkennend und Peer fragte sich, warum sie bisher noch nicht auf diesen Ansatz gekommen waren. Doch er verbiss sich eine entsprechende Bemerkung und lobte den Mitarbeiter. »Sehr gut, dann mach doch mal einen Termin mit den Verantwortlichen vor Ort für uns aus. Vielleicht so gegen 16 Uhr? Michael und ich fahren dann direkt von Eppendorf nach Ohlsdorf. Das liegt ja quasi um die Ecke.«

»Geht klar, Chef! Bis später!«

Dr. Choui war zum Glück nicht am Obduzieren, als Peer und Michael im Rechtsmedizinischen Institut aufschlugen. Er telefonierte scheinbar mit einem Mitarbeiter, der nicht zum Dienst erschienen war. Jedenfalls entnahmen die beiden das den lautstarken Wortfetzen, die durch die Tür zu seinem Büro drangen, während sie auf das Ende des Telefonats warteten.

»Wir haben keinen Termin, aber vielleicht haben Sie trotzdem kurz Zeit, uns ein paar Fragen zu beantworten?« Zögernd traten sie ein, nachdem auf ihr Klopfen hin ein »Herein« geantwortet worden war.

»Ja«, der Rechtsmediziner schaute auf seine Uhr, »wenn es nicht zu lange dauert? Ich würde ungern meine Vorlesung heute schon wieder ausfallen lassen.«

»Natürlich nicht«, entgegnete Boateng und zückte

sein Merkbuch. »Ich benötige nur ein paar konkrete Auskünfte.«

Nielsen verfolgte stumm, wie sein Mitarbeiter zielsicher eine bestimmte Seite aufschlug.

»Sie entnehmen doch hier auch Gewebespenden, oder?«

Dr. Choui nickte.

»Und wie kommen Sie an die Spender?«

Der Rechtsmediziner beantwortete die Frage mit einer Gegenfrage. »Besitzen Sie einen Organspendeausweis?«

Boateng schüttelte den Kopf.

»Sie?« Dr. Choui blickte Peer an.

»Nein, mit diesem Thema habe ich mich noch nicht auseinandergesetzt.«

»Hm, nun gut. Also wenn Sie einen Organspendeausweis besäßen, dann wüssten Sie vielleicht, dass auf der Rückseite eines solchen Papieres eben auch die Möglichkeit der Gewebespende vorgesehen ist.«

»Und was für Gewebe entnehmen Sie da so?«, wollte Boateng wissen.

»Ach«, winkte der Leiter des Instituts ab, »im Prinzip kann man heutzutage fast alles gebrauchen. Hornhäute, Sehnen, Hautflicken, Knochen. Die Medizin ist mittlerweile in der Lage, fast alles an Ihnen durch Spenden zu ersetzen.«

»Und das funktioniert einwandfrei?«, fragte Peer ungläubig.

»Aber sicher. Gerade menschliches Gewebe eignet

sich am besten. Da ist die Chance um einiges höher, dass der Körper es annimmt, als bei künstlich hergestelltem Material. Es ist phänomenal, was da heute geleistet wird. Es gibt Fußballer, die ohne solche Spenden ihre Karriere hätten beenden müssen.«

Peer zog seine rechte Augenbraue hoch, doch Boateng notierte fleißig einige Dinge in sein Merkbuch.

»Aber wie man bereits an uns beiden sieht«, Nielsen deutete auf sich und seinen Mitarbeiter, »gibt es wahrscheinlich wenig Spender, oder?«

Dr. Choui zuckte mit den Schultern. »Na ja, früher hat man bei einer Obduktion das entsprechende Gewebe einfach so entnommen, aber seit 1997 ist das nicht mehr ohne Einwilligung erlaubt.«

»Und da hält sich jeder dran?« Peer beäugte den Rechtsmediziner fragend. Wer bekam schon mit, wenn sich hier unerlaubt einer an den Leichen zu schaffen machte?

»Sind wir verdächtig, oder was?« Langsam, aber sicher wurde Dr. Choui die Fragerei zu bunt. Er hatte wahrlich andere Dinge zu tun, als sich hier etwas unterstellen zu lassen.

»Nein, nein«, versuchte Boateng ihn zu beschwichtigen. Er hatte noch ein paar Fragen und benötigte die Auskünfte des Mediziners. »Wie genau kann ich mir das denn nun mit den Gewebespenden vorstellen?«, beeilte er sich daher, das Gespräch wieder in eine andere Richtung zu lenken.

»Anders als Organe werden Gewebe meist nicht ›lebendfrisch‹ entnommen. Daher übernehmen wir das hier oftmals in der Rechtsmedizin. Anschließend wird es aufwendig bearbeitet und so auch über Monate oder Jahre hinweg haltbar gemacht. Hierzulande sind diese aufgearbeiteten Gewebe Arzneimittel und dürfen daher teilweise wie andere Medikamente gehandelt werden.«

»Was?«, entfuhr es Peer, der über diese Vorgehensweise mehr als überrascht war. Dann konnte es also möglich sein, dass einem im Zuge einer Kreuzbandoperation eine Sehne von einem toten Politiker oder sonst wem eingepflanzt wurde?

»Ganz recht!«, bestätigte Dr. Choui.

»Da ist doch bestimmt eine Menge Geld im Spiel, oder?«

»In den USA lassen sich menschliche Körperteile tatsächlich gut zu Geld machen. Soweit ich weiß, setzt die Branche dort jährlich mehr als eine Milliarde Dollar um.«

Boateng schluckte. »Und hier?«

»In Deutschland ist die Gewebespende überwiegend gemeinnützig organisiert. Dem Gewinnstreben sind Grenzen gesetzt – ausgeschlossen ist es aber nicht.«

Johann Burger blickte sich fassungslos in seinen Räumlichkeiten um. Noch immer konnte er nicht begreifen, was heute hier geschehen war. Nachdem er den Einbruch gemeldet hatte, war die Polizei bei ihm eingefallen und hatte den Laden quasi auf den Kopf gestellt. Ob sich etwas gefunden hatte, wusste er nicht, aber wenn es etwas gegeben hatte, dann hatten sie es entdeckt, so gründlich, wie die gewesen waren. Er schüttelte den Kopf und ordnete ein paar Urnengefäße, die er zur Anschauung in einem Regal stehen hatte.

Zumindest hatte er den Hinterbliebenen nicht erzählen müssen, dass die Leichen geklaut worden waren. Das hatten zum Glück die Beamten übernommen. Er hätte nicht gewusst, was er auf die Fragen hätte antworten sollen. Ihm war es selbst ein Rätsel, warum man bei ihm eingebrochen und die Toten entwendet hatte. Wer tat so etwas überhaupt? Burger kratzte sich am Ohr.

Ein Kerzenständer war bei den Untersuchungen zu Bruch gegangen. Er schob die Scherben vorsichtig zusammen und warf sie in den Müll. Was, wenn sich herumsprach, dass bei ihm Leichen verschwanden? Niemand würde ihn mehr beauftragen, stöhnte er innerlich. Vielleicht war das ein Zeichen, dass er in Rente gehen sollte? Er hatte gut vorgesorgt und könnte es sich leisten, aufzuhören. Aber was sollte dann aus dem Geschäft werden? Hilde und er hatten keine Kinder.

Wahrscheinlich würde sich kein Nachfolger finden, nun, wo solch seltsame Dinge hier vorgingen? Man scheinbar keinen Respekt mehr vor dem Tod hatte? Ihm war ein Leichnam heilig. Wenngleich seiner Ansicht nach die Seele den Körper zu diesem Zeitpunkt bereits verlassen hatte, so war man es einem Menschen schuldig, seiner sterblichen Hülle einen gewissen Respekt zu zollen. Er jedenfalls tat es, wie er es von seinem Vater gelernt hatte. Dafür war sein Unternehmen bekannt, denn es gab nicht viele Bestatter, die das Handwerk eines Thanatopraktikers beherrschten. Johann Burger jedoch hatte diese spezielle Art der Totenherrichtung von der Pike auf gelernt. Noch bis in die erste Hälfte des 20. Jahrhunderts wurde das Herrichten und Waschen von Leichen üblicherweise von den Angehörigen übernommen. Zunehmend wurde diese Aufgabe jedoch von sogenannten Leichenfrauen vollzogen, zu denen auch seine Großmutter gezählt hatte. Von ihr hatte sein Vater die Fertigkeiten erlernt, einen Verstorbenen zu versorgen, herzurichten und einzukleiden. Manchmal wünschten Angehörige auch lediglich seine Hilfe, die er ihnen nie verwehrte, denn er fand, dass eine persönliche Herrichtung des verstorbenen Angehörigen maßgeblich zur Trauerbewältigung beitrug.

Bei diesem Vorgang wurde der Verstorbene für die hygienische Grundversorgung auf den Behandlungstisch gelegt und vollständig entkleidet, der Kopf mit einer Stütze im Nacken höher gelegt. Johann Burger erhöhte den Leichnam ohnehin stets auf mehreren Metallbalken, die quer auf dem Sektionstisch auflagen, damit beim Waschen das Wasser und eventuell auch Körperflüssigkeiten besser ablaufen konnten.

Danach folgte die Desinfektion, bei der die Haut sowie alle Körperöffnungen mit einem speziellen Mittel eingesprüht wurden. Anfänglich hatte er von dem scharfen Zeug einen Ausschlag an den Händen bekommen, bis er endlich eine mildere Lösung gefunden hatte, die er besser vertrug. Der Verstorbene wurde vollständig eingeseift und mit kaltem Wasser gewaschen, gröbere

Verschmutzungen sowie austretende Körperflüssigkeiten und eingetrocknetes Blut beseitigte Johann Burger dabei stets. Wenn es Wunden gab, nähte oder klebte er sie, sodass möglichst nichts mehr davon zu sehen war.

Viele Männer, manchmal auch Frauen hatte Burger rasiert, ihre Fingernägel gereinigt und geschnitten. Die Haare wusch er immer mit einem nach Apfel duftenden Shampoo und auch die spezielle, feuchtigkeitsregulierende Massagecreme, mit der er die Leichen nach dem Fönen und Abtrocknen eincremte und massierte, roch angenehm fruchtig. Oft hatte er schon darüber nachgedacht, ob die Toten sich zu Lebzeiten derart gut gepflegt hatten, wie er es nun für sie tat. Die Antwort war mehr als einmal negativ ausgefallen, wenn er sich die geschundenen, manchmal sogar verwahrlosten Körper angesehen hatte.

Nach der Massage verschloss er immer alle Körperöffnungen wie Nasengänge, Rachen und Anus mit Watte und einem feuchtigkeitsbindenden Pulver, um ein Austreten von Körperflüssigkeiten zu vermeiden. Wie oft hatte er Gebisse gereinigt und eingesetzt? Er konnte es nicht sagen. Und nun stellte sich die Frage, ob er es je wieder tun würde. Wollte und konnte er noch einen Leichnam würdig präsentieren? Wer würde ihn noch beauftragen, wenn herauskam, dass man bei ihm eingebrochen und Leichen gestohlen hatte?

Sein Blick wanderte über das Regal mit den kosmetischen Utensilien. Puder, Lippenstift, Rouge und Lidschatten. Nicht selten hatte er einen entstellten Körper wieder ansehnlich hergerichtet. Sollte damit jetzt Schluss sein? Er seufzte, als er das Licht löschte. Im Dunkeln zuckte er zusammen, als plötzlich das Telefon klingelte. Hatte die Polizei schon etwas herausgefunden? Waren die Toten wieder aufgetaucht?

»Ja, hier AK Altona, Herr Burger. Ich wollte fragen, ob Sie Herrn Meisler schon abgeholt haben?«

»Also, ich glaube nicht, dass die in der Rechtsmedizin etwas mit den Leichendiebstählen zu tun haben«, bemerkte Boateng, als sie aus Eppendorf Richtung Ohlsdorf fuhren. »Die haben da ja nun selbst genug Leichen und wer merkt denn im Regelfall schon, wenn die an denen rumschnippeln? Außerdem scheint es ja immer wieder auch Angehörige zu geben, die einer Gewebespende zustimmen. War das nicht so bei Arne Lüdemann?«

Peer nickte. Er war immer noch ganz erschlagen von den Informationen des Rechtsmediziners. Er hatte keine Ahnung gehabt, was für ein begehrter Wertstoff menschliches Gewebe war. »Aber die Informationen sind wertvoll. Zumindest sollten wir uns diese pharmazeutischen Hersteller und auch die Gewebebanken mal näher anschauen«, bemerkte er.

»Da kümmere ich mich drum«, bestätigte Michael.

Peer lenkte den Wagen durch das Hauptportal des Parkfriedhofs und stoppte gleich darauf vor der Friedhofsverwaltung. »Aber erst einmal schauen wir, ob uns der Tipp unserer Teammitglieder weiterbringt«, entgegnete Peer und stieg aus.

Die Frau hinter dem Schreibtisch gleich im Eingangsbereich nickte, als er seinen Namen nannte. »Nehmen Sie gerne einen Moment Platz.« Sie deutete auf eine schlichte Holzstuhlreihe und nahm den Hörer zur Hand.

»Ja, hier Gabriele Möller aus dem Verwaltungsbüro, Herr Japsen, die Herren von der Polizei wären nun hier.«

Sie lauschte der Antwort und legte kurz darauf mit einem »Gut, danke« auf. »Mein Kollege, Herr Japsen holt Sie gleich ab«, erklärte sie. »Er ist unterwegs, kommt aber jetzt.« Statt sich wieder ihrer Arbeit zu widmen, stand sie auf und gesellte sich zu den beiden Beamten. »Mögen Sie einen Kaffee?«

»Gerne«, entgegnete Nielsen, während Boateng um ein Glas Wasser bat.

»Und Sie untersuchen den Fall mit den gestohlenen Leichen?«, fragte Frau Möller wie beiläufig, als sie die Getränke brachte. Dabei schaute sie Peer aus kleinen Schweinsäuglein an. »Das ist schrecklich. Wer tut denn nur so etwas?«

»Sind dabei, es herauszufinden«, antwortete Michael, als sich plötzlich die Tür öffnete und ein Mann in grüner Kluft den Raum betrat.

Sofort sprang die Sekretärin zu ihm. »Passen Sie doch auf! Sie machen ja mit Ihren Klütentretern alles schmutzig.«

Der Mann rollte gleichgültig mit den Augen. »Wollen wir?«, wandte er sich an Nielsen und Boateng, sichtlich bemüht, der keifenden Möller rasch zu entkommen. Ohne eine Antwort abzuwarten, stapfte er los.

Vor dem Verwaltungsgebäude stand ein Elektromobil. »Folgen Sie mir«, bestimmte Japsen und stieg auf sein Gefährt. Anders als in Altona konnte man den Friedhof mit dem Auto befahren. Es gab sogar eine Buslinie. Der Parkfriedhof Ohlsdorf war einer der größten der Welt. Zu Fuß konnte man die Strecken in dem Gelände kaum bewältigen. Jedenfalls oftmals nicht, denn das Krematorium lag in ihrem Fall nur wenige Hundert Meter entfernt. Es war in das sogenannte Bestattungsforum integriert, wo sich neben der Einäscherungsanlage auch Feierhallen und Gastronomie für die Trauergäste befanden. Peer war beeindruckt von dem Komplex, der modern und gleichzeitig äußerst seriös wirkte.

»Sagen Sie, haben Sie hier auf dem Friedhof in der letzten Zeit Unregelmäßigkeiten an irgendwelchen Gräbern festgestellt?«, fragte Boateng, als sie zusammen mit Japsen die Treppe zum Eingang hinaufstiegen.

»Unregelmäßigkeiten?« Der Friedhofsmitarbeiter blickte ihn fragend über die Schulter an.

»Ja«, schaltete sich Peer ein, der sich gut vorstellen konnte, dass die »Leichenwühler« auch in Ohlsdorf zugeschlagen hatten. Der Friedhof war geradezu perfekt für dieses Verbrechen. Weitläufig, mit dem Transporter befahrbar, und sicherlich gab es hier weitaus mehr frische Gräber als in Altona oder der Bernadottestraße. »Vielleicht wurden Grabstellen geschändet oder ausgehoben?«

»Ausgehoben?« Japsen blieb stehen.

Peer nickte. »Auf einigen Friedhöfen sind Tote wieder ausgegraben worden.«

»Und was hat das mit uns zu tun?«

»Nun ja, dies ist ein Friedhof«, bemerkte Nielsen. »Und zwar einer der wenigen, der über ein Krematorium verfügt.«

Japsen kniff die Augen zu engen Schlitzen zusammen. »Deswegen sind Sie hier? Wollen schauen, ob aus unserem Krematorium Leichen verschwinden?«

»Möglich wäre es doch, oder?«, bemerkte Boateng nun und augenblicklich wanderte Japsens Blick zu ihm.

»Bei uns hat hier alles seine Ordnung. Vergewissern Sie sich selbst!«

Er drehte sich um und stürmte geradezu zum Eingang. Durch eine große Halle folgten sie ihm eine Treppe hinunter. Schon bald hörten sie gedämpfte Stimmen und Schritte, dann standen sie in der Tür zu einem Raum, in dem mehrere Tote gelagert wurden. Zwischen zwei Holzsärgen stand ein Mann in einem grünen Kittel. Der Deckel des einen Sarges war geöffnet und der Bekittelte betrachtete gerade eingehend den Leichnam, hob den Arm des Verstorbenen und notierte anschließend etwas auf einem gelben Formular.

»Hier hat alles seine Ordnung. Sehen Sie!« Piet Japsen deutete in den weiß gekachelten Raum. »Spätestens bei der zweiten Leichenschau würde auffallen, wenn jemand fehlt.«

Boateng schluckte. Er war nicht ganz vorbereitet auf den Anblick und kämpfte mit einem aufsteigenden Würgereiz. Doch Peer nickte. Er wusste, dass die Leichen vor der Einäscherung ein zweites Mal begutachtet wurden. So sollte verhindert werden, dass Würgemale, kleine Einschüsse, nicht erklärbare Injektionsstellen oder aber Behandlungsfehler und Dekubitusfälle übersehen wurden.

Der Mann, der diese Leichenschau vornahm, gehörte zu Dr. Chouis Team. »Also außer ein paar unerklärlichen Druckstellen und einem Messerstich ist hier in der letzten Zeit nichts Auffälliges gewesen«, entgegnete Dr. Nöll.

»Hm, dabei wäre es doch wohl leichter, hier die Leichen zu entwenden, als sie umständlich auszugraben, oder?«, erklärte Peer seine Nachforschungen im Krematorium.

»Generell ja. Aber an Piet vorbeizukommen«, Dr. Nöll grinste in die Richtung des Friedhofsmitarbeiters, »ist nicht leicht. Da bedarf es Hilfe. Handlanger, die den Tätern Zugang verschaffen.«

»Und Handlanger bedeuten immer Mitwisser«, schlussfolgerte Boateng, der sich inzwischen gefangen hatte. »Und zu viele davon kann keiner gebrauchen.«

14. KAPITEL

Als Peer am nächsten Morgen ins Büro fuhr, klingelte sein Handy.

»Hier Johann Burger.«

»Herr Burger, was ist los?« Waren schon wieder Leichen bei dem Bestatter entwendet worden oder war ihm etwas eingefallen, was sie weiterbringen könnte?

»Ja, gestern hat mich das Altonaer Krankenhaus angerufen. Da ist eine Leiche weggekommen, die ich gestern ursprünglich hätte abholen sollen.«

»Und Sie hatten sie nicht abgeholt?«

»Nein, wenn ich es doch sage.«

»Vielleicht ein Kollege?«

»Nein.«

»Mist«, fluchte Peer und wendete dabei bereits seinen Wagen. Das wurde ja immer schlimmer. Der ganze Fall schien völlig aus dem Ruder zu laufen. Er griff nach dem Blaulicht und schaltete es ein. In wenigen Minuten erreichte er so die Klinik. Einige Besucher schauten neugierig, als er direkt vor dem Eingang hielt und in das Krankenhaus stürmte.

»Wer ist für die Toten zuständig?«, keuchte er dem Mann am Empfang entgegen, während er seinen Dienstausweis hin und her schwang.

»Frau Klinnert, kleinen Augenblick, ich rufe sie.«

Der Mann griff zum Hörer und wählte eine Nummer. Peer versuchte, währenddessen zu Atem zu kommen, aber die Vorstellung, dass nun auch Leichen aus Krankenhäusern entwendet wurden, schnürte ihm förmlich die Luft ab.

»Herr Nielsen?« Eine schmächtige Frau in weißem Kittel streckte ihm die Hand entgegen und lächelte. »Tut mir leid, aber wir haben ganz vergessen, Herrn Burger zu informieren. Der Leichnam von Herrn Meissler hat sich Gott sei Dank wieder eingefunden. War nur eine simple Verwechslung.« Sie nickte Peer leicht zu, der einen Augenblick benötigte, um das Gesagte zu verarbeiten. Er war derart auf ein Verbrechen eingeschossen, dass er diese einfache Erklärung kaum glauben konnte.

»Kann ich ihn sehen?«

»Habt ihr von den Öztürks was gehört?« Boateng betrat das Büro, in dem seine Kollegen bereits arbeiteten.

»Ja«, antwortete Carsten Hinrichs. »Sind wieder da.«

»Und?«

»Was und?«

»Habt ihr sie schon überprüft?«

»Nein, das wollte Peer doch machen. Wo steckt der denn?«

Boateng hob in einer Geste der Ahnungslosigkeit die Hände. Eigentlich war abgemacht, dass sie sich heute weiter der Spur der möglichen Leichenverwertung sowie dem zweiten Hamburger Krematorium in Öjendorf widmeten. Viel mehr hatten sie schließlich nicht.

Außer der Frage, wie die Täter von den Beerdigungen erfuhren, aber darum kümmerten sich Lutz und Jens. Michael setzte sich an seinen Schreibtisch und schaltete den Computer ein. Bis auf eine Mail des rumänischen Kollegen, dass morgen die Beerdigung von Janosch Krosschenko stattfinden sollte und er sich dort ein wenig umsehen würde, gab es keine Neuigkeiten.

»Wo ist Peer?« Gerhard Fritsche stand mit hochrotem Kopf in der Tür. Die Mitarbeiter zuckten allesamt mit den Schultern. »Wenn er kommt – ich will ihn sofort sprechen!«

»Weshalb?«, traute Michael sich zu fragen.

»Deshalb!« Der Leiter der Mordkommission knallte die Zeitung auf den Schreibtisch. »Polizei sucht Leichenräuber im Ohlsdorfer Krematorium«, stand dort auf der ersten Seite in dicken Lettern.

»Ist ja nicht gelogen«, bemerkte Boateng und fing sich dafür einen strafenden Blick Fritsches ein.

»Gelogen vielleicht nicht, aber wieso haben die Kenntnis davon? Ihr wisst doch, dass wir unsere Ermittlungsansätze geheim halten wollen! Was bringen unsere Taktiken, wenn die Täter davon in der Zeitung lesen können?«, schnaubte der Vorgesetzte immer noch aufgebracht.

Michael kratzte sich am Kopf. Er konnte sich vorstellen, wer der Presse diese Informationen zugespielt hatte. »Wir schicken Peer zu Ihnen, wenn er aufschlägt«, entgegnete er und wandte sich wieder seinem Bildschirm zu. Kaum war Fritsche jedoch verschwunden, griff er zum Telefonhörer und wählte Nielsens Nummer. Es meldete sich nur die Mailbox. »Vorsicht, Chef, Fritsche ist außer sich, wegen des Artikels in der MoPo. Am besten, du stattest den Öztürk-Brüdern noch einen Besuch ab, bevor du ins Büro kommst. Die sind nämlich wieder aufgetaucht und vielleicht hat Fritsche sich dann später beruhigt.«

Peer saß in seinem Wagen und starrte durch die Windschutzscheibe, ohne das Treiben davor wirklich wahrzunehmen. Er würde sich nie an den Anblick eines toten Menschen gewöhnen. Niemals.

In diesem Fall gab es ihm eindeutig zu viele Leichen und das machte ihm mehr zu schaffen, als er sich eingestehen mochte. Oliver Meissler war tatsächlich wieder aufgetaucht, aber der Tote war übel zugerichtet gewesen. Motoradunfall. Kein Wunder, dass man Herrn Burger als Bestatter beauftragt hatte, da er über die Fähigkeiten zur Rekonstruktion des ästhetischen Erscheinungsbildes eines Toten verfügte. Wie man die Leiche jedoch verwechseln konnte, war Peer ein Rätsel – auch wenn Frau Klinnert immer wieder versichert hatte, dass dies ein Einzelfall war. Nielsen konnte sich gut vorstellen, dass so etwas weitaus häufiger vorkam, als man es vermuten würde. Und vielleicht trauerte Frau Lüdemann auch gar nicht am Grab ihres verstorbenen Sohnes, sondern unter den liebevoll gepflanzten Stiefmütterchen verweste die Frau eines Nachbarn oder völlig Unbekannten. Peer musste schlucken und zwang sich, an etwas anderes zu denken. Doch auch, wenn er seine Gedanken zu Christina lenkte, kam ihm momentan nur die Beerdigung ihres Vaters, die morgen stattfinden sollte, in den Sinn.

Seufzend griff er nach seinem Handy und wählte hoffnungsvoll die Nummer seiner Mailbox, nachdem er Boatengs Anruf in Abwesenheit entdeckt hatte. Vielleicht hatten seine Mitarbeiter etwas herausgefunden? Gespannt lauschte er der Stimme auf dem Band.

Michael Boateng wunderte sich, als er auf dem Display seines Büroapparates die Nummer von Nielsen sah. »Ja, Chef?«

»Danke für die Warnung, aber wir müssen das klarstellen.« Boateng runzelte die Stirn, während Peer weitersprach. »Ich komme jetzt ins Präsidium und spreche mit Fritsche. Außerdem werde ich in Absprache mit der Pressestelle eine Konferenz einberufen. Wir müssen diesen Medienfutzis den Wind aus den Segeln nehmen.«

»Aber was willst du denen denn präsentieren?«

»Das lass mal meine Sorge sein, aber du müsstest dich dann um Öztürk kümmern. Fühl dem mal auf den Zahn. Wo er gewesen ist und ob der Transporter bereits wieder vermietet war, will ich wissen.«

»Okay!«

Peer legte nach einer kurzen Verabschiedung auf, holte tief Luft und startete den Motor. Es hatte keinen Sinn, weiter zu warten. Eine Aussprache mit Fritsche war längst überfällig. Vorher wollte er allerdings einen kleinen Zwischenstopp bei Christina einlegen und sie nach den genauen Details der morgigen Beerdigung fragen. Sie wohnte nicht weit entfernt. Ihre Wohnung lag quasi um die Ecke und auf zehn bis 20 Minuten kam es nun auch nicht an, beruhigte er sich selbst, während er den Wagen nach Ottensen lenkte.

Seine Knie zitterten ein wenig, als er den schwarzen Klingelknopf drückte. In Gedanken malte er sich schon ihren aufregenden Anblick aus, doch wider Erwarten wurde ihm nicht geöffnet. Peer blickte zum Fenster, doch hinter den Jalousien war nichts auszumachen. Dabei stand ihr Wagen an der Straße, wunderte er sich und klingelte erneut. Doch auch sein zweiter Versuch blieb erfolglos. Völlig in Gedanken, fuhr er ins Präsidium.

»Habt ihr schon etwas darüber herausgefunden, wie die Täter an die Info von den frischen Grabstellen gekommen sind?«, fragte er wenig später Lutz und Jens, die zusammen vor dem Bildschirm einer ihrer Computer saßen. Jeder Hinweis, jede klitzekleine Neuigkeit in dem Fall konnte ihm helfen, die Pressekonferenz einigermaßen zu überstehen.

»Eventuell aus der Zeitung. Wir überprüfen gerade, ob es in allen Fällen eine Todesanzeige in der Zeitung gegeben hat.«

»Sehr gut«, nickte Peer. Das war wirklich ein guter Ansatz. Vergrößerte allerdings den Täterkreis enorm, denn eine Zeitung war, anders als beispielsweise ein

Sterberegister oder ähnliches, jedem zugänglich. Egal, zunächst einmal musste er mit Fritsche reden.

Der erwartete ihn auch schon. Der erste Ärger schien zum Glück verraucht. Jedenfalls wirkte Gerhard Fritsche nicht mehr so aufgebracht, wie Boateng ihn beschrieben hatte.

»Habe gehört, du hast eine Pressekonferenz anberaumt. Was wollt ihr denen sagen?«

»Viel haben wir noch nicht. Aber da die Medien schon über die geklauten Leichen berichtet haben, wollte ich möglichst defensiv vorgehen.«

Sein Vorgesetzter nickte. »Wahrscheinlich besser, als drum herumzudrucksen.«

Sie schwiegen. Peer blickte Fritsche an, der über irgendetwas nachzudenken schien. Sicherlich bekam auch er Druck von oben, doch bisher hatte er ihn das nie spüren lassen.

»Ist sonst noch was?«

Fritsche zögerte. »Margot ist krank. Krebs.«

Das Wort hing wie ein Todesurteil in der Luft. Peer schluckte. Er kannte die Frau seines Vorgesetzten. Eine liebenswerte quirlige Person mit enorm viel Power. Er konnte sich Margot Fritsche gar nicht anders als in Bewegung vorstellen. Und nun hatte der Krebs sie erwischt? Wahrscheinlich war das der Grund für Fritsches seltsames Benehmen in der letzten Zeit.

»Schlimm?«, fragte Peer beinahe im Flüsterton und sah im selben Augenblick die feuchten Augen seines Chefs, der leicht nickte.

»Die Ärzte geben ihr nur noch wenige Wochen.«
Peer fühlte sich wie gelähmt. Er konnte nichts sagen, sich nicht bewegen. Wie schnell der Tod doch näher kam. Wie real er werden konnte, nicht nur ein Fall, den man zu lösen hatte. Unweigerlich musste er an seine Mutter denken, bei der er sich lange nicht gemeldet hatte. Ging es ihr gut? War sie gesund und munter? Er wusste es nicht.

»Warum bist du nicht bei ihr?« Wollte Fritsche die letzten Tage nicht zusammen mit seiner Frau verbringen? »Wir kriegen das hier hin. Nimm dir ein wenig frei!«

Sein Chef blickte ihn aus großen dunklen Augen an. »Ich kann nicht«, sagte er dann.

Nielsen verstand. Wahrscheinlich käme Fritsche eine Auszeit wie ein Aufgeben vor. Sofern er akzeptierte, dass Margot nur noch ein paar Wochen zu leben hatte, gab er sich aus seiner Sicht wahrscheinlich geschlagen. Aber würde er das nicht bereuen? Wenn es doch ohnehin keine Hoffnung gab? »Was sagt Margot?«

Fritsche hob die Schultern. »Sie ist tapfer. Versucht, sich nichts anmerken zu lassen.« Er schniefte leicht.

»Kann ich sie besuchen?« Früher war Peer hin und wieder bei den beiden zu Gast gewesen. In der letzten Zeit waren diese Treffen seltener geworden. Peer hatte es auf die viele Arbeit in der Mordkommission geschoben, aber wahrscheinlich hatte Fritsche sich von sich aus zurückgezogen und Peer hatte es falsch gedeutet. Dass er aber auch immer alles auf sich beziehen musste. Dabei drehte sich die Welt nicht nur um ihn.

Michael Boateng fuhr forsch auf den Innenhof des Kleinunternehmers. Der Transporter stand blitzend in der Sonne und wirkte nicht, als sei er schon im Einsatz gewesen. Und doch hatten sie dieses ausgehobene Grab in der Bernadottestraße, das in das Täterprofil und somit auch zu diesem Wagen passte. Und vielleicht gab es auch einen Zusammenhang zu den geklauten Leichen bei Johann Burger.

Er stieg aus und ging zum Eingang des Büros hinüber. Heute war alles ruhig, und als er den Raum betrat, sah er Herrn Öztürk an seinem Schreibtisch sitzen, vor sich ausgebreitet etliche Papiere.

»Guten Tag!«

Der Autovermieter zuckte zusammen und blickte auf. Als er Boateng erkannte, verdrehte er leicht die Augen. »Bitte?«

Michael stellte sich ganz dicht vor den Schreibtisch. »Herr Öztürk, wo waren Sie in den vergangenen Tagen?«

»Wieso?«

»Reine Routine. Also?«

Doch der Unternehmer war clever, ließ sich nicht so leicht überrumpeln. »Zu Hause.«

»Das kann nicht stimmen, denn dort haben wir sie nicht angetroffen.«

»Bei meinem Bruder?«

»Herr Öztürk, dies ist kein Ratespiel. Es geht hier um eine polizeiliche Überprüfung.«

»Aber was wollen Sie denn genau überprüfen?« Der Mann blickte ihn von schräg unten an.

»Es geht um Ihren Transporter.«

»Ach, schon wieder«, stöhnte der Unternehmer. Boateng nickte. »Es sind nämlich schon wieder Leichen verschwunden und wir vermuten, dass diese auch diesmal in einem Ihrer Wagen transportiert worden sind.«

»Der ist aber nicht ausgeliehen worden.«

»Sicher?«

Öztürk nickte.

»Auch nicht von Ihrem Bruder?«

»Nee.«

Boateng beobachtete die Reaktionen seines Gegenübers genau, konnte aber nichts daran ablesen. Ganz koscher kam ihm der Kerl nicht vor, aber nachweisen konnte er ihm andererseits auch nichts. »Kann ich mir den Wagen ansehen?«

»Haben Sie einen Durchsuchungsbeschluss?«

»Nein, aber wenn der Wagen nicht verliehen war, haben Sie ja nichts zu befürchten.«

»Stimmt«, entgegnete Öztürk, blieb aber sitzen.

Boateng war unsicher, was er tun sollte. Er war schon manchmal übers Ziel hinausgeschossen, und bisher hatte Nielsen ihn immer gedeckt. Aber der hatte momentan anscheinend genug eigene Probleme. »Gut, dann vielen Dank«, verabschiedete er sich schließlich.

Beim Hinausgehen hörte er das Telefon klingeln und grinste. Er nutzte die Gunst des Augenblicks und öffnete die Türen des Wagens. Drinnen war alles blitzeblank und doch glaubte Boateng einen leicht erdig-süßlichen Geruch auszumachen. Es machte sicherlich Sinn, dieses Unternehmen zu observieren. Hier stank es – wenn auch nicht bis zum Himmel, dafür jedoch ziemlich deutlich nach Verwesung.

Peer legte schützend die Hand an seine Augenbraue. Das Blitzgewitter der Journalisten, als er den Raum betrat, blendete ihn. Der Konferenzsaal war voll, dabei hatte er nur wenige Vertreter der Medien eingeladen, aber anscheinend hatte sich der Termin ziemlich schnell unter den Kollegen herumgesprochen. Egal, befand Peer, da musste er jetzt durch, und das möglichst, ohne noch mehr Schaden für die Hamburger Polizei anzurichten.

Er setzte sich neben den Pressesprecher des Präsidiums und blickte ins Publikum, in dem er einige bekannte Gesichter ausmachte. Ganz vorne mit dabei: Pisto.

Der Pressesprecher eröffnete die Versammlung, brachte eine kurze Zusammenfassung und verwies ansonsten auf das Pressematerial, das verteilt worden war. Dann gab er die Runde frei für Fragen.

»Sind denn nun Leichen aus dem Krematorium Ohlsdorf entwendet worden?«

Peer räusperte sich. »Nein, soweit wir bisher wissen, nicht.«

»Und aus einem anderen?«

Obwohl Nielsen es nicht genau wusste, schüttelte er den Kopf. Er hielt seine Antworten möglichst kurz. So war es abgesprochen.

»Was machen die Täter mit den Leichen?«

»Dazu können wir noch keine abschließende Aussage machen.«

»Wie viele Gräber sind denn insgesamt schon ausgehoben worden?«

»Dazu können wir noch keine konkreten Angaben machen.«

Selbst in Peers Ohren klangen diese Sätze wenig professionell und er fragte sich, ob dies dazu beitrug, das Ansehen der Polizei wieder aufzumöbeln. Noch ehe er selbst zu der Erkenntnis kommen konnte, dass dem nicht so war, brachte Pisto dies ganz deutlich zum Ausdruck: »Was wisst ihr überhaupt?«

Die Frage an sich war ja berechtigt, aber nicht die Art und Weise, in der der Journalist sie stellte. Das eine Bein lässig über das andere geschlagen, leicht in den Sitz zurückgerutscht, maß er Peer mit einem abwertenden Blick und kaute mit offenem Mund ein Nikotinkaugummi.

Peer zählte innerlich bis zehn. Nur nicht provozieren lassen. »Wir wissen, dass der Friedhofsgärtner den Tätern auf die Schliche gekommen ist und daher zum Opfer wurde. Wir wissen auch, dass die Täter unvorsichtiger werden, ihre Spuren nicht mehr so sorgfältig verwischen wie bisher.«

»Inwiefern?«

»Die Grabstellen werden nicht mehr zugeschaufelt. Auch haben sie ihre Taktik verlagert, brechen nun auch in Kühlhäuser von Beerdigungsinstituten ein.«

»Und ihr seid euch sicher, dass dies alles ein und dieselbe Tätergruppe ist?«

15. KAPITEL

»Mann, das war ein Tag, hast du ein Bier für mich?«, fragte Peer, nachdem Sören ihm auf sein Klingeln hin die Tür geöffnet hatte. Sie hatten sich für den Abend verabredet und obwohl Peer lieber noch einmal zu Christina gefahren wäre, wollte er das Treffen mit dem Freund nicht platzen lassen. Sie hatten sich ohnehin in der letzten Zeit selten gesehen, was nicht nur an Peer lag.

Sören hatte sich Ende letzten Jahres verlobt und klebte nach Peers Ansicht seitdem ständig mit seiner Freundin zusammen. Nicht, dass er seinem Freund das Glück nicht gönnte – tief im Inneren war er beinahe neidisch auf Sören, denn die beiden waren ein wirklich tolles Paar und er freute sich, dass es der Freund derart gut getroffen hatte.

»So schlimm?« Sören blickte ihn mit gerunzelter Stirn an, während er ihm aus dem Kühlschrank ein Bier reichte. Er selbst nahm sich eine Cola.

»Wir hatten heute eine Pressekonferenz. Kannst dir ja denken, wie die Geier uns auseinandergenommen haben.«

»Habt ihr denn noch nichts?«

Peer schüttelte den Kopf. »Nicht wirklich.«

Eigentlich durfte er ja mit Zivilpersonen nicht über den Fall sprechen, aber bei Sören machte er eine Ausnahme. Sie kannten sich schon lange und Sören war die Verschwiegenheit in Person. Es tat gut, sich einmal den ganzen Mist von der Seele zu reden.

Sören hörte ihm schweigend zu, nickte lediglich dann und wann.

»Und morgen ist die Beerdigung. Aber außer Christina wiederzusehen, verspreche ich mir da ehrlich gesagt nicht viel von.«

»Christina?«

Peer lächelte verlegen. »Sie ist die Tochter eines Opfers und vor zwei Abenden habe ich ihr beigestanden und sie ein wenig getröstet.«

»Getröstet?«

»Nicht, was du denkst. Wirklich nur geredet und ihre Hand gehalten.«

Sören schaute immer noch skeptisch. So kannte er Peer nicht, der beziehungstechnisch eher ein Draufgänger war. Sollte diese Frau ihm etwas bedeuten?

Boateng versuchte, sich in seinem Wagen zu strecken. Seit Stunden harrte er nun schon gegenüber der Hofeinfahrt des Kleinunternehmers aus, doch nichts passierte. Die Aktion war inoffiziell. Michael hatte zwar versucht, Peer zu erreichen, aber der war nicht an sein Handy gegangen. Wahrscheinlich hatten die Presseleute ihn auf der Versammlung auseinandergenommen und er wollte einfach nur seine Ruhe haben. Daher hatte er für sich beschlossen, ein paar Überstunden einzulegen und den Autovermieter auf eigene Faust zu observieren. Ganz offensichtlich hatte Öztürk etwas zu verbergen. Da war sich Michael ziemlich sicher.

Doch irgendwie tat sich rein gar nichts. Hatte er den Kleinunternehmer vielleicht zu sehr aufgescheucht? Boateng gähnte und überlegte, ob er die Aktion abbrechen sollte, als plötzlich ein Wagen in die Einfahrt abbog. Michael setzte sich kerzengerade auf und griff nach dem Fernglas auf dem Beifahrersitz. Doch das Auto – ein heller Golf, wenn er das richtig erkannt hatte – war nicht mehr zu sehen. Sollte er aussteigen und sich auf den Hof schleichen? Vielleicht konnte er ein Kennzeichen notieren und darüber weitere Informationen bekommen. Er tastete nach dem Türgriff und war gerade im Begriff, auszusteigen, als der Golf den Hof wieder verließ. Michael war hin- und hergerissen. Sollte er dem Wagen folgen oder abwarten, was geschehen würde? Noch ehe er eine Entscheidung gefällt hatte, leuchteten die Scheinwerfer des Kastenwagens in dem Hofbogen auf und er beschloss spontan, dem Transporter zu folgen.

Leicht war es nicht. Zwar herrschte um diese Uhrzeit kaum Verkehr, aber genau das war ein Problem, denn Boateng wollte unter gar keinen Umständen auffallen. Daher hielt er reichlich Abstand zu dem Wagen, der mit ordentlichem Tempo Richtung Ring 2 bretterte. Boateng musste Gas geben, um den Wagen nicht zu verlieren. Wohin der Verdächtige wohl wollte? Bestimmt zu einem Friedhof. Oder einem Bestattungsunternehmen? Er bekam schwitzige Hände und ihm wurde ganz flau im Magen bei dem Gedanken, dem Täter plötzlich so dicht auf den Fersen zu sein. Er trat noch einmal kräftig aufs Gas und sah plötzlich etwas am Straßenrand aufblitzen. Polizeikontrolle. Nicht das noch! Und warum hielten die Kollegen nicht den Kastenwagen an? Der war mindestens genauso schnell unterwegs. Kurz war er versucht, einfach Gas zu geben, aber dann würden die Beamten ihn wahrscheinlich mit Blaulicht verfolgen, was er auf alle Fälle vermeiden wollte. Ein letzter kurzer Blick auf die Rücklichter des Transporters, ehe er abbremste und neben den Kollegen zum Stehen kam. Er ließ das Seitenfenster herunter. Wenn er sich schnell auswies und die Verfolgung erklärte, konnte er den Verdächtigen vielleicht noch einholen. Schon wedelte er mit seiner Dienstmarke, doch die Kollegin schien kurzsichtig und kam nur langsam auf das Fahrzeug zu.

»Sie wissen, warum wir Sie anhalten?« Sie hatte seine Legitimation immer noch nicht erkannt.

»Frau Kollegin, ich muss weiter«, rief er ihr durch das Seitenfenster zu.

Diese jedoch schaute ihn nur skeptisch an. Bei der Polizei waren ausländische Beamte – vor allem dunkelhäutige – nicht gerade an der Tagesordnung.

»Ich verfolge einen Verdächtigen.«

»So?« Sie kniff die Augen zusammen, schien dann aber den Dienstausweis zu erkennen. »Ach, ein Kollege«, grinste sie. Wahrscheinlich nahm sie an, er wolle sich mit einer Ausrede vor der Kontrolle drücken. »Das sind mir die Liebsten.«

Boateng verdrehte die Augen, schaute dann die Straße hinunter. Von dem Kastenwagen war nichts mehr zu sehen, als die Polizistin ihn in scharfem Ton bat, auszusteigen.

Peer fühlte sich am nächsten Morgen erstaunlich gut. Zwar hatten er und Sören lange zusammengesessen, aber das Gespräch mit dem Freund hatte ihn anschließend ruhig schlafen lassen.

Er stand auf und fütterte Fritzchen mit einem Stück Apfel und Salatresten. Wurde Zeit, dass er einkaufen ging, denn viel Essbares gab es nicht mehr in seinem Kühlschrank.

Nachdem er sich geduscht und angezogen hatte, überprüfte er sein Handy. Er hatte gestern Abend nach der Pressekonferenz keinen Nerv mehr auf Störungen gehabt und es deshalb lautlos gestellt. Nun sah er mehrere Anrufe Boatengs und einen von Fritsche. Sofort sah er Margots Bild vor sich und beschloss, am Wochenende nicht nur seine Mutter anzurufen, sondern auch den Fritsches einen Besuch abzustatten. Sein Chef hatte gesagt, Margot würde sich sicherlich sehr freuen, wenn Peer wieder einmal bei ihnen vorbeischauen würde. Gleich nachher wollte er ihn fragen, ob es den beiden am Wochenende passte.

Aber was hatte Boateng so Dringendes gewollt? Er drückte auf Rückruf und wartete. Reichlich verschlafen meldete sich sein Mitarbeiter nach dem sechsten Klingeln. »Was gibt's?«

»Wie, was gibt's? Du hattest doch mehrmals angerufen.«

»Ja, ich war gestern bei Öztürks. Da ist was faul. Der Transporter riecht nach Verwesung.«

Peer schaute aus seinem Dachfenster. »Woher weißt du das?«

Doch Boateng ging darauf gar nicht ein. »Außerdem ist gestern Nacht ein Golf auf den Hof gefahren. Leider habe ich nicht gesehen, wer und wie viele drinnen saßen, aber da kurz danach der Transporter vom Hof gefahren ist, gehe ich davon aus, dass die Täter da drin saßen.«

Peer pustete laut die Luft aus seinen Lungen. Ganz sicher hatte Boateng doch keinen Observationsauftrag. Davon wüsste er. »Und?«, fragte er, ohne auf das Thema einzugehen, da er hoffte, Boateng hätte etwas herausgefunden. »Bin bei der Verfolgung in eine Polizeikontrolle geraten.«

»Mist«, entfuhr es Peer. »Danach konnte ich den Wagen nicht mehr finden.«

»In welche Richtung ist er gefahren?«

»Ring 2 runter Richtung Flughafen.«

»Hm«, auf dieser Strecke gab es zig Möglichkeiten, wo der Transporter hätte hinfahren können. Auch viele Friedhöfe. »Gut, nützt ja nichts. Wir sehen uns gleich im Büro.« Peer legte auf und fluchte dabei noch einmal kräftig. Wie dreist waren diese Typen! Machten vor ihren Augen einfach weiter mit dem Leichendiebstahl, denn dass in der Nacht wieder irgendwo Tote entwendet worden waren, davon ging er fest aus.

Christina prüfte ihren Anblick ein letztes Mal in dem großen Spiegel im Flur. Das enge schwarze Kostüm passte perfekt und unterstrich dezent ihre schlanke Figur. Make-up hatte sie nur wenig aufgelegt. Nicht, dass es verschmierte, wenn sie nachher weinen musste. Sie schlüpfte in ihre hochhackigen Schuhe und lief ein paar Schritte. Waren sie vielleicht doch einen Tick zu hoch? Auf keinen Fall wollte sie zu sehr mit den Hüften schwingen, wenn sie vor die Trauergäste trat, um ihre Rede zu halten. Ein wenig war erlaubt, ja, sogar erwünscht, aber nicht zu auffällig. Sie griff nach ihrer Handtasche und den Autoschlüsseln, dann verließ sie die Wohnung.

Eigentlich war sie viel zu früh dran, aber sie hielt es zu Hause nicht mehr aus. Sie musste raus, an die Luft und würde lieber einen Spaziergang auf dem Friedhof machen.

Als sie das Hauptportal erreichte und ihren Wagen davor abstellte, waren allerdings schon ein paar Leute versammelt. Noch einmal warf sie einen prüfenden Blick in den Spiegel, ehe sie ausstieg. Wahrscheinlich würde sogar jemand von der Presse da sein. Schließlich schlug der Fall, dessen Opfer ihr Vater war, mittlerweile in der Bevölkerung hohe Wellen. Gleich am Eingang sah sie einige Leute von der Verwaltung und Joswig Klatten. Er hatte seine Arbeitskluft heute gegen einen dunklen Anzug getauscht, in dem er irgendwie sonderbar wirkte. Sie senkte den Blick und ging auf die Gruppe zu.

»Oh, Frau Thomsen«, begrüßte sie der ehemalige Chef des Gärtners. »Es ist alles vorbereitet. Wir warten nur noch auf den Bestatter.«

Christina hatte sich für eine Trauerfeier in der kleinen Kapelle auf dem Friedhof entschieden, allerdings mit einem freikirchlichen Redner, da ihr Vater ohnehin nicht in der Kirche gewesen war. Schon sonderbar, wo er doch Zeit seines Lebens mit Gott in Berührung gekommen war. Aber vielleicht hatte ihn sein Job zu der Erkenntnis gebracht, dass es kein Leben nach dem Tod gab und der Mensch eben einfach verrottete. Tag für Tag hatte er das ja genauso erlebt. Seltsam, dass er da nicht auf die Idee gekommen war, seinen Körper zu spenden, denn dann hatte der Tod wenigstens noch etwas Gutes, dachte Christina. Doch sie hatte nie mit ihrem Vater darüber gesprochen und die Verfügungen, die er für sein Begräbnis getroffen hatte, ließen sie zweifeln, ob er einer Körperspende überhaupt zugestimmt hätte.

Sie nickte und schüttelte die Hände der Anwesenden. Dann ließ sie den Blick umherwandern. Hatte Peer Nielsen nicht gesagt, er würde zur Trauerfeier kommen? Doch von dem Kommissar war nichts zu sehen.

»Und den anderen Wagen? Kannst du den näher beschreiben?« Peer sah Boateng durchdringend an. Zwar konnte er seinen Alleingang nicht offiziell gutheißen, aber was sein Mitarbeiter gestern beobachtet hatte, klang vielversprechend.

»Nee, nicht wirklich. Irgendein heller Kleinwagen.«

»Mist!« Warum hatten die Kollegen auch ausgerechnet Boateng stoppen müssen. Wenn diese blöde Polizeikontrolle nicht dazwischengekommen wäre, wüssten sie jetzt vielleicht, wer diese Typen in dem Kastenwagen gewesen waren. Aber so machte es nicht einmal Sinn, erneut bei Öztürk aufzuschlagen. Zumal es anscheinend in der Nacht ruhig geblieben war. Jedenfalls war kein weiterer Leichenklau gemeldet worden. Was natürlich nicht hieß, dass keiner stattgefunden hatte. Nur hatte man anscheinend bisher nichts entdeckt. Und somit hatten sie natürlich auch gegen den Autovermieter nichts in der Hand.

»Also wir sollten das Geschehen ganz genau im Auge behalten. Ich rede mit Fritsche, der soll uns einen richterlichen Beschluss beschaffen.«

»Fritsche ist nicht da«, tönte es aus dem Nachbarzimmer, kurz darauf erschien Carsten Hinrichs in der Tür. Peer runzelte die Stirn. »Hat er sich krankgemeldet?«

»Nee, angeblich macht er ein paar Tage Urlaub.«

Hatte sein Vorgesetzter doch seinen Rat befolgt und wollte Zeit mit seiner Frau verbringen? Nielsen nickte wohlwollend. »Gut, dann kümmerst du dich.« Er blickte auf seinen Mitarbeiter im Türrahmen. »Und dann übernimmst du gleich die erste Schicht. Boateng kann dich später ablösen.«

Er hätte selbst gerne den Unternehmer aus Altona überwacht. Schließlich war die Firma höchst verdächtig und der Transporter ihre heißeste Spur, aber er musste los, wie er durch einen Blick auf seine Armbanduhr feststellte. Schon jetzt war es reichlich knapp, um überhaupt noch pünktlich zur Trauerfeier von Georg Thomsen zu kommen.

Er griff nach seinen Schlüsseln und eilte zum Parkdeck. An einem Freitagnachmittag war verkehrstechnisch in Hamburg die Hölle los. Die Blechlawinen walzten durch die Straßen, ein Vorankommen war kaum möglich. »Mist«, fluchte Peer und schlug aufs Lenkrad. So schaffte er es nie, rechtzeitig in Altona zu sein. Dabei war ihm die Trauerfeier mehr als wichtig. Nicht, weil er hoffte, dort auf weitere Hinweise in dem Fall zu stoßen – damit rechnete er gar nicht –, sondern um dort endlich Christina wiederzusehen, eine Aussicht, die seine Hände ganz feucht werden ließ. Um sich abzulenken, wählte er Fritsches Nummer, schließlich wollte er das Ehepaar am Wochenende besuchen. Doch nach dem zweiten Klingeln legte er wieder auf. Dass Fritsche sich freigenommen hatte, deutete er als Zeichen. Sollten die beiden die restliche gemeinsame Zeit zu zweit genießen.

Er seufzte, weil es einfach nicht schneller voranging. Vor lauter Frust hupte er, was ihm allerdings nur ein verständnisloses Kopfschütteln der Dame auf dem Beifahrersitz im Wagen neben ihm einbrachte. »Na warte«, murmelte er. Er griff nach seinem Blaulicht, ließ die Seitenscheibe herunter und packte die Signalleuchte aufs Dach. Augenblicklich versuchten die Fahrzeuge vor ihm, hektisch und chaotisch eine Rettungsgasse zu bilden. Ist schließlich ein polizeilicher Einsatz, entschuldigte er die nicht ganz vorschriftsmäßige Nutzung des Blaulichtes und gab Gas.

Die Tür zur Kapelle war schon geschlossen und knarzte leise, als er sie vorsichtig öffnete. Seine Augen brauchten einen Moment, um sich an die gedämpften Lichtverhältnisse zu gewöhnen, dann aber erkannte er im vorderen Bereich eine kleine Ansammlung von Menschen, die vor einem Rednerpult Platz genommen hatten. Am Pult selbst stand ein langer, schlanker Mann in dunklem Anzug; daneben befand sich Thomsens Sarg. Ein prunkvolles Stück aus massivem Eichenholz mit dezenten Verzierungen und einem äußerst geschmackvollen Gesteck aus weißen Lilien. Seit Lady Dianas Tod musste Peer beim Anblick solcher Blumen immer an deren Beerdigungszeremonie denken; an das Bild, wie der Sarg der Prinzessin durch Londons Straßen rollte und die Augen aller auf dem Briefumschlag im Liliengesteck ruhten – oder vielmehr auf dem in Handschrift geschriebenen Wort »Mumm«. Solch einen Umschlag gab es hier jedoch nicht und auch die Anzahl der Trauergäste hielt sich in Grenzen.

Seine Schuhe verursachten ein quietschendes Geräusch auf dem glatten Steinboden, während er näher trat. Als einer der Gäste sich umdrehte, setzte er sich schnell in die nächste Stuhlreihe.

Von der Trauerrede gelangten nur wenige Fetzen an sein Ohr, aber die interessierte Peer ohnehin nicht sonderlich. Meist waren es doch recht ähnliche Worte, die zu derlei Anlässen gesprochen wurden. In seiner Laufbahn als Polizist – besonders als Kommissar bei der Mordkommission – hatte er bereits einige Beerdigungen miterlebt. Natürlich kam es selten vor, dass man auf solch einer Veranstaltung wirklich wichtige Hinweise für die Ermittlungen in einem Mordfall erhielt, aber das eine oder andere Mal hatte ein Besuch der Trauerfeier doch zur Ergreifung des Täters geführt. Manche Mörder waren tatsächlich so dreist, die Beerdigung ihres Opfers zu besuchen. Nicht zuletzt, weil sie oftmals aus dem persönlichen Umfeld des Toten stammten. Daher hatte seine Anwesenheit hier offiziell ihre Berechtigung, wenngleich das nicht ihr Hauptgrund war.

Christina sah auch in farbloser Trauerkleidung einfach umwerfend aus. Noch lieber wäre sie ihm ohne Kleidung gewesen, doch diese Vorstellung vertrieb er angesichts des Anlasses schnell wieder.

Um sich nicht zu weiteren unangemessenen Gedanken verleiten zu lassen, ließ er seinen Blick über die anderen Trauergäste wandern, doch von seiner Position aus konnte er nicht viel erkennen.

Einen Chor oder Orgelmusik gab es nicht. Die Melodie, die den Raum plötzlich erfüllte, kam vom Band, während der Prediger nun Christina an das Pult bat. Selbst in diesem Moment wirkte sie grandios, war sehr gefasst.

»Der Friedhof war sein Leben«, begann sie eine Trauerrede über ihren Vater und erzählte, wie er sie von

Kindesbeinen an stets auf den Friedhof mitgenommen hatte. Wie er ihr Ehrfurcht und Respekt vor den Toten beigebracht hatte und wie wichtig es sei, deren Andenken zu bewahren. Sie lächelte leicht, als sie darüber sprach, wie er frühmorgens pfeifend das Haus verlassen hatte und abends freudestrahlend heimgekommen war. Immer habe sie gewusst, dass seine Arbeit – der Friedhof – der Grund für seine Freude war. »Hier hat er sich wohlgefühlt, erfüllt und glücklich. Warum er hier sterben musste – vielleicht ein Wink des Schicksals. Auf jeden Fall hätte er es sich gewünscht.« Sie schluckte. »Und auch, wenn es uns heute schwerfällt, Abschied zu nehmen, können wir eines sicher sagen, er ist auf jeden Fall dort, wo er hingehört.«

In Peers Ohren klang Christinas letzter Satz seltsam, doch glaubte er, deuten zu können, wie sie es gemeint hatte, was sie damit sagen wollte. Nur das Schicksal war seiner Ansicht nach nicht verantwortlich für Georg Thomsens Tod.

Warum Georg Thomsen erschossen wurde, konnte Peer mit ziemlicher Sicherheit sagen. Der Friedhofsgärtner war einem Verbrechen auf die Spur gekommen und hatte die Täter vermutlich überrascht. Davon war Nielsen so gut wie überzeugt. Es musste um Geld gehen, schoss es ihm durch den Kopf, und zwar um sehr viel Geld. Ansonsten waren der Aufwand und die Mühen, die die Verbrecher betrieben, kaum zu erklären. Und auch nicht der Mord an Georg Thomsen. Ob man die Leichen verkaufte? Boateng hatte ja einige Bereiche ausfindig gemacht, in denen Leichen begehrte Objekte zu sein schienen. Nur, wie waren die Täter an die illegalen Käufer gekommen? Und wie lief das Geschäft ab? Es gab ja schließlich keinen offiziellen Markt für Tote. Wie makaber wäre das denn? Er schüttelte den Kopf und erschrak, als er merkte, dass die Trauergäste sich erhoben. Er hatte den Rest der Zeremonie irgendwie verpasst.

Eine Beisetzung gab es heute nicht, da der Leichnam eingeäschert werden sollte. Christina hatte es so bestimmt, wahrscheinlich weil sie mit der Vorstellung, ihr Vater könne wieder ausgegraben werden, nicht leben konnte. Verständlich, befand Peer, nach den Vorkommnissen der vergangenen Tage auf diesem Friedhof.

Er fragte sich, ob generell die Anzahl der Feuerbestattungen in der letzten Zeit zugenommen hatten. Schließlich berichteten die Medien fast täglich über die aktuellen Leichendiebstähle. Er selbst würde es auch vorziehen, verbrannt zu werden. Die Vorstellung, von Maden und Würmern durchbohrt zu werden, behagte ihm ganz und gar nicht.

Er reihte sich in die Schlange der Trauergäste ein, die nach vorne traten, um Christina zu kondolieren. Je näher er kam, umso schneller schlug sein Herz. Wieder schwitzten seine Handflächen, daher rieb er sie schnell an seiner dunklen Hose ab, bevor er direkt vor ihr stand. Er roch den dezenten Duft ihres Parfums. »Mein Beileid.« Er räusperte sich, suchte nach irgendwelchen Worten, die er sagen konnte, während sie lediglich nickte. Hinter sich hörte er ein Hüsteln des nächsten Kondolierenden, daher trat er zur Seite.

Innerlich aufgewühlt, schlich er zum Ausgang der Kapelle. Er hätte sich in den Arsch beißen können. Warum hatte er sich auch nicht vorher überlegt, was er zu ihr sagen konnte? Er streckte seinen Arm zum Türdrücker aus, als jemand seinen Namen rief. Hatte er richtig gehört? Langsam drehte er sich um und blickte direkt in Christinas blasses Gesicht. Sie sah müde aus. Sofort regte sich in ihm der Beschützerinstinkt und am liebsten hätte er sie in den Arm genommen. Stattdessen fragte er lediglich mit zittriger Stimme: »Ja?«

»Gibt es etwas Neues?«

Eine Welle der Enttäuschung rollte durch seinen Körper. Natürlich hatte er gehofft, sie hätte etwas anderes gefragt, doch immerhin hatte sie ihn überhaupt angesprochen. »Nicht wirklich«, entgegnete er und fügte ein »leider« hinzu.

Er fühlte sich mies, ihr nichts anderes sagen zu können, und wandte sich ab. Sie waren die letzten Besucher und verließen hintereinander die Kapelle. Mit ihrem Blick im Nacken, suchte er fieberhaft nach ein paar Worten, doch Christina kam ihm zuvor.

»Es gibt zwar keine Trauertafel, aber wollen wir vielleicht trotzdem einen Kaffee zusammen trinken?«

Peer traute seinen Ohren kaum. Noch immer sprachlos nickte er stumm.

Unweit des Friedhofes im Volkspark gab es ein Restaurant und Café, das heute kaum besucht war. Sie wählten einen versteckten Platz und bestellten Tee und Kaffee. »Ist nett hier«, bemerkte Peer, da er nicht wusste, was er sonst hätte sagen sollen. Außerdem hatte sie den Vorschlag des Kaffeetrinkens gemacht. Gab es etwas, worüber sie mit ihm sprechen wollte? In dem Fall? Über ihren Vater? Oder war sie wegen ihm hier? Er hob vorsichtig den Kopf, doch Christina rührte schweigend in ihrer Teetasse.

»Ablösung!« Boateng riss die Wagentür seines Kollegen auf und grinste ihn an. Der zuckte leicht zusammen, war in Gedanken ganz offensichtlich woanders gewesen als bei der Beobachtung der Hofeinfahrt zur Autovermietung Öztürk.

»Gott sei Dank«, stöhnte Carsten. »Hier ist nichts passiert. Voll langweilig. Und besonders schön ist es hier auch nicht. Da drüben beim Aldi gibt es immer wieder Zoff zwischen so Schnorrern und Alkis. War kurz davor einzugreifen, aber dann wäre unser Einsatz vermutlich aufgeflogen. Ganz schön nervig.«

»Dann hast du dir den Feierabend ja redlich verdient«, grinste Boateng, wobei seine weißen Zähne strahlend hell in seinem dunklen Gesicht leuchteten. »Für die Nachtschicht bin ich sowieso der geeignetere Mann«, witzelte er weiter und deutete auf sein Gesicht. »Bessere Tarnung.«

Carsten schmunzelte und nickte. »Dann viel Glück!« Er zog die Tür zu, startete den Motor und war gleich darauf weg. Seine Frau war hochschwanger. Schon das zweite Kind, aber natürlich war der Kollege aufgeregt und ließ seine Frau ungern alleine in den letzten Tagen vor der Geburt. Boateng war verheiratet, aber Kinder hatte er noch keine. Seine Frau wünschte sich zwar ein Baby, aber er hatte da seine Bedenken. Konnten sie sich ein Kind überhaupt leisten?

Sein Blick wanderte zum Aldi-Markt, wo ein paar Kids sich gegenseitig anpöbelten. So ein Kind war außerdem eine ganz schöne Verantwortung und er wusste nicht, ob er sich dieser überhaupt gewachsen fühlte. Er ging zu seinem Wagen und stieg ein. Vor der Hofeinfahrt blieb alles ruhig, daher packte er zunächst sein Abendbrot aus, das seine Frau ihm mitgegeben hatte. Käsebrot mit Gurke, Tomate und Salat – dazu ein paar Möhren und Paprikastreifen. Kauend beobachtete er das Geschehen, während er in Gedanken versuchte, noch einmal die Fragen, die sich in diesem Fall stellten, aufzugreifen. Wenn die Öztürks etwas mit der Sache zu tun hatten, konnten sie seiner Ansicht nach genauso wie der rumänische Fahrer nur Handlanger sein. Egal, was mit den Leichen passierte, aber für den Umgang damit brauchte man Kenntnisse und Erfahrungen, die Boateng den türkischen Brüdern nicht zutraute. Hinter dem allen musste ein kluger und gut vernetzter Kopf stecken, der sich selbst allerdings nicht die Finger schmutzig machte. Gut möglich, dass auch ein Mediziner in den Fall verstrickt war. Was, wenn außerhalb der Rechtsmedizin und ohne offizielle Einwilligung an den Toten herumgeschnippelt wurde? Vielleicht gab es so etwas wie einen Schwarzmarkt für Leichengewebe? Mit Organen wurde ja schließlich auch illegal gehandelt. Da gab es Manipulationen und Verbrechen, bei denen Menschen ihrer Organe einfach beraubt wurden. Fast jeder kannte doch heutzutage die Bilder von armen Flüchtlingen mit riesigen Narben von entnommenen Nieren. Warum also sollte es nicht auch mafiaartige Strukturen im Bereich der Gewebespenden geben? Illegal war damit sicherlich viel Geld zu verdienen. Jedenfalls hatte er das aus Dr. Chouis Worten geschlussfolgert, der einen gewinnbringenden Handel mit Gewebe zumindest nicht für ausgeschlossen hielt. Boateng biss genüsslich in seine mitgebrachte Stulle, die ihm sicherlich nicht so gut geschmeckt hätte, hätte er gewusst, wie nah seine Spekulationen an der Wahrheit waren.

Peer schlug die Augen auf und blinzelte in die Dunkelheit. Er brauchte einen Moment, ehe er begriff, wo er sich befand, doch dann traf ihn die Wucht seines schlechten Gewissens wie eine Abrissbirne. Er lauschte in die Nacht hinein und hörte Christina leise und gleichmäßig neben sich atmen. Mist, fuhr es ihm durch den Kopf. Vorsichtig ließ er sich seitwärts aus dem Bett gleiten und schlich ins Bad. Er schloss die Tür hinter sich, erst dann machte er Licht und erschrak beinahe, als er sich mit einem breiten Grinsen im Gesicht im Spiegel erblickte. »Du Idiot!«, zischte er sich leise selbst zu.

Nachdem das Eis beim Kaffeetrinken zwischen ihnen endlich geschmolzen gewesen war, hatten sie lange zusammen gesessen. Christina hatte gefragt, was sie in dem Fall bereits herausgefunden hatten, wie sie weiter vorgehen wollten und ob er glaubte, dass man die Täter fassen würde. Peer hatte sich irgendwie verpflichtet gefühlt, Christina alles zu erzählen. Vermutlich hatte er sich ein bisschen weit aus dem Fenster gelehnt mit seinem Versprechen, den Mörder ihres Vaters zu finden; wahrscheinlich hatte es an dem Wein gelegen, den sie zu dem Essen, das sie später noch bestellten, getrunken hatten. Ein, zwei Flaschen, zu viel, als dass einer von ihnen hätte noch fahren können. Daher hatten sie sich schließlich ein Taxi geteilt. Vor Christinas Haus hatte sie plötzlich gefragt, ob er noch auf einen Drink mit reinkommen wollte und anzüglich gegrinst. Da war es einfach um ihn geschehen gewesen. Sämtliche Sicherungen waren durchgebrannt. Alle guten Vorsätze – dieser Beziehung Zeit zu geben, es langsam anzugehen – über Bord geworfen. Noch auf dem Weg zur Tür waren sie übereinander hergefallen, hatten es kaum in die Wohnung geschafft. Der Taxifahrer dürfte seine helle Freude an ihnen gehabt haben. Wild und gierig hatten sie sich die Kleider vom Leib gerissen und miteinander geschlafen. Einmal, zweimal. Wie im Rausch hatten sich ihre Körper aneinander gedrängt. Ekstatisch, zügellos, unersättlich – bis die Kraft aus ihnen gewichen und sie eingeschlafen waren. Warum nur hatte er sich nicht beherrschen können? Christina bedeutete ihm viel, aber jetzt hatte er wahrscheinlich alles kaputt gemacht. Wie einen billigen One-Night-Stand hatte er sie behandelt, dabei empfand er für diese Frau mehr, als er momentan in Worte hätte fassen können. Und sie? Er blickte wieder in den Spiegel. Das Grinsen war verschwunden, stattdessen wirkte er hoffnungslos. Vorsichtig sammelte er im Flur und Schlafzimmer seine Klamotten zusammen, zog sich leise an und ließ die Tür hinter sich ins Schloss fallen, unschlüssig darüber, ob er diese Frau unter den gegebenen Umständen je wiedersehen konnte.

16. KAPITEL

Boateng zuckte zusammen, als es plötzlich an die Seitenscheibe klopfte. Er musste tatsächlich eingedöst sein. So etwas war ihm noch nie passiert, aber die gestrige Aktion forderte anscheinend ihren Tribut. Benommen blickte er zur Seite und erschrak noch mal. Neben der Beifahrertür stand Peer Nielsen. Boateng löste die Türverriegelung und sein Chef stieg ein.

»Mensch, ganz schön ungemütlich.« Nielsen rieb seine Handflächen aneinander. Kein Wort über Michaels Fehlverhalten, nicht mal eine Geste. »Und, hat sich hier etwas getan?«, fragte Peer und rubbelte nun seine Arme warm. Er hatte seine Jacke bei Christina vergessen. Er war aber auch zu blöd.

»Nee, heute ist hier alles ruhig.«

»Hm.«

»Und bei dir? Wie war es auf der Trauerfeier?«

Peer war froh, dass es dunkel war und sein Mitarbeiter nicht sehen konnte, wie seine Wangen zu glühen begannen. »Nichts Besonderes.«

Boateng nickte. Eigentlich schien es in diesem Fall an der Tagesordnung, dass sich nichts tat. Zumindest nicht in ihrem Beisein und nichts, was sie weiterbrachte. »Aber ich denke, hier ist der Ort, wo wir etwas herausfinden können. Von hier startet die jeweilige Aktion. Da bin ich mir sicher«, behauptete Michael.

»Könntest recht haben.« Außerdem hatten sie momentan kaum etwas anderes, wo sie weiter ansetzen konnten. »Wir sollten auch am Wochenende die Observation fortführen.« Peer schluckte und schmeckte dabei immer noch Christinas Haut auf seiner Zunge. »Haben die anderen etwas wegen der restlichen Toten aus dem Lieferwagen herausgefunden?«

»Oh ja.« Boateng drehte sich leicht zu Peer. Erst jetzt bemerkte er einen leichten Alkoholgeruch. Hatte sein Chef etwa getrunken? Oder war es ein zu scharfes Aftershave? Aber um diese Zeit hatte er sich wohl kaum frisch rasiert und Rasierwasser aufgelegt, oder? Er versuchte, in dem schummrigen Licht die Konturen von Nielsen auszumachen, der wie erstarrt durch die Windschutzscheibe stierte. »Carsten und Jens glauben, dass die Täter die Daten aus der Zeitung haben. Und zwar aus den Traueranzeigen. Zu beinahe allen Toten gibt es eine Meldung – zumindest von denen, die wir bisher identifizieren konnten. Bei den anderen sind die Kollegen noch dran.«

»Ach, ich dachte, die Leichen seien inzwischen alle identifiziert?«

»Fast, bis auf eine, aber die anderen Gräber von den Fotos müssen noch untersucht werden. Erst dann können die Angehörigen ermittelt und die Leiche identifiziert werden. Traueranzeigen gab es jedenfalls bei allen.«

»Bestimmte Zeitung?«

»Hamburger Abendblatt.«

Peer nickte. Verständlich, war schließlich die größte Tageszeitung der Stadt.

»Zumindest würde es auch erklären, warum bei Herrn Burger eingebrochen wurde«, fuhr Michael fort.

»Wieso?«

»Na, für die eine Tote war auch eine Anzeige geschaltet, in der stand, dass die Trauerfeier nur im engsten Familien- und Freundeskreis in den Räumen des Bestattungsinstituts stattfinden sollte.«

»Aber die Dame passt nicht ins Profil. War viel zu alt im Vergleich zu den anderen Leichen.«

»Schon«, bestätigte Boateng, »aber vielleicht hat die Anzeige die Täter erst auf die Idee gebracht, bei dem Bestattungsunternehmen einzubrechen. Waren ja schließlich noch andere Leichen vorhanden und zumindest eine von denen passt vom Alter her.«

»Hm.« Peer fuhr sich mit der Hand durch die Haare. Er glaubte noch immer, Christinas Parfum zu riechen, und schloss kurz die Augen. So ganz überzeugte ihn die Anzeigengeschichte noch nicht. »Warum brechen die Täter nicht generell in Bestattungsinstitute ein?«

»Nicht jeder hat eine eigene Kühlkammer wie Herr Burger. Außerdem sind die Täter mit der Grabnummer bisher ganz gut durchgekommen. Wir wissen ja gar nicht, wie lange die diesen Leichenklau schon betrieben haben und wie viele Gräber insgesamt schon ausgehoben wurden.«

»Stimmt. Wenn Georg Thomsen denen nicht auf die Schliche gekommen wäre und der Fahrer nicht diesen Unfall verursacht hätte, dann würden wir vermutlich heute noch nichts davon wissen. Frage mich nur, warum der Thomsen sich nicht an uns gewandt hat?«

Die ganze Nacht hatte sich nichts getan und Peer war nach der Ablösung in den frühen Morgenstunden nach Hause gegangen. Ohne Jacke, ohne Wagen. Eigentlich war er noch viel zu aufgekratzt – hatte er gedacht. Doch als er sich auf seinem Bett ausgestreckt hatte, war er sofort eingeschlafen. Erst am späten Nachmittag wachte er auf, fühlte sich ein wenig besser. Die Bilder der Nacht waren noch präsent, aber ein wenig blasser.

Er kochte sich einen Kaffee und inspizierte seinen Kühlschrank. Darin sah es nach wie vor reichlich mau aus und er beschloss, einen Großeinkauf zu tätigen. Schnell hatte er eine Liste geschrieben, hüpfte eilig unter die Dusche und verließ anschließend in frischen Klamotten seine Wohnung.

Im Supermarkt war die Hölle los. Am Samstag war immer Großkampftag, doch Peer störte das heute nicht. Er war froh über die Ablenkung, suchte eins ums andere von seiner Liste in den Regalen und kaufte sogar noch ein paar zusätzliche Leckereien, die er sich sonst selten gönnte. Als er die Schlange an der Kasse sah, musste er dann doch stöhnen, erinnerte sich aber daran, dass er seine Mutter anrufen wollte, und nutze die Wartezeit für ein Telefonat.

Edith Nielsen war hörbar verwundert über seinen Anruf, freute sich aber, wie Peer ihren aufgeregten Sätzen über ihre Wochenendaktivitäten zu entnehmen meinte. Sie war also gut drauf, fit und unternahm viel, da brauchte er sich keine Sorgen zu machen. Daher wich er ihrer Einladung zum Mittagessen am Sonntag auch aus. »Du, wir haben hier wegen dem aktuellen Fall so viel um die Ohren. Da muss ich auch am Wochenende arbeiten. Aber wenn die Ermittlungen abgeschlossen sind, gerne.«

Die Kassiererin, zu der er sich mittlerweile vorgearbeitet hatte, grinste ihn hämisch an und ihm war klar, dass dann wohl auch seine Mutter die Ausrede als solche erkannt hatte. Edith Nielsen ließ sich aber nichts anmerken, sondern betonte, er sei jederzeit herzlich willkommen und legte nach einer knappen Verabschiedung auf. Ob sie beleidigt ist?, überlegte Peer, während er seine Einkäufe in zahlreichen Plastiktüten verstaute. Egal, beschloss er, demnächst besuche ich sie mal. Ein paar Blumen und Pralinen, und sie ist wieder beruhigt.

Als er die Einkäufe vor seinem Haus aus dem Kofferraum hob und anschließend auf die Eingangstür des Mehrfamilienhauses im Jugendstil zuging, ließ er vor Schreck beinahe seine Tüten fallen.

Vor der Haustür stand Christina und blickte ihm entgegen. Über den Arm hatte sie seine Jacke gehängt. Peer durchlief es gleichzeitig heiß und kalt. Was sollte er zu ihr sagen? War sie nur wegen seiner Jacke gekommen? Sicherlich war sie wütend, dass er sich davongeschlichen hatte. Oder aber froh? Was war schlimmer?

Er straffte unweigerlich die Schultern und ging auf sie zu. »Hallo«, nuschelte er, als er vor ihr stand.

»Die hast du vergessen.« Sie streckte ihm seine Jacke entgegen, die er aufgrund der schweren Tüten in beiden Händen jedoch nicht entgegennehmen konnte.

»Willst du mit raufkommen?«, hörte er sich fragen und biss sich sofort auf die Zunge. Woher nahm er den Mut, sie zu fragen? Von ihrer Miene war nichts abzulesen. Das machte die ganze Sache noch schwieriger. Peer fühlte sich schäbig, wollte sich erklären, aber nicht hier auf der Straße, wo wahrscheinlich die alte Rathmann aus dem zweiten Stock alles mitbekommen würde, weil sie wie immer am Fenster hing.

Christina nickte zum Glück. Er stellte die Tüten kurz ab und schloss die schwere hölzerne Eingangstür auf. Dann hob er die Einkäufe wieder an und ging voran. Er wohnte im fünften Stock ohne Aufzug. Peer war gut trainiert und rannte die Stufen geradezu hinauf, aber Christina schien ebenfalls sehr fit zu sein. Hinter sich hörte er lediglich das Klacken ihrer High Heels, aber aus der Puste kam sie anscheinend nicht. Und Abhängen ließ sie sich ebenso wenig, denn Peer hatte den gesamten Weg das Gefühl, ihren brennenden Blick im Nacken zu spüren.

Etwas unbeholfen öffnete er die Wohnungstür. Drinnen herrschte das übliche Chaos. Peer musste an Christinas aufgeräumte, saubere Wohnung denken und schämte sich augenblicklich, weil es bei ihm wie in einem Schweinestall aussah.

Er stellte die Tüten in die Küche. »Möchtest du einen Kaffee?«

»Gern.« Sie blickte sich neugierig um, während er versuchte, das Durcheinander auf dem Küchentisch zu beseitigen, und ihr einen Platz anbot. Sie hängte seine Jacke über den einen Holzstuhl und setzte sich dann auf den anderen.

Er hatte das Gefühl, irgendetwas sagen zu müssen, da sie weiterhin schwieg. »Ist nicht sonderlich aufgeräumt hier. Sorry, aber ich hatte 'ne Menge um die Ohren.«

Sie nickte. »Musstest du heute Nacht auch zum Einsatz oder warum warst du plötzlich weg?«

Er spürte, wie ihm das Blut ins Gesicht schoss. »Ja, also«, er räusperte sich. »Wir observieren gerade diese Autovermietung in Altona und da musste ich einen Kollegen ablösen.«

»Wirklich?« Ihre Stimme klang überrascht, nicht zynisch, das ließ ihn Mut schöpfen.

»Ich wollte dich nicht wecken, daher bin ich einfach los.«

»Und wieso observiert ihr den? Gibt es da eine Spur?«

»Nicht direkt, aber der verunglückte Transporter gehört dem Unternehmen und nun haben wir Hinweise, dass in dem neuen Wagen auch schon Leichen transportiert wurden.«

»Echt? Und seit wann observiert ihr den Laden?«

»Erst seit gestern.«

Endlich lächelte Christina. »Gut!«

17. KAPITEL

Maren Schröbel lief durch den Wald und genoss die frühlingshafte Luft. Sie liebte es, sonntags früh, wenn die anderen Leute noch in den Betten lagen, durch das Naturschutzgebiet Klövensteen zu wandern und die herrliche Stille und Ruhe zu genießen. Um sie herum nur Wald und Vogelgezwitscher. Maren Schröbel war glücklich.

Vor ihr lief ihr Hund Bella, der schwanzwedelnd von einer Seite des Weges zur anderen eilte und hier und da im Unterholz verschwand.

Maren atmete tief ein. Sie fühlte sich leicht und ließ ihren Gedanken freien Lauf. Gestern hatte sie die Zusage der Uni bekommen, einen weiteren Kurs anbieten zu können. Sie freute sich, ihr Fachgebiet weiter ausbauen zu dürfen, fürchtete sich allerdings jetzt schon vor den neidischen Reaktionen der Kollegen. Die sind immer alle so verbissen, dachte Maren. Sollten sich vielleicht einen Hund anschaffen und sonntags morgens mal früh durch den Wald streifen. Maren drehte sich um. Wo war Bella überhaupt? Da drüben hatte sie doch an dem Baumstumpf geschnüffelt. Sie ging einige Schritte zurück. »Bella! Bella!« Sie pfiff auf zwei Fingern, drehte sich einmal um die eigene Achse und sah plötzlich ihren Hund wie einen fellartigen Blitz auf sich zu stürmen.

»Ja fein«, lobte sie Bella und belohnte sie mit ein paar Leckerli aus ihrem Beutel.

Dann setzte sie ihren Weg fort. Am Ende des Weges tauchte ein Fahrradfahrer auf – nein, eine Fahrradfahrerin, stellte Maren beim Näherkommen fest. Die Frau im Sportdress raste geradezu auf sie zu. Sicherlich trainiert die, dachte Maren und hielt Bella vorsichtshalber am Halsband fest. Doch als die Radfahrerin Maren erreichte, bremste sie schlagartig, sodass sogar ein wenig Staub aufwirbelte. Die Frau zitterte am ganzen Körper. Ihre Zähne schlugen klappernd aufeinander. »Haben Sie ein Handy dabei?« Maren nickte und reichte der Frau ihr Mobiltelefon. Die schüttelte den Kopf. »Ich kann nicht. Können Sie?«

»Was?« »Die Polizei verständigen?«

Maren spürte einen Schauer über ihren Rücken laufen. »Warum?«

»Da hinten liegt eine Tote.«

»Was?« Entsetzt blickte sie die Radfahrerin an. »Wo?«

Die Frau im Jogginganzug machte eine leichte Drehung und wies in die Richtung, in die Maren gerade unterwegs war. »Etwa 500 Meter von hier, rechts im Unterholz.«

Maren Schröbel wählte die Nummer der Polizei und erzählte, was sie sich aus den wenigen Worten der Frau zusammengereimt hatte. »Ja, wir warten da.«

Erschrocken sah die Fahrradfahrerin Maren an, während sie ihr Handy wieder einsteckte.

»So, und nun zeigen Sie mir die Stelle.«

Nur widerwillig wendete die Frau ihr Rad und schob

es langsam in die Richtung, aus der sie gekommen war. Je länger sie liefen, umso unruhiger wurde auch Maren. Sie hatte noch niemals einen Toten gesehen. Wie würde sie auf den Anblick reagieren? Wie entstellt war der Körper womöglich? Sie begann ebenfalls zu zittern. Plötzlich blieb ihre Begleiterin stehen und wies ins Unterholz. Maren folgte dem Fingerzeig. Der Weg war hier gesäumt von einer schmalen Grasnarbe, dahinter befand sich dichtes Gestrüpp. Sie blickte die Frau fragend an.

»Was haben Sie da gemacht?«

»Bärlauch gesammelt.«

Der Hund hatte nun die Witterung aufgenommen und sauste ins Gehölz. Es knackte ein paar Mal und kurz darauf schlug Bella an. Maren schluckte, tat einen Schritt vor den anderen, als sie zum Glück das Martinshorn des Peterwagens näherkommen hörte.

Die Beamten waren schnell. Sie stiegen quasi noch im Fahren aus. »Bitte nicht«, riefen sie ihr zu. »Sie zerstören vielleicht Spuren.«

Maren blieb erleichtert stehen, einer der Beamten kam zu ihr und ließ sich die Richtung zeigen, aus welcher der Hund gebellt hatte. Er nickte. Vorsichtig schlängelte er sich durch das Gestrüpp und sah bereits nach wenigen Schritten den Hund neben seinem Fund posieren. »Fein«, lobte er das Tier und schickte es zurück zu seinem Frauchen, ehe er seinen Blick zu dem Leichnam wandern ließ.

Als Bella Maren schwanzwedelnd erreichte, hörten sie ein lautes Würgen aus dem Unterholz.

Peer zog sich die Bettdecke über den Kopf. Heute war doch Sonntag, wieso klingelte sein Wecker? Mit ausgestrecktem Arm tastete er nach dem Störenfried, doch auch nachdem er dem Gerät einen ordentlichen Schlag verpasst hatte, hielt der schrille, piepsende Ton an. Langsam kam Peer zu sich und realisierte, dass ihn nicht der Wecker aus seinen Träumen gerissen hatte, sondern sein Handy, das auf dem Küchentisch bimmelte. Er sprang aus dem Bett und erreichte nach wenigen Schritten die Lärmquelle.

»Nielsen?« Er brauchte einen Moment, ehe er das aufgeregte Gestammel am anderen Ende sortieren konnte. »Gut, ich komme.«

Er warf einen letzten sehnsüchtigen Blick auf sein kuscheliges Bett, in dem er die Nacht allerdings allein verbracht hatte. Christina und er hatten lange über das, was zwischen ihnen geschehen war, gesprochen und beschlossen, es von nun an langsam angehen zu lassen. Sie wollten nichts überstürzen, sich zunächst besser kennenlernen. Daher war Christina gestern gegen Abend gegangen, auch weil sie noch mit einer Freundin verabredet war, wie sie sagte.

Er schlüpfte in Jeans und Pulli und machte sich auf den Weg in den Klövensteen. Er kannte den Weg gut. Ab und zu ging er, wenn er frei hatte, dort laufen, deswegen hatte er keine Probleme, die angegebene Stelle zu finden, zumal sich schon aus der Ferne eine Menschentraube abzeichnete. Schnell schien sich herumgesprochen zu haben, worauf eine Dame heute Morgen im Unterholz gestoßen war. Er parkte am Wegesrand und wurde von den Schaulustigen argwöhnisch beäugt, als er sich unter dem Flatterband hindurchbückte. Auf dieser Seite der Absperrung huschten bereits etliche Kollegen von der Spurensicherung durch das Gehölz, um den Tatort zu sichern und nach Hinweisen abzusuchen. Peer nickte einem Mann in weißem Overall zu und tapste vorsichtig durch das unwegsame Gelände zum Fundort. Das Bild, das sich ihm bot, war scheußlich. Die Leiche war an mehreren Stellen verstümmelt, jedenfalls wirkte es auf den ersten Blick so auf ihn. Beide Oberschenkel waren aufgeschlitzt, die offene Wunde klaffte breit auseinander. Fliegen hatten sich in dem Fleisch niedergelassen und vermutlich bereits ihre Eier abgelegt. Bei dem Gedanken daran spürte er sofort einen Würgereiz, den er krampfhaft zu unterdrücken versuchte.

»Könnt ihr schon etwas sagen?« Der Mann im weißen Overall, der neben der Leiche kniete, schüttelte den Kopf. »So was habe ich noch nicht gesehen. Ich habe jemanden von der Rechtsmedizin angefordert, der sich das hier vor Ort anschaut. Ich hoffe, dass ist in deinem Sinne? Ich habe nämlich die Vermutung, das könnte zu eurem aktuellen Fall mit den vielen Leichen passen.«

Peer nickte, obwohl bei seinen Ermittlungen die Leichen ja eher verschwanden, als aufgefunden wurden. Aber der Kollege hatte recht. Die Wunden sahen ganz so aus, als hätte man mit der Leiche postmortal etwas angestellt. Jedenfalls soweit er das beurteilen konnte, schließlich war er kein Mediziner. Und bisher musste er ehrlich zugeben, hatten sie sich noch nie wirklich darüber Gedanken gemacht, was mit den Leichen geschah, wenn sie ihren Zweck – wie auch immer der geartet sein mochte – erfüllt hatten. »Wo ist die Zeugin, die die Leiche entdeckt hat?«

Der weiße Overall raschelte leicht, als der Kollege in Richtung einer kleinen Lichtung wies. Dort standen zwei Frauen, eine mit einem Hund, die andere mit einem Fahrrad. Bei ihnen stand Michael Boateng, den man ebenfalls verständigt hatte.

Peer trat zu der kleinen Gruppe. Beide Damen sahen reichlich blass aus. »Wer hat die Tote gefunden?«

Die Fahrraddame hob stumm ihre Hand. »Was haben Sie um diese Uhrzeit hier gemacht?«

»Kräuter gesammelt«, erklärte Boateng an ihrer Stelle.

Peer schaute ihn an und zog dabei unbewusst die linke Augenbraue hoch. Wer, bitte schön, kreuchte sonntagmorgens um diese Uhrzeit durch den Wald? Er musterte die Frau von oben bis unten. Dann nickte er Michael zu, da er einen Wagen vorfahren sah. »Du machst das hier schon.«

Wie vermutet, handelte es sich bei dem Neuankömmling um Dr. Lutz aus der Rechtsmedizin. Peer hätte es zwar lieber gesehen, wenn Dr. Choui persönlich gekommen wäre, da er mit dem Fall vertraut war, aber angeblich sei der übers Wochenende zu Freunden nach München geflogen, entschuldigte Dr. Lutz seinen Chef.

»Und was haben wir hier?«, fragte er den Kollegen von der Spurensicherung, während er seinen schweren Koffer im Gras neben der Leiche abstellte.

»Weibliche Leiche zwischen 30 und 40 Jahre alt. Weist massive Schnittverletzungen auf, die ich nicht erklären kann.«

Dr. Lutz ließ seinen Blick über den toten Körper schweifen. »Sieht nach einer Knochenentnahme aus«, bemerkte er wenig später.

»Knochenentnahme?« Peer runzelte die Stirn.

»Da fehlt ganz offensichtlich der Oberschenkelknochen.« Dr. Lutz wies auf das Bein der Leiche. »Und auch sonst sieht mir der Körper arg nach einer Gewebeentnahme aus.«

»Heißt das, die Frau ist quasi ausgeschlachtet worden?« Nielsen konnte die Worte kaum denken, geschweige denn aussprechen. So etwas gab es in Afrika oder Asien, aber doch nicht hier in Hamburg, oder etwa doch?

»Ja, aber erst nachdem sie tot war. Ansonsten gäbe es viel mehr Blutspuren.«

Peer ließ seine Augen erneut über die tote Frau wandern. Sollte die Gewebenummer doch die richtige Spur sein? Er blinzelte, wie um den schrecklichen Anblick loszuwerden, doch die geschändete Leiche blieb.

18. KAPITEL

Am Montag war Peer Nielsen als Erster im Büro. Er hatte eine Besprechung für 09:00 Uhr angesetzt und wollte noch einiges vorbereiten. Schließlich schien es in dem Fall endlich ein wenig voranzugehen, da mussten sie die neuen Spuren gleich verfolgen und entsprechend gut aufteilen.

Der Obduktionsbericht war noch nicht fertig, aber Dr. Lutz hatte zu einer Videokonferenz zugesagt. Peer war gespannt, was die Sektion ergeben hatte. Wenn dem Leichnam tatsächlich Knochen und Gewebeteile entnommen worden waren, dann stimmte vielleicht ihr Ermittlungsansatz, und die Leichen wurden entwendet, um an das begehrte Gewebe zu gelangen.

Er spitzte seine Lippen und pfiff eine Melodie, während er sich mit einem Stapel Papier unter dem Arm zum Besprechungsraum aufmachte. Die meisten Mitarbeiter saßen bereits an dem großen Tisch und warteten ungeduldig auf ihn.

Fritsche war nicht anwesend, gemeldet hatte er sich heute auch noch nicht. Peer befürchtete, dass es Margot womöglich schlechter ging. Sollte er den Vorgesetzten anrufen und sich erkundigen? Gestern war er zunächst aufgrund des Leichenfundes nicht dazu gekommen und später hatte er völlig vergessen, sich bei den Fritsches zu melden. Gerne würde er Margot noch einmal sehen, ehe … Er schob den Gedanken schnell zur Seite, als das Bild von Dr. Lutz auf der Leinwand aufflackerte. Peer eröffnete die Besprechung und erkundigte sich zunächst nach den Ergebnissen der Leichenschau.

»Nun ja«, begann Dr. Lutz seinen Bericht, »wie bereits vermutet, wurden dem Leichnam Knochen und andere Gewebeteile entnommen. Und zwar post mortem, denn die Frau scheint bereits fünf bis acht Tage tot zu sein, die Wunden sind aber frischer. Zumindest dem Befall und Stadium der Maden nach zu urteilen.«

Peer schluckte. »Ist die Entnahme bei Ihnen gemacht worden? Ähm«, er wollte dem Rechtsmediziner nichts unterstellen, »so wie bei Arndt Lüdemann, der Leiche aus dem Transporter?«

»Aber nein!« Dr. Lutz hob abwehrend die Hände. »Es sieht zwar so aus, als habe sich da jemand mit Leichen ausgekannt, aber ein professioneller Präparator war das nicht. Außerdem würden wir den Leichnam nie in diesem Zustand lassen. Bei Knochenentnahmen ersetzen wir die Knochen anschließend, damit der Leichnam möglichst seine natürliche Form behält.«

»Und womit?«, fragte Boateng dazwischen.

Der Arzt blickte ihn verwundert an und murmelte dann etwas von Besenstielen. Danach blieb es für einen Moment ruhig in der Runde, bis Peer das Wort ergriff. »Und zur Identität, können Sie da etwas sagen?«

Der Rechtsmediziner schüttelte den Kopf. »Aber wir

haben die Röntgenaufnahmen des Kiefers, die wir an die Zahnarztpraxen weiterleiten können. Wenn das Opfer aus Hamburg oder Umgebung kommt, haben wir vielleicht Glück.«

Peer nickte, machte sich allerdings keine großen Hoffnungen. »Vielleicht können wir zusätzlich einen Aufruf in der Zeitung schalten?« Er blickte Carsten an, der nickte und sich dann nach einem annehmbaren Foto der Leiche bei Dr. Lutz erkundigte.

»Ich werde sehen, was sich machen lässt«, versprach dieser und verabschiedete sich.

Peer und seine Mitarbeiter blickten ein wenig ratlos in die Runde. Die neuen Erkenntnisse brachten sie theoretisch zwar weiter, praktisch aber nicht wirklich. Er verteilte den Papierkram und gab Anweisungen. »Die Öztürks müssen wir weiter im Auge behalten. Gut möglich, dass sich bald wieder etwas tut. Die brauchen bestimmt bald Nachschub.« Peer räusperte sich. Es fiel ihm schwer, in dieser Sache sachlich und strukturiert zu denken. »Michael, du konzentrierst dich noch mal darauf herauszufinden, wo in Deutschland überall menschliches Gewebe weiterverarbeitet wird. Die werden die Leichen kaum durch die halbe Republik karren, also vielleicht gibt es hier in der Nähe ein Unternehmen. Aber bitte diskret! Wir wollen die Täter nicht noch mehr aufscheuchen, als sie es wahrscheinlich eh schon sind.«

Die anderen in der Runde nickten. »Und kein Wort an die Presse über die Gewebeentnahmen. Das gilt besonders für dich, Carsten. Nicht auszudenken, was für Wellen das schlagen könnte. Vor allem, wenn unser Ansatz sich eventuell doch als falsch herausstellt.«

»Geht klar, Chef«, bestätigte Carsten Hinrichs. »Wir haben übrigens herausgefunden, dass für alle bisherigen Opfer in dem Fall eine Todesanzeige im Hamburger Abendblatt geschaltet worden ist.«

»Gut, beziehungsweise nicht gut«, korrigierte Peer sich, denn so konnten die Täter stets in der Zeitung lesen, wo es eine Leiche für sie zu holen gab. »Trotzdem möchte ich, dass einer von euch in die Redaktion fährt und sich da mal umhört. Jens, übernimmst du das? Aber bitte …«

»Diskret. Is' klar«, grinste Jens Schnitter.

»Und was machst du?« Boateng schaute Peer an. Die Frage war keineswegs böse gemeint, aber es gab noch weitere wichtige Ansätze, denen sie nachgehen sollten. »Einer muss prüfen, wie die Täter die anderen Leichen entsorgt haben. Diese Frau ist ja nur eines von vielen Opfern, und irgendetwas scheint bei ihr aus dem Ruder gelaufen zu sein, sonst hätten wir längst auf mehr manipulierte Leichen stoßen müssen. Es scheint sich bei dieser Art der Entsorgung um eine Ausnahme zu handeln; also, was haben die sonst mit den menschlichen Überresten gemacht?«

Alle Anwesenden starrten Michael an. Der Fall nahm immer obskurere Formen an, mit denen sich am liebsten keiner beschäftigen wollte.

»Vielleicht haben wir die anderen nur noch nicht

gefunden?«, mutmaßte Lutz Bielenberg. »Oder die Täter haben die Leichen verbrannt?«

Peer wiegte den Kopf hin und her. »Ich weiß nicht. Michael, du warst doch mit mir im Krematorium. Glaubst du, dass man dort im großen Stil unbemerkt Leichenteile verbrennen könnte?«

Boateng dachte an Piet Japsen. »Nee, kann ich mir nicht vorstellen. Was aber nicht heißt, dass wir denen nicht noch mal auf den Zahn fühlen sollten, auch in Öjendorf. Wäre schließlich generell einfach und sicher, die Leichen zu entsorgen.«

»Hast recht«, stimmte Peer zu. »Lutz, kümmerst du dich darum?«

»Ja, aber wer observiert dann den Öztürk?«, gab der Angesprochene zu bedenken. »Ich kann mich ja nun auch nicht zerreißen.«

»Mist«, rutschte es Nielsen heraus. Er hatte einfach zu wenig Personal. Wie sollte man da vernünftig arbeiten und Ergebnisse vorweisen? Fritsche war auch nicht da und er selbst wollte noch einer anderen Spur nachgehen. »Ich frage mal in den anderen Teams nach, vielleicht können die aushelfen.«

Zum Glück erklärten sich gleich zwei Teamleiter bereit, ihn mit Personal zu unterstützen. Der Fall war spektakulär und viele Kollegen interessierten sich dafür. Peer bedankte sich und wies die Kommissare ein. Anschließend verließ er das Büro.

Sein Weg führte ihn wieder einmal Richtung Altona, genauer gesagt in die Nähe des Volksparks, wo sich die

Müllverbrennungsanlage Stellinger Moor befand. Hier wurden Tonnen von Müll verbrannt – warum also nicht auch Leichen?

Peer parkte den Wagen außerhalb des Geländes und schlenderte dann auf den Hof. Er wollte sich zunächst einmal einen Überblick verschaffen und schauen, ob man unbemerkt auf das Gelände kam, aber schon nach wenigen Augenblicken wurde er entdeckt. »Hallo, Sie da!«, rief ein Mann, der seinen Kopf aus dem Pförtnerhäuschen gesteckt hatte. »Darf ich mal fragen, was Sie hier zu suchen haben?«

Peer kramte aus seiner Jackentasche seinen Dienstausweis. »Kripo Hamburg, ich habe da mal ein paar Fragen.«

Der Angesprochene schluckte und blickte ihn mit großen Augen an.

Peer überlegte, wie er seine Frage am besten formulieren konnte. Es war nur eine vage Vermutung, dennoch könnte der Mann vor ihm in den Fall verwickelt sein. »Die Polizei ist auf der Suche nach Vermissten.« Er räusperte sich. »Von toten Vermissten.«

Das war passend formuliert, fand er, doch der Pförtner starrte ihn weiterhin an. »Tote Vermisste?«

»Nun ja, wir haben die Vermutung, dass die Leichen eventuell entsorgt wurden, und da dies eine Entsorgungsstelle ist …«

Der Mann riss den Mund auf. »Sie glauben, hier wurden Leichen verbrannt?« Er kniff die Augen zusammen. »Das ist kein Krematorium«, polterte er dann los.

»Das ist mir schon klar, aber die Körper werden auch nicht unbedingt legal entsorgt.«

»Von wie vielen sprechen Sie denn?«

Peer strich sich abwägend übers Kinn. Sie wussten nicht, wie lange diese Typen schon aktiv waren. »Ein paar«, formulierte er daher vorsichtig.

Der Angestellte der Müllverbrennungsanlage kratzte sich am Ohr. »Geht es hier etwa um diesen Fall aus der Zeitung, wo dieser Transporter verunglückt ist?« Natürlich hatte der Mann von den Leichendiebstählen gehört. Wer auch nicht in dieser Stadt? »Wir hatten mal einen Fall, wo sich angeblich Leichenteile im Müll befunden haben sollen. Da waren Ihre Kollegen hier und haben den Betrieb auf den Kopf gestellt. Aber das ist Jahre her und seitdem sind die Sicherheitsbestimmungen massiv erhöht worden.« Er wies auf eine Videokamera, die direkt die Einfahrt zum Entsorgungshof im Visier hatte. »Wir wollen schließlich nicht, dass hier jeglicher Abfall entsorgt wird.«

Peer nickte. »Aber vielleicht gibt es korrupte Mitarbeiter?«

»Wo gibt es die vielleicht nicht? Bei der Polizei doch ganz bestimmt auch, oder?« Er schaute Peer herausfordernd an. »Aber das müssten bei uns dann jede Menge sein, denn diese Videoaufzeichnungen gibt es in mehreren Bereichen und da sind zig Leute involviert. Dürfte sich kaum rechnen, so viele Mitwisser zu schmieren!«

»Puh«, stöhnte Boateng und ließ den Stift fallen. Das waren weitaus mehr Firmen in Deutschland, die sich mit der Verarbeitung menschlichen Gewebes befassten, als er gedacht hatte. Die Liste war lang, wo sollten sie ansetzen?

Er nahm den Hörer in die Hand und wählte die Nummer des Rechtsmedizinischen Instituts. Auch wenn die Möglichkeit bestand, dass die Rechtsmediziner selbst in den Fall verwickelt waren – ohne deren Mithilfe ging es in diesem Fall so oder so nicht voran.

»Und, wie war Ihr Wochenende in München?«, versuchte Michael, zunächst eine angenehme Atmosphäre zu schaffen, nachdem Dr. Choui das Telefonat entgegengenommen hatte, doch der Leiter des Instituts war nicht zum Plaudern aufgelegt.

»Geht es um die Leiche aus dem Klövensteen?«

»Auch«, gab Boateng zu und erklärte knapp ihren Ansatz in diesem Fall.

»Das halte ich für möglich. Aber dann würde ich mich tatsächlich auf knochenverarbeitende Firmen beschränken, denn die sind bei der Leiche hauptsächlich entnommen worden.«

»Kennen Sie da eine Firma in der Nähe?«

»Schon.«

Boateng wunderte sich über die zögerliche Antwort, bekam aber die Begründung sofort geliefert. »Hören Sie, wir arbeiten erst seit Kurzem mit der Transmission OHG in Norderstedt zusammen. Ich will da nicht mit hineingezogen werden.«

»Wie meinen Sie das?« Michael ging davon aus, dass die Vorgänge am Rechtsmedizinischen Institut alle rechtmäßig und dokumentiert waren. Oder etwa nicht?

»Na, wenn die da irgendetwas Illegales machen, will ich damit nicht in Verbindung gebracht werden. Wir hatten seinerzeit genug Wirbel, aber seit es das neue Gesetz gibt, hat hier alles seine Ordnung.«

Boateng wurde hellhörig. Er wusste, dass früher ohne Zustimmung Gewebe entnommen worden war. Heute hingegen war das nicht mehr erlaubt. Was zwar nicht sicherstellte, dass es nicht trotzdem getan wurde, aber wahrscheinlich nicht im Rechtsmedizinischen Institut, denn Dr. Lutz hatte gesagt, die Entnahme an der Leiche aus dem Klövensteen sei geradezu dilettantisch durchgeführt worden. Wieso also reagierte Dr. Choui so allergisch auf seine Fragen zu diesem Thema? Wusste er womöglich etwas über illegale Geschäfte des Norderstedter Unternehmens?

»Naja, wenn ich in diesem Zusammenhang darüber nachdenke ...« Der Pförtner stockte und fuhr sich wieder über sein Kinn. Sein Blick wirkte diesmal allerdings etwas offener auf Peer. Oder bildete er sich das nur ein?

»Ja?«

»Ich habe hier in der letzten Zeit schon des Öfteren einen dunklen Transportwagen stehen sehen.«

»Wo?« Peers Puls stieg an. War er hier tatsächlich auf eine heiße Spur gestoßen?

Der Mitarbeiter der Müllverbrennung wies mit ausgestrecktem Arm auf den Weg, der etwas entfernt auf der anderen Seite der vielbefahrenen Straße zu einem Parkplatz und den Schrebergärten am Volkspark führte.

»Da hinten hat der manchmal gestanden. Kann aber auch Zufall gewesen sein«, ruderte der Mann augenblicklich ein wenig zurück. »Auf unser Gelände ist er jedenfalls nicht gekommen.«

Aber ausgekundschaftet hatte man die Anlage vielleicht, mutmaßte Peer und ging ein paar Schritte Richtung Straße. »Da, wo mein Auto steht?« Er wies auf den Dienstwagen.

»Nee, noch ein Stück weiter.«

»Hm.« Nun fuhr sich Peer übers Kinn. So weit weg? »Und wenn die gewartet haben, bis hier Feierabend ist?«

»Nee, die Anlage ist ja 24 Stunden in Betrieb und zusätzlich überwacht. Hier kann man nicht ungesehen Leichen entsorgen.« Der Mann aus dem Pförtnerhäuschen wurde langsam ungehalten.

Doch Peer ließ nicht locker. Mithilfe eines geschmierten Mitarbeiters konnte man hier wahrscheinlich hervorragend die Spuren eines Verbrechens beseitigen. Und der Transporter war ein eindeutiger Hinweis für ihn, dass die Täter zumindest hier gewesen waren. »Wie komme ich ins Chefbüro?«

Der Pförtner schluckte. »Ich bringe Sie.« Eilig lief er voraus, huschte flink in das angrenzende Gebäude. Mit einer Zugangskarte verschaffte er ihnen Zutritt zu den Verwaltungsbüros und stürzte in einen der Räume. »Polizei ist hier! Will Herrn Eggert sprechen«, teilte er hastig einer Dame mit. Die nickte und stand auf. Zaghaft klopfte sie an eine angrenzende Tür, steckte den Kopf durch einen Spalt, drehte sich kurz darauf um und deutete Nielsen, näher zu kommen.

Als dieser den Raum betrat, war Herr Eggert bereits hinter seinem Schreibtisch aufgestanden. »Polizei?«, fragte er sichtlich erstaunt und musterte Peer eingehend. »Was wollen Sie denn von uns?« Der dunkelhaarige Mann, dessen Schläfen leicht grau schimmerten, bot ihm mit einer ausschweifenden Handbewegung an, Platz an einem kleinen Besprechungstisch zu nehmen.

»Ihr Mitarbeiter hat mir gerade von einer Beobachtung berichtet, die mit einem aktuellen Fall in Zusammenhang stehen könnte.«

Sofort wanderte der Blick des Chefs zum Pförtner, der hinter Peer in die Tür getreten war und dort wie versteinert ausharrte; auf die Geste von Herrn Eggert allerdings mit dem Senken seines Kopfs reagierte. Von der bestimmten und dominanten Auftrittsweise gegenüber Peer zeigte der Mann hier im Chefbüro keine Spur.

»Ah ja, und um was geht es?«

Peer forderte den Pförtner auf, von seinen Beobachtungen zu berichten, der daraufhin ein paar stammelnde Worte über den Transporter verlor.

»Das muss ein Irrtum sein«, tat Herr Eggert das Gesagte ab. »Da besteht sicherlich kein Zusammenhang, denn hier ist es völlig unmöglich, Leichen zu entsorgen.« Der Leiter der Müllverbrennungsanlage stieß zischend die Luft aus. »Wir sind kein Krematorium. Die

Leichen würden bei der Temperatur in unserer Anlage gar nicht vollständig verbrennen.«

»Nicht?«

»Nein, außerdem ist die Verweildauer im Ofen viel zu kurz. Da hätten wir in der Schlacke jede Menge Knochen. Und das fällt auf.«

Aber nicht, wenn man die Knochen vorher entnahm, schoss es Peer durch den Kopf. Obwohl, alle Skelettteile entnahmen die Täter vermutlich gar nicht. Bei der Leiche aus dem Klövensteen jedenfalls waren es nur die Oberschenkelknochen gewesen. Wahrscheinlich weil die am meisten Knochenmasse zur Weiterverarbeitung brachten. Der Knochen eines kleinen Fingers rechnete sich aus Sicht der Verbrecher nicht. Aber eben diese Restbestände würden in der Schlacke auffallen, da musste er Herrn Eggert rechtgeben. Trotzdem hielt er die Anlage für eine heiße Spur, vor allem wegen der Beobachtung des Pförtners.

»Ich benötige trotzdem eine Liste sämtlicher Mitarbeiter und würde mir Ihre Anlage gern einmal ansehen.«

»Bitte.« Herr Eggert erhob sich. »Sie haben bestimmt zu arbeiten«, zischte er dem Pförtner zu, während er das Büro verließ und dabei gleichzeitig den anderen mit aus dem Raum schob. Peer blieb allein zurück und blickte sich um. Der Schreibtisch wirkte sehr aufgeräumt, beinahe, als würde niemand daran arbeiten. Lediglich ein Handy und ein Kugelschreiber lagen auf der Schreibunterlage. Der Leiter der Anlage schien äußerst penibel, kein Wunder, dass er sich keine Ungereimtheiten unterstellen lassen wollte. Doch wer wollte das schon gern? Nielsen streckte gerade den Kopf ein wenig vor, um sehen zu können, ob zumindest der Laptop eingeschaltet war, der sich am rechten Rand der Tischplatte befand, da kam Herr Eggert bereits zurück.

»Während ich Sie herumführe, wird Ihnen Frau Arndt die Liste zusammenstellen.« Er räusperte sich. »Wollen wir dann?«

Boateng saß an seinem Schreibtisch und bastelte grübelnd an seiner Fallstudie am Computer, als die Kollegen von ihren Ermittlungen zurückkehrten. »Und, habt ihr etwas beim Hamburger Abendblatt herausfinden können?«

»Nee«, stöhnte Jens, »hatte ich aber ehrlich gesagt auch nicht mit gerechnet. Obwohl ich mittlerweile echt hundertprozentig davon ausgehe, dass der Täter die Infos über die Leichen aus der Zeitung hat.«

»Wieso?« Boateng blickte von seinem Bildschirm auf.

»Na ja, hast du dich mal gefragt, warum die Leichen immer nur vom Friedhof verschwinden? Wieso werden keine Toten aus Krankenhäusern oder Altenheimen geklaut?«

»Und das Beerdigungsinstitut?«

»Da gab es für eine der Leichen bereits eine Traueranzeige und die anderen Toten waren halt Beifang.« Jens grinste. »Und was hast du?«

»Eine Menge Firmen, die mit Gewebe handeln, und einen verärgerten Rechtsmediziner.«

»Hä?« Jens schaute ihn fragend an, während Michael erzählte, wie Dr. Choui auf seine Fragen reagiert hatte.

»Ach, da gab es mal Kritik an dem Institut. Wahrscheinlich ist der deswegen so empfindlich.«

»Kritik? Wegen illegaler Entnahmen?«

»Nein, nein«, winkte Jens ab. »Seit es das neue Gesetz gibt, halten die sich wohl strikt daran. Sind auch extra geschult dort, Gewebe zu entnehmen.«

»Vielleicht war er deshalb so beleidigt, denn an der Leiche aus dem Klövensteen ist ja angeblich nicht professionell herumgeschnippelt worden«, überlegte Michael.

»Keine Ahnung. Ich weiß das auch nur, weil die uns damals angerufen haben, als mein Bruder bei dem Motoradunfall ums Leben gekommen ist.« Jens holte geräuschvoll Luft. »Scheinbar kam der als Spender infrage. Er war ja noch so jung.«

»Wie lange ist denn das her?« Boateng wusste kaum etwas über den Kollegen. Er hatte es ähnlich wie Nielsen nicht so sehr mit Teamarbeit, war eher ein Einzelgänger.

»Vor etwas mehr als fünf Jahren ist Mark tödlich verunglückt.«

»Und da hat die Rechtsmedizin angerufen?«

Jens nickte. »Wegen des Unfalls und weil nicht klar war, wer schuld war, hat es eine Untersuchung gegeben. Und dann wollten sie eine Einwilligung zur Gewebespende.«

Boateng staunte. Dass das Institut selbst aktiv wurde, hatte er nicht vermutet. Er war davon ausgegangen, dass man nur Gewebe auf Wunsch des Verstorbenen entnahm und wenn eine Zustimmung vorlag. Oder auf Wunsch der Angehörigen. So wie bei Arne Lüdemann. Um einen Zuschuss zur Beerdigung zu erhalten. Aber ein Anruf, um die Familie um eine Gewebespende zu bitten? Wie ging das? Was sagte man da? »Hallo, wir hätten gerne die Muskelhaut ihres verstorbenen Mannes?« Irgendwie musste man ja fragen und wahrscheinlich erst einmal aufklären. Auch das stand sicherlich in dem Gesetz, das Boateng sich nun doch einmal näher anschauen wollte. »Und wie habt ihr auf den Anruf reagiert?« Neugierig blickte er den Kollegen an.

»Meine Mutter wollte nicht. War ohnehin nicht leicht für sie. Für keinen von uns. Und dann dieser Anruf von irgend so einem Studenten. Ich habe das damals als Frechheit empfunden.«

Peer saß in seinem Wagen und war damit beschäftigt, die Eindrücke der letzten Stunde erst einmal zu sortieren. Neben ihm auf dem Beifahrersitz lag die Liste der Mitarbeiter, die er noch durchgehen musste, aber irgendwie hatte er schon den Eindruck gewonnen, als sei hier etwas faul. Wenn die Leichen vielleicht auch nicht vollständig verbrannt werden konnten in der Anlage, wie auf Nachfragen von Herrn Eggert jeder zweite Arbeiter, den sie auf ihrem Rundgang getroffen hatten, bestätigte, so hatte der Leiter der Müllverbrennung trotzdem seltsam auf ihn gewirkt. Nervös? So recht einordnen konnte er das nicht, aber Herr Eggert hatte ihm die Anlage beinahe in Lichtgeschwindigkeit gezeigt, wobei ihnen selbstverständlich nichts Auffälliges über den Weg gelaufen war. Peer seufzte. Ohne einen winzigen Anhaltspunkt würde er eine weitere Observation nicht genehmigt bekommen und eine Durchsuchung erst recht nicht. Außerdem hatten sie für die Überwachung der Autovermietung schon jetzt kaum genügend Personal. Er griff sich die Liste und überflog die Namen, doch keiner stach ihm beim ersten Lesen ins Auge. Nichts, was einen Zusammenhang in diesem Fall brachte, und doch verließ er den Ort mit einem seltsamen Bauchgefühl. Immerhin waren die Täter aller Wahrscheinlichkeit nach hier gewesen. Das konnte doch nur bedeuten, dass auch sie die Müllverbrennungsanlage zumindest als Möglichkeit gesehen hatten, die Leichen wieder loszuwerden. Wo sonst konnte man sterbliche Überreste unauffällig entsorgen?

Die Krematorien der Stadt hatten sie weitgehend überprüft – auch Öjendorf, die größte Verbrennungsanlage in Hamburg. Dort ging es allerdings noch strenger zu als in Ohlsdorf, hatten seine Mitarbeiter berichtet. Außerdem hätte Peer als Täter vermutlich auch die Müllverbrennung in Erwägung gezogen. Die Krematorien erschienen ihm einfach zu offensichtlich. Und irgendwo vergraben oder versteckt ablegen, konnte man so viele Leichen nicht. Dann wären sie den Verbrechern schon viel früher auf die Schliche gekommen. So etwas blieb nicht lange unentdeckt, was man ja an der verstümmelten Leiche im Klövensteen sah. Die hatte auch relativ schnell jemand gefunden. Es war ohnehin merkwürdig, dass die Täter den geschundenen Körper einfach im Gehölz gelassen hatten. Nicht mal abgedeckt oder zugeschüttet. So, als solle man die Leiche finden. Ob es Absicht war? Oder war die kriminelle Bande unvorsichtig geworden? Peer kratzte sich am Ohr. Vielleicht wollten sie bewusst eine falsche Fährte legen? Ging es gar nicht um Gewebeentnahmen? Sondern …? Er fuhr zusammen, als sein Handy plötzlich klingelte.

»Na, wie läuft es mit deiner neuen Flamme?«, tönte Sörens Stimme aus der Freisprechanlage.

»Ähm«, entgegnete Peer leicht überrumpelt. »Ja …«

»Nee, sag bloß … Ich denke, du wolltest dir Zeit lassen?« Die Stimme des Freundes klang empört, oder war es Sorge, die da mitschwang? Peer wusste, wie sehr ihm Sören eine glückliche Beziehung wünschte, aber vielleicht war er dafür einfach nicht gemacht.

»Ja, nun ja. Ja!«

Schweigen folgte, bis Sören schließlich fragte: »Und jetzt?«

Das war eine gute Frage. Christina und er hatten sich zwar ausgesprochen, aber seitdem herrschte Funkstille. »Meinst du, ich soll sie anrufen?«

»Bloß nicht«, empfahl Sören. »Wenn ihr vereinbart habt, es langsam angehen zu lassen, dann lass ihr die Zeit. Vielleicht entwickelt sich ja doch noch was.«

»Meinst du?«

»Wer weiß?«

Boateng war dabei, seine Unterlagen zusammenzusammeln, als Nielsen ins Büro kam. »Oh, ich wollte gerade los, den Kollegen in Altona ablösen.«

Peer nickte. »Gibt es denn da etwas Neues?«

»Soweit ich weiß, nicht. Obwohl das schon seltsam ist, denn seit wir die beobachten, tut sich da nix mehr. Meinst du, Öztürk hat Wind von der Aktion bekommen?«

Nielsen schüttelte den Kopf. »Wüsste nicht, wie.« Er ließ die Liste aus der Müllverbrennung auf seinen Schreibtisch fallen und setzte sich stöhnend auf seinen Stuhl. »Und sonst?«

»Nicht viel«, seufzte nun auch Boateng und fasste kurz sein Telefonat mit Dr. Choui und die Nachforschungen von Jens zusammen. Bild und Pressemitteilung sind wohl raus für die Leiche am Klövensteen, aber das erscheint nun erst morgen.

»Gut«, nickte Peer und schaltete seinen Computer ein. Er bearbeitete einige Mails, konnte sich aber nicht recht konzentrieren – selbst, als er die Namen auf der Liste mit der Verbrecherkartei gegencheckte, gingen ihm ganz andere Dinge durch den Kopf. Hatte Sören recht? Konnte sich zwischen ihm und Christina wirklich etwas entwickeln, oder hatte sie das nur angedeutet, um höflich zu sein und ihn nicht zu enttäuschen? Sein Blick wanderte zu seinem Handy, aber natürlich hatte sie sich nicht gemeldet. Er hatte das bereits ein paar Mal kontrolliert. Aber vielleicht war jetzt der Zeitpunkt, Fritsche anzurufen? Ohne weiter zu überlegen, wählte er die Nummer seines Vorgesetzten.

»Peer? Was gibt's?« Gerhard Fritsche ging davon aus, Nielsen rufe ihn beruflich an, war aber erfreut, als sein Kollege sich nach Margot erkundigte. »Heute ist ein guter Tag. Möchtest du vielleicht später zum Essen vorbeikommen?«

Boateng versuchte es sich, so gut wie möglich, in seinem Wagen bequem zu machen. Er hatte heute einmal auf der anderen Seite in einer Art Einfahrt geparkt, damit der Wagen nicht zu sehr auffiel. Denn irgendwie wurde er das Gefühl nicht los, Öztürk könne von der Überwachung erfahren haben. Warum sonst tat sich in den letzten Tagen nichts auf dem Hof? Schließlich hatte selbst der Unfall sie nicht davon abgehalten, weitere Leichen zu stehlen. Aber jetzt? Nix. Nada. Niente. Obwohl das im Grunde gut war, denn so konnten sie davon ausgehen, dass keine weiteren Gräber ausgehoben wurden. Nur gab es einen Haken. Wie sollten sie den Tätern ohne weitere Diebstähle auf die Schliche kommen? Michael seufzte und nahm sich die Ausdrucke aus dem Büro vor. Zum Glück parkte er in der Nähe einer Laterne und konnte so trotz der Dunkelheit die Texte gut lesen.

Wie viele gewebeverarbeitenden Firmen es in Deutschland gibt!, staunte er erneut. Er hatte sich vorher noch nie Gedanken darüber gemacht, wie durch einen Unfall oder eine Krebserkrankung zerstörte Knochen ersetzt, ja überhaupt behandelt wurden. Oder die Entzündung der Herzinnenhaut? Schwere Brandverletzung? Die Liste schien unendlich lang und für zahlreiche Therapien wurde menschliches Gewebe von Leichen eingesetzt. Michael fröstelte ein wenig bei dem Gedanken daran, einen fremden Oberschenkelknochen in seinem Körper zu haben. Gab es denn keine Alternativen? In einem Interview mit einem Sportmediziner las er, dass körpereigenes Material deutliche Vorteile hatte, da es seltener abgestoßen wurde und kaum Infektionsgefahr barg. Was aber, wenn der Spender vielleicht an einer unerkannten Krankheit litt? Er blätterte weiter und fand einen Artikel, in dem von verseuchtem Leichengewebe die Rede war, durch das HIV, Tuberkulose und sogar die Creutzfeld-Jakob Krankheit nach einer Hirnhautverpflanzung übertragen worden war. Boateng legte die Blätter zur Seite. Am liebsten hätte er sich mit dem Thema nicht weiter befasst, aber der Fall schien darauf hinauszulaufen, dass man die Leichen aus Profitgier gestohlen hatte, um nämlich, genau wie in diesen Berichten beschrieben, illegal Gewebe zu entnehmen. Bei dem Gedanken an den nicht gerade fachmännisch entnommenen Knochen bei der toten Frau aus dem Klövensteen wollte Boateng gar nicht darüber nachdenken, ob die Täter die Leichen überhaupt auf irgendwelche Krankheiten untersuchten, bevor sie das Gewebe entnahmen und weiterverkauften. Oder verarbeiteten sie es womöglich sogar noch selbst? Hatte vielleicht die Firma in Norderstedt etwas damit zu tun? Oder wohin brachten die Täter die Knochen?

Es war still geworden im Institut. Still und dunkel. Dr. Choui hob seufzend den Kopf und blickte aus dem Fenster. Oft saß er abends lange in seinem Büro und arbeitete an seinem Lebenswerk – wie er seine Studien zur Bestimmung des Todeszeitpunktes nannte. Natürlich gab es bereits anerkannte Methoden, um festzustellen, wann ein Mensch gestorben war, aber die waren seiner Ansicht nach längst überholt. Dr. Choui glaubte, die Lösung für eine weitaus präzisere Benennung gefunden zu haben; arbeitete an der Erforschung und Umsetzung allerdings schon einige Jahre.

Den heutigen Abend hatte er jedoch nicht wirklich freiwillig im Institut verbracht. Einer seiner Mitarbeiter hatte sich krankgemeldet und er hatte eine Sektion und weitere Untersuchungen übernehmen müssen, da sich auf die Schnelle kein Ersatz gefunden hatte. Das war äußerst ärgerlich, da seine eigene Arbeit natürlich liegen geblieben war. Wieder einmal, denn es war nicht das erste Mal, dass der junge Kollege plötzlich ausfiel.

Er schloss das letzte Dokument mit einem Obduktionsbericht, den er Korrektur gelesen hatte und versandte die Datei an den zuständigen Staatsanwalt und ermittelnden Kommissar. Als er die E-Mail-Adresse des Hamburger Polizisten eingab, fiel ihm das Telefonat mit Kommissar Boateng ein. Er schaltete nach erfolgter Übertragung den Computer aus und erhob sich stöhnend. Was ein Scheißtag. Er streckte sich, seine müden Glieder knackten leise.

Ob die Polizei auf der richtigen Spur in dem Fall des Leichenraubs war? Die letzte Leiche aus dem Klövensteen wies eindeutig in die Richtung illegaler Knochenentnahmen. Oder sollte sie absichtlich von dem eigentlichen Motiv ablenken?

Möglich war es, dass man den Toten Gewebe entnommen hatte, und wahrscheinlich gab es auch eine Art Schwarzmarkt dafür. Aber wie sollte das Ganze organisiert sein? Zumindest brauchte man einen Mediziner, der sich mit derlei Entnahmen auskannte. Am besten einen Präparator. Ob vielleicht einer aus seinem Team …? Er schluckte, als er das Licht löschte und die Tür hinter sich abschloss.

Aber wem würde er solche Machenschaften zutrauen? Wer von seinen Mitarbeitern wäre zu einer derartigen Tat fähig? Die tote Frau, der man den Oberschenkelknochen entnommen hatte, war böse zugerichtet gewesen. So etwas käme doch einem Rechtsmediziner nicht in den Sinn! Schon während des Studiums, noch ehe man als Student das erste Mal mit den Präpleichen in Berührung kam, wurde einem eingetrichtert, dass man sich gegenüber den Toten pietätvoll zu verhalten hatte, den Leichen den gebotenen Respekt und die nötige Würde zollen musste. Ganz besonders in der Rechtsmedizin war das immer wieder Thema in der Ausbildung. Daher konnte er sich kaum vorstellen, dass jemand aus seinem Institut eine Leiche derart schandvoll im Gehölz abgelegt hatte.

Die Gummisohlen seiner Turnschuhe quietschten leicht über den gefliesten Boden, ansonsten herrschte sprichwörtlich Totenruhe. Nachts war es im Rechtsmedizinischen Institut meistens sehr ruhig, es sei denn, es gab einen Notfall.

Dr. Choui geriet vor dem Eingang zum Keller ins Stocken. Einen Moment zögerte er, dann öffnete er die Tür und stieg die Stufen hinab. Er drückte die schwere Glastür auf und hielt einen Moment inne. Hier unten erschien ihm die Stille noch präsenter. Langsam schlenderte er den Gang hinunter zu den Sektionsräumen. Er drehte das Licht an, war einen kurzen Moment geblendet. Ein Grinsen machte sich unweigerlich auf seinem Gesicht breit, denn irgendwie kam ihm das Bild aus dem Tatort, den er letztes Wochenende im Fernsehen angeschaut hatte, in den Sinn. Der Stahltisch mit der zu begutachtenden Leiche, die laut Sendungsverlauf mindestens schon einen Tag dort lag, das diffuse Licht, der spärlich eingerichtete Kellerraum, der von den Klängen einer Oper erfüllt gewesen war. Wie wenig entsprach dieses Bild der Wirklichkeit. Zum Glück, denn Dr. Choui war sich nicht sicher, ob er unter diesen Umständen seinen Beruf so lieben würde.

Schon immer hatte ihn fasziniert, herauszufinden, wann, wo und unter welchen Umständen ein Mensch zu Tode gekommen war. Dabei war seine erste Priorität nicht, den Mörder zu überführen, Behandlungsfehler aufzudecken oder die Leiche überhaupt zu identifizieren, sondern vor allem seine Neugierde zu befriedigen.

Es gab in seinem Beruf täglich so viel zu entdecken, was ihn immer wieder überraschte, neue Erkenntnisse brachte und stets ein wenig schlauer machte. Für ihn galt wie eh und je der Grundsatz: Mortui vivos docent – die Toten lehren die Lebenden. Daher löschte er auch jetzt nicht das Licht und machte Feierabend, sondern holte sich aus dem Vorraum einen Kittel, schlüpfte aus seinen Turnschuhen hinein in ein paar Gummistiefel und ging zurück zu den Kühlfächern. Nur wenige Augenblicke später schob er den Leichnam der Frau aus dem Klövensteen auf einer Bahre hinüber in den Sektionsraum. »Mal sehen, was du mich lehrst«, murmelte er leise, während er aus dem Schrank einige der Sektionsinstrumente nahm.

Peer fuhr durch die Nacht. Einfach so. Ohne Ziel. Der Abend bei Gerhard Fritsche und Margot war schön gewesen. Schön, nachdem sich Peer von seinem ersten Schreck über Margots Anblick erholt hatte. Blass und schmal war sie geworden. Die Augen lagen in tiefen dunklen Höhlen, um den Kopf hatte sie ein buntes Tuch geschlagen, das die kahle Kopfhaut verdecken sollte. Peer hatte vorsichtig ihre Hand zur Begrüßung gedrückt und Margot hatte gelächelt. Mit diesem Lächeln war plötzlich alles wie früher gewesen. Sie hatten zusammen gegessen und über Gott und die Welt getratscht. Margot hatte ihn mit Leckereien verwöhnt und wie immer dazu gedrängt, mehr zu essen, als er eigentlich wollte. Noch immer fühlte er sich pappsatt und brauchte sicherlich die nächsten drei Tage keine Nahrung zu sich zu nehmen.

Als er bemerkt hatte, dass sie müde wurde, hatte er sich verabschiedet. Ihre Umarmung war warm und fest gewesen, und bei dem Gedanken, es könne das letzte Mal sein, dass er diese liebenswerte Frau in den Armen hielt, hatte er schwer schlucken und ein paar Tränen wegblinzeln müssen.

»Nimm dir so viel Zeit, wie du brauchst«, hatte er zu Fritsche gesagt, »wir kriegen die Kerle.«

Genau diese Aussage trieb ihn nun jedoch um und ließ ihn seinen Wagen unbewusst zur Müllverbrennung nach Stellingen steuern. Langsam fuhr er an der Einfahrt vorbei, doch auf dem Gelände schien alles ruhig zu sein. Trotzdem stoppte er und parkte ein kleines Stück entfernt die Straße entlang. Ein leiser Klick löste den Sicherheitsgurt. Peer stellte die Lehne des Fahrersitzes zurück und machte es sich, so gut es ging, bequem. Dann wartete er.

19. KAPITEL

Ein Geräusch ließ Peer auffahren. Er blickte sich wild nach allen Seiten um, brauchte einen Moment, um zu registrieren, wo er war. Die Sonne ging bereits auf und in der Morgendämmerung donnerten einige Tanklaster an ihm vorbei. Er gähnte, stieg aus, streckte seine müden Glieder in alle Richtungen aus und beobachtete, wie die LKWs auf den Hof der Müllverbrennungsanlage fuhren.

Mit gerunzelter Stirn betrachtete er die riesigen Fahrzeuge und fragte sich, was da wohl gerade angeliefert wurde. Die Schilder mit zwei Reagenzgläsern und einer nicht mehr vollständigen Hand verhießen nichts Gutes. Wurde in der Anlage auch Sondermüll entsorgt? Oder holten die Tankwagen etwas ab? Er fuhr sich mit der Hand über seine nicht mehr ganz glatte Kopfhaut, rieb einen Moment seinen Nacken. Die ungewohnte Schlafposition hatte ihre Spuren hinterlassen. Er fühlte sich wie gerädert und konnte keinen klaren Gedanken fassen, daher beschloss er, zunächst einmal nach Hause und später erst ins Präsidium zu fahren. Stöhnend stieg er in den Wagen und blickte auf die Uhr unterhalb des Tachos. Er musste sich sogar ein wenig beeilen, denn heute Morgen war bereits die nächste Besprechung angesetzt.

Viel hatte sich zwischenzeitlich nicht ergeben. Boateng war trotz der Observation anwesend und gab den anderen einen Überblick, über die gewebeverarbeitende Industrie in der Umgebung. »Doch ohne konkreten Verdacht können wir da nicht einfach auftauchen. Außerdem könnte das gegebenenfalls die Täter aufscheuchen.« Die anderen nickten zustimmend. »Ich habe sowieso den Eindruck, dass die von der Observation bei Öztürk wissen. Wieso ist sonst in den letzten Tagen nichts passiert? Das ist doch seltsam, oder? Hat einer von euch jemandem davon erzählt?« Gemurmel machte sich breit, dann folgte ein mehr oder weniger einvernehmliches Kopfschütteln begleitet von Schulterzucken.

»Das ist äußerst unglücklich«, bemerkte Peer, dem ebenso wie den anderen am Tisch klar war, dass sie momentan ohne weitere Aktivitäten der Täter vermutlich kaum eine Chance hatten, diese zu fassen. So ungern er es zugab, aber sie brauchten einen weiteren Leichenklau.

»In den Krematorien jedenfalls waren wir noch mal. Aber da scheint wirklich alles in Ordnung zu sein«, verteidigte sich Carsten Hinrichs, als läge es an der Arbeitsweise, dass sie die Täter noch nicht gefasst hatten.

»Das wissen wir. Außerdem gehen wir davon aus, die Leichendiebstähle beruhen auf den Traueranzeigen in der Zeitung. Habt ihr da das Personal unter die Lupe genommen?«

»Ja, aber nichts gefunden.«

»Hm.« Peer strich sich über den Kopf, der nun glatt

wie ein Babypopo war. Er hatte sich frisch rasiert, liebte das Gefühl weicher, zarter Haut unter seinen Händen. Unweigerlich musste er an Christina denken, deren Körper sich so gut anfühlte. Für einen Moment verlor er sich in seinen Gedanken an die Nacht mit ihr, dann wurde er sich jedoch der Blicke seiner Mitarbeiter bewusst und schluckte schnell.

»Lasst uns mal abwarten, was der Zeitungsaufruf wegen der Leiche aus dem Klövensteen bringt«, beschloss er und erzählte schnell von den Nachforschungen in der Müllverbrennungsanlage.

»Guter Ansatz«, lobte Boateng und inspizierte die Personalliste, die Peer noch kurz vor der Sitzung für alle kopiert hatte. Da sie keine weiteren Neuigkeiten hatten, hieß es, warten und die bisherigen Spuren nochmals zu überprüfen.

Gegen Mittag hielt Peer es nicht mehr aus. Seit Stunden überprüfte er Namen von der Liste. Zwischendurch hatte er einige Telefonate geführt. Er war müde und musste mal raus. Eine kleine Pause wäre gut, überlegte er. Vielleicht hatte Christina Lust mitzukommen? Das war doch eine gute Gelegenheit, sie anzurufen. Völlig unverbindlich, selbstverständlich. Ohne zu zögern, wählte er ihre Nummer.

»Ja, gerne«, erwiderte sie auf seine Frage, »aber ich habe nicht allzu lange Zeit, kommst du in die Stadt? Vielleicht können wir im Portugiesenviertel ein paar Tapas essen?«

Sein Herz machte einen Sprung. Eilig griff er nach seinen Autoschlüsseln und meldete sich bei den Kollegen ab. »Gibt es schon etwas wegen der Leiche aus dem Klövensteen?«

Jens und Carsten, die den Telefondienst übernommen hatten, schüttelten den Kopf. »Nicht ein einziger Anruf.«

»Das gibt es gar nicht. Selbst wenn die nicht von hier kommt, ein paar Spinner rufen doch immer an«, wunderte sich Peer. Normalerweise stand nach solchen Polizeiaufrufen in den Medien das Telefon nicht still. Meist waren es nutzlose Hinweise, denen sie trotzdem nachgehen mussten. Wichtigtuer, Überängstliche oder auch einfach Leute, die Langeweile hatten oder die Polizei absichtlich in die Irre führen wollten. Dass gar keiner anrief, war bisher noch nie vorgekommen. »Ist denn die Anzeige überhaupt erschienen?«

»Prüfen wir noch mal.«

Peer nickte. Dann eilte er pfeifend zum Aufzug, der ihn bis in die Tiefgarage brachte.

Im Potugiesenviertel waren Parkplätze rar. Nielsen musste etliche Straßen hoch- und runterkreisen, ehe er eine Lücke fand, in die er umständlich einparkte. Immer wieder schaute er auf die Uhr, denn er wollte Christina auf keinen Fall warten lassen. Seine Angst war jedoch unbegründet. Als er das kleine spanische Restaurant betrat, in dem sie sich verabredet hatten, war von ihr nichts zu sehen. Peer schnaufte laut, da spürte er plötzlich eine Hand auf seinem Rücken. Ohne sich umzudrehen, wusste er, dass sie es war, denn die Berührung löste beinahe augenblicklich kleine Blitzschläge in ihm aus. Er wandte sich langsam um und blickte geradewegs in ihre Augen.

Lächelnd schaute sie ihn an. Sie sah fantastisch aus. Er war hin und weg, vergaß sogar, sie zu begrüßen.

»Wollen wir hier Wurzeln schlagen?«, neckte sie ihn. Ihr war seine Bewunderung nicht entgangen, doch das machte sie keineswegs verlegen. Selbstsicher steuerte sie auf einen kleinen Holztisch in einer Nische zu und setzte sich. Kokett schlug sie die Beine über- und die Karte auseinander. »Wir könnten ein paar Kleinigkeiten zusammen bestellen?«

Er nickte wortlos und setzte sich ihr gegenüber. Irgendwie fühlte er sich in ihrer Gegenwart immer wie ein kleiner Schuljunge. Unreif und wenig männlich, aber vielleicht faszinierte ihn diese Frau gerade deshalb so.

Die Auswahl der Speisen übernahm sie, dann lehnte sie sich über den Tisch und schaute ihm ins Gesicht. Er versuchte, ihrem forschenden Blick standzuhalten, senkte aber dennoch nach kurzer Zeit den Kopf.

»Du siehst müde aus.«

Er nickte und berichtete, dass er die Nacht im Wagen verbracht hatte.

»Kommt ihr denn voran?«

Er wiegte den Kopf hin und her, wechselte schnell das Thema. Er wollte mit ihr nicht über seinen Job sprechen. »Und du arbeitest in der Nähe?«, fragte er stattdessen.

»Ja, hier um die Ecke im Büro.« Er konnte sie sich gut als Sekretärin oder Chefassistentin vorstellen, doch sie lachte. »Nein, ich bin Redakteurin, habe meine eigene Tippse.«

Peer spürte, wie ihm das Blut in die Wangen schoss. Wieder kam dieses Schuljungengefühl in ihm auf. »Und was machst du in deiner Freizeit?«

Sie lächelte. »Sport?«

»Das gibt es doch gar nicht«, Boateng schlug die Liste auf den Schreibtisch. »Hat Peer das nicht gesehen?«

»Was?« Jens und Carsten schauten den Kollegen verständnislos an.

»Na, hier!« Mit seinem dunklen Zeigefinger tippte er auf eine Stelle auf dem Papier. »Da steht ›Öztürk‹.«

»Wo?« Jens stand auf und kam zu Michael an den Schreibtisch. Der piekte immer noch auf den Ausdruck der Mitarbeiterliste der Müllverbrennungsanlage. »Tatsächlich, aber das ist mir auch nicht aufgefallen. Wahrscheinlich weil es ein anderer Vorname ist.«

»Na und?« Boateng war es völlig unverständlich, wie einem in diesem Fall der Name »Öztürk« nicht ins Auge stach.

»Der Name ist bestimmt unter Türken recht häufig. Wahrscheinlich so wie bei uns Müller, Meier oder Schmidt«, gab Jens Schnitter zu bedenken.

»Aber vielleicht sind die trotzdem miteinander verwandt. Der Öztürk hat bestimmt mehr als einen Bruder. Oder Cousins.«

»Möglich.«

»Und dass dann einer im Müllwerk arbeitet, wo man die Leichen hervorragend entsorgen kann, das ist bestimmt kein Zufall. Jedenfalls würde das gut zueinander passen.«

»Aber Peer hat doch gesagt, die Leichen könne man dort nicht vollständig verbrennen.« Jens Schnitter blickte mit zusammengekniffenen Augen auf die Liste.

»Wer weiß? Schließlich ist Nielsen auch der Name nicht aufgefallen. Besser, ich schaue mir den mal an«, beschloss Boateng. »Kommst du mit?«

Jens deutete zum Telefon. »Wir warten doch auf die Anrufe wegen des Zeitungsaufrufs.«

»Ich dachte, da gab es bisher noch keine.«

»Schon, aber der Aufruf ist erschienen, also kann da noch was kommen.«

Boateng nickte. Er glaubte nicht daran, aber sicher war sicher, da hatte sein Kollege schon recht.

»Willst du denn nicht auf Peer warten?«, wunderte sich Jens.

»Wer weiß, wann der wiederkommt.«

Peer fühlte sich wie verzaubert. Während des Essens hatten sie so gut wie die ganze Zeit geschwiegen, was er jedoch keineswegs als unangenehm empfunden hatte. Er hätte den ganzen Tag damit verbringen können, ihr gegenüberzusitzen und sie einfach nur anzusehen. Sie war so schön. Nun aber räumte der Kellner den Tisch ab und Christina blickte auf ihre Uhr, womit sie Peer unvermittelt aus seinem Dornröschenschlaf riss.

»Musst du los?« Er schluckte. Wenn er ehrlich war, hatte er sich mehr von ihrem Treffen erhofft. Mist, fluchte er innerlich. Wahrscheinlich hatte ihre gemeinsame Nacht doch die Chance auf eine tiefere Beziehung kaputt gemacht. Sören hatte recht. Eine Partnerschaft wollte wachsen und da war es wenig förderlich, gleich in die Kiste zu springen, ohne den anderen richtig zu kennen. Mit Liebe hatte das jedenfalls wenig zu tun. Was wusste er von Christina schon, außer dass sie die Tochter eines erschossenen Friedhofgärtners war, in Ottensen wohnte und in einer Redaktion in der Innenstadt arbeitete?

Sie nickte und hob die Hand, um dem Kellner anzudeuten, dass er die Rechnung bringen sollte. Peer überlegte fieberhaft, wie er sie um ein weiteres Treffen bitten konnte. Nur nicht zu aufdringlich wirken, sie wollten es schließlich langsam angehen lassen. Gab es nicht irgendeine Veranstaltung in den nächsten Tagen? Etwas Unverfängliches? Schlagermove, Heimspiel vom HSV oder ein Konzert? Warum hatte er sich bloß nicht vorher informiert, ärgerte er sich, da ihm partout nichts einfiel und Christina von sich aus kein Wiedersehen vorzuschlagen schien.

Der Kellner brachte die Rechnung. »Ich übernehme das«, sagte er, während er nach seinem Portemonnaie wühlte. »Du kannst dich ja das nächste Mal revanchieren«, grinste er, doch Christina reagierte nicht darauf. Sie checkte ein paar Nachrichten auf dem Handy und war anschließend sehr kurz angebunden.

»Ich muss los!«, entgegnete sie, während er versuchte, noch einmal ein Gespräch aufzunehmen, um sie auf ein weiteres Treffen anzusprechen. Sie umarmte ihn flüchtig und war weg, ehe er überhaupt begriffen hatte, dass sie sich verabschiedete.

Langsam schlenderte er die Straße hinunter. Vorbei an den Restaurants und kleinen Läden, deren Auslage in den Schaufenstern er zwar betrachtete, aber nicht wahrnahm. Er fühlte sich leer. Noch nie hatte er so empfunden, nicht einmal als Annika ihn vor ein paar Jahren verlassen hatte. Aber irgendwie spürte er, dass er mit Christina nicht zusammenkommen würde. Warum waren ihre Gefühle für ihn scheinbar nicht so stark wie seine für sie? Ob es wie bei Annika an seinem Job lag? War er ihr suspekt? Oder hatte sie Angst? Annika hatte bei ihrer Trennung betont, sie wolle keinen Mann, der nie zu Hause war und bei dem man stets fürchten musste, dass er an der nächsten Ecke erschossen wurde. Peer empfand seinen Job zwar nicht als derart gefährlich, hatte seine Exfreundin aber verstehen können. Wenn man eine Familie wollte, musste man bereit sein, mehr Verantwortung zu übernehmen. Bisher hatte Peer nicht zurückstecken wollen. Aber für Christina? Er wusste es nicht, und vielleicht spürte sie diese Zweifel. Ein leiser Seufzer entfuhr ihm. Wahrscheinlich war es sein Schicksal, alleine zu bleiben, obwohl er diese Frau lange nicht aus dem Kopf bekommen sollte.

Boateng fuhr auf den Hof der Müllverbrennung. Hier arbeitete ein Herr Öztürk, der bestimmt mit dem Kleinunternehmer aus Altona verwandt war. Michael war sich sicher. Diese neue heiße Spur – danach hatten sie so lange gesucht. Nun ging es endlich voran in dem Fall. Jedenfalls hoffte er nichts mehr als das. Der Stillstand der letzten Tage war beinahe unerträglich gewesen.

»Hallo?« Er winkte dem Pförtner mit seinem Dienstausweis zu. »Wo finde ich das Personalbüro?«

Der Mann schaute ihn überrascht an, wies dann aber zu dem angrenzenden Gebäude. Mit wenigen Schritten war Michael Boateng bei der Tür, riss diese auf und stand vor einer verschlossenen Glastür. Er entdeckte einen Klingelknopf und drückte ihn. Kurz darauf erschien eine Dame, die ihn prüfend ansah, während sie die Tür einen Spalt öffnete.

»Ja bitte?«

Wieder zückte Boateng seinen Dienstausweis. »Ich möchte mit dem Personalbüro sprechen.

Die Frau zögerte kurz, ließ ihn dann jedoch eintreten. »Einen Augenblick, bitte«, entgegnete sie und trippelte davon. Kurz darauf erschien sie erneut und winkte ihn zu sich. »Frau Lotz hat nun Zeit für Sie.«

Er betrat ein kleines, aber helles Büro, in dem eine rundliche Dame ihn freundlich begrüßte. »Nun, was kann ich für Sie tun?«

»Ihr Mitarbeiter Herr Öztürk. Wie lange arbeitet der schon hier?«

Verdutzt blickte Frau Lotz ihn an. »Bitte wer?«

Boateng zog aus der Innentasche seiner Jacke die Liste mit den Namen der Angestellten der Müllverbrennung. Er trat an den Schreibtisch, legte das Blatt vor die Personalerin und tippte auf die entsprechende Stelle. »Stephan Öztürk.«

»Aha, ja.« Frau Lotz studierte eingehend das Blatt, als würde sie die Namen zum ersten Mal sehen. »Da muss ich kurz nachsehen.«

»Tun Sie das.«

Michael machte eine paar Schritte rückwärts und ließ sich auf einen Stuhl vor dem Schreibtisch fallen. Er beobachtete, wie die Dame hinter dem Schreibtisch umständlich ihre Brille aufsetzte, ein paar Eingaben auf der Tastatur ihres Computers tätigte und dann mit zusammengekniffenen Augen auf den Bildschirm starrte.

»Herr Öztürk ist seit dem 01.01. dieses Jahres bei uns beschäftigt«, gab sie wenig später mit belegter Stimme Auskunft.

»Und wo kann ich Herrn Öztürk jetzt finden?«

»Hat er was angestellt?« Frau Lotz nahm ihre Brille ab und lehnte sich in dem Schreibtischstuhl nach hinten.

»Können Sie ihn hier herholen?«

»Wieso?«

»Weil ich mit ihm sprechen muss.« Langsam, aber sicher wurde Boateng ungeduldig, was man der Tonlage seiner Stimme entnehmen konnte. Frau Lotz schwang wieder nach vorne, tippte erneut auf der Tatstatur und nickte. Ohne eine weitere Bemerkung griff sie zum Telefonhörer.

»Ja, Herr Öztürk, kommen Sie bitte in mein Büro? Die ...«

Boateng fuchtelte plötzlich wie wild mit den Armen, schüttelte dabei gleichzeitig den Kopf und legte dann den Zeigefinger an die Lippen.

»Kommen Sie bitte sofort.« Frau Lotz hatte verstanden. Sie legte auf.

»Was wollen Sie denn eigentlich von Herrn Öztürk? Geht es etwa um diese Leichengeschichte, wegen der Ihr Kollege schon hier war? Wir verbrennen hier keine Toten.« Die Personalchefin taxierte ihn.

Doch noch ehe Michael reagieren konnte, klopfte es an der Tür. Ein blonder Hänfling streckte zögernd seinen Kopf ins Büro, nachdem Frau Lotz ihn durch ein lautes »Herein« dazu aufgefordert hatte. Boateng starrte auf den jungen Mann. Der kann unmöglich mit den Öztürks verwandt sein, durchfuhr es ihn. Aber so einfach wollte er nicht aufgeben. Die Spur schien so heiß. Das konnte unmöglich schon wieder eine Sackgasse sein.

»Kennen Sie die Autovermietung Öztürk in Altona?«, fragte er den Mitarbeiter der Müllverbrennung, nachdem dieser sich zu ihnen gesetzt hatte. »Nein.«

»Das heißt, Sie stehen in keinem Verwandtschaftsverhältnis mit Tarek oder Sevin Öztürk?«

»Nein.«

»In einem anderen Verhältnis? Kennen Sie die beiden?«

»Hören Sie«, der befragte Mann richtete sich kerzengerade in dem Stuhl auf, in dem er sich kurz zuvor niedergelassen hatte, und blickte Boateng beinahe mitleidig an. »Ich bin kein Türke. Oder sehe ich etwa so aus?«

Boateng musste unweigerlich den Kopf schütteln. Aber was sagte das Aussehen schon über die Staatsbürgerschaft eines Menschen aus? Er sah schließlich auch nicht wie ein typischer Deutscher aus – jedenfalls nicht, wie ihn sich so mancher vorstellte.

»Das tut nichts zur Sache. Beantworten Sie bitte meine Fragen.«

»Nein, ich kenne die beiden nicht. Ich habe lediglich den Namen Öztürk von meiner Frau angenommen. Sie hat keine Geschwister und ihrer Familie war die Weiterführung des Familiennamens wichtig. Aber Hatice ist auch nicht mit den beiden verwandt. Das wüsste ich.«

Boateng musterte den Mann. Sollte er ihm glauben? Vielleicht versuchte er seine Verbindung absichtlich zu verschleiern. Wäre verständlich. »Bitte haben Sie Verständnis, wenn wir das überprüfen«, entgegnete er daher und verabschiedete sich.

»Mist, Mist, Mist!«, fluchte Peer, als er im Büro zurück war. Seine Flüche bezogen sich allerdings nicht nur auf das verkorkste Treffen mit Christina, sondern auch darauf, dass sich bisher immer noch niemand auf den Zeugenaufruf in der Zeitung gemeldet hatte. Inzwischen hatten Carsten und Jens allerdings herausgefunden, warum nicht. »Die Telefonnummer ist falsch. Heute Nachmittag rief eine ziemlich entnervte Dame an, weil ihr Anrufbeantworter voller Nachrichten wegen des Leichenfunds sei.«

»Und das ist euch vorher nicht aufgefallen? Wer hat denn die Anzeige geschaltet?«

Jens hob zögernd den Finger. »Aber die Nummer war richtig, die wir angegeben hatten. Da bin ich mir hundertprozentig sicher.«

Anscheinend ja nicht, dachte Peer und zog seine linke Augenbraue hoch. Es machte aber keinen Sinn, weiter über den Fehler zu debattieren, jetzt galt es, zu handeln.

»Du, Carsten, rufst bei der Redaktion an und lässt das korrigieren. Die sollen den Aufruf morgen noch einmal schalten, mit dem Hinweis auf die korrekte Nummer. Vielleicht lässt sich da noch was retten.« Nielsen bezweifelte zwar, dass das im Nachhinein viel bringen würde, außer viele verwirrte Anrufe, aber sie durften nichts unversucht lassen.

»Und du, Jens, fährst zu der Dame, die anstelle von uns die Anrufe erhalten hat, und sicherst die Informationen auf dem Anrufbeantworter, soweit die Frau sie noch nicht gelöscht hat.«

»Hatte ich sowieso vor«, maulte Jens Schnitter.

»Das bezweifle ich«, entfuhr es Peer, während er wütend in sein Büro stampfte. In diesem Fall lief aber auch alles schief. In seinem Leben lief alles schief. Nervös tigerte er in seinem Büro hin und her, blieb am Fenster stehen. Ihm wuchs die Angelegenheit allmählich über den Kopf. Was sollte er bloß tun? Die Ermittlungen schnürten ihm die Luft ab, lagen wie der riesige

Findling am Elbstrand auf seiner Brust. Peer rang nach Atem. Er musste hier raus. Raus, raus, raus. Eilig griff er nach seiner Jacke und den Autoschlüsseln, hechtete über den Gang zum Aufzug und fuhr hinunter ins Parkdeck. Ohne nachzudenken, startete er den Motor und gab Gas, lenkte den Wagen hinaus aus der Stadt – immer weiter, immer weiter. Vorbei an Itzehoe, Heide – immer weiter. Fast war es, als zöge ihn eine unbekannte Macht zu sich – das Meer. In St. Peter-Ording parkte er den Wagen und lief zum Strand. Er atmete tief durch, ließ seinen Blick über die Weite der Landschaft schweifen und fühlte sich plötzlich ganz ruhig.

Dr. Choui streifte sich die Latexhandschuhe ab und seufzte. Das Kind vor ihm auf dem Sektionstisch war tatsächlich verhungert. Unfassbar, solche Fälle nahmen ihn immer wieder mit. Wer konnte nur so grausam sein? Sein eigen Fleisch und Blut verhungern lassen? Bei lebendigem Leibe? Klar, Verbrechen waren irgendwie immer böse, aber der Tod eines Kindes ging ihm stets sehr nah, machte ihn wütend und gleichzeitig hilflos. Da geriet seine professionelle Fassade, die ihn ansonsten vor zu viel Anteilnahme und persönlichen Schicksalen schützte, schon mal ins Bröckeln.

Der Leichnam war erst vor wenigen Stunden eingeliefert worden. Die Nachbarn hatten angegeben, das Kind seit Wochen nicht gesehen und auch kein Geschrei mehr gehört zu haben, als sie die Polizei alarmierten, die das tote Mädchen fand. Eigentlich hatte er schon Feierabend und die Notbesetzung hätte die Sektion durchführen sollen, aber der betreffende Mitarbeiter war immer noch krank. Oder schon wieder? »Der Jan ist oft krank«, hatte der Sektionshelfer Herr Holst bemerkt, als Dr. Choui die Obduktion übernommen hatte. Das stimmte. In der letzten Zeit war der Kollege, der ohnehin nicht der Begabteste war, bereits einige Male ausgefallen. Dr. Choui hatte ihn im letzten Mitarbeitergespräch darauf angesprochen, doch irgendwie war alles an dem Mann abgeprallt. Auch eine Hilfestellung zur Verbesserung seiner Arbeit hatte er abgelehnt. Dr. Choui hätte schon längst einschreiten müssen; nun aber war es zwingend notwendig, noch mal mit dem Mann zu sprechen und die Situation zu klären. Und zwar am besten gleich, beschloss der Rechtsmediziner.

Er ordnete die Säuberung und Versorgung des Leichnams an und verabschiedete sich beim Staatsanwalt, der neben einem Polizeibeamten während der Obduktion anwesend gewesen war. Der Tod des Mädchens würde hohe Wellen schlagen, da wollte man keine Fehler machen und möglichst schnell und konkret ermitteln, um den Fall zur Anklage zu bringen. Nur, was ist eine gerechte Strafe für solch eine Tat?, überlegte Dr. Choui, während er sich den Kittel abstreifte und anschließend die Treppe ins Erdgeschoss hinaufstieg. Wie gut, dass er kein Richter war und keine Haftstrafen verhängen musste. Seinem Mitarbeiter würde er zunächst mit einer Abmahnung drohen – schlimmstenfalls musste er ihn entlassen.

In seinem Büro suchte er sofort die Nummer von Jan Böhme und griff zum Telefonhörer. Doch auch nach dem zehnten Klingeln nahm der junge Rechtsmediziner nicht ab. Da er krank ist, sollte er eigentlich zu Hause sein, ärgerte sich Dr. Choui und versuchte, den Mitarbeiter auf seinem Handy zu erreichen. Dort meldete sich jedoch nur die Mailbox. Seltsam, befand Dr. Choui und verschob das Gespräch zwangsläufig auf den nächsten Tag.

Peer hatte sich in einer kleinen Pension direkt in dem Küstenort eingemietet. Für eine Nacht. Zum Glück hatte er immer eine Notfalltasche mit frischer Wäsche und Waschzeug im Auto. Er brauchte den Abstand, das spürte er, denn bereits jetzt fühlte er sich wesentlich besser. Die Meeresbrise blies seine nebligen Gedanken fort, die ihn an einer strukturierten Arbeitsweise in dem Fall in den letzten Tagen gehindert hatten. Sicherlich hatte auch die Begegnung mit Christina ihren Teil dazu beigetragen, dass er nicht mehr klar denken konnte, daher brauchte er diese Auszeit unbedingt.

Aber so einfach war es nicht. Als er nach einem guten Abendessen auf seinem Zimmer saß, schweiften seine Gedanken unweigerlich immer wieder zu dem heutigen Mittagessen mit Christina. Ich muss diese Frau aus dem Kopf bekommen, sonst kann ich nicht weitermachen. Er schnappte sich seine Jacke und verließ die Pension. Draußen war es dunkel und vom Meer wehte ein frischer Wind. Vielleicht wehte er erneut seine Gedanken fort? Zumindest die an Christina?

Er steckte die Hände tief in die Taschen und marschierte strammen Schrittes die über 1.000 Meter lange, spärlich beleuchtete Seebrücke entlang. Dabei richtete er seinen Blick in die Finsternis vor ihm und löschte dabei gleichzeitig die Bilder von Christina. Er empfand eine Art Schwebezustand, der ihm dem Meer immer näher brachte. Langsam gelang es ihm, sich auf den Fall zu konzentrieren. So losgelöst hatte er über die ganze Geschichte noch nie nachgedacht. Stück für Stück führte er die Teile der Ermittlungen zusammen.

Die Leichen wurden – und so sah es zumindest nach dem Fund im Klövensteen eindeutig aus – gestohlen, um Gewebe zu entnehmen. Zumindest Knochen, denn Hornhäute oder Sehnen waren bei der toten Frau nicht entfernt worden, was wahrscheinlich mit dem länger zurückliegenden Todeszeitpunkt zusammenhing, vermutete Peer. Auf jeden Fall steckte da viel Geld dahinter, wenn er Dr. Choui richtig verstanden hatte. Nur, wer entnahm und verarbeitete das Gewebe? Wie wurde es auf dem Markt eingeschleust? Ob die Firma in Norderstedt damit etwas zu tun hatte? Aber bestimmt mussten die doch nachweisen, woher das menschliche Material kam, das sie verarbeiteten? Peer hatte das Ende der Seebrücke erreicht und blieb stehen. Das Meer lag wie eine dunkle Masse vor ihm und ließ sich im schwachen Licht nur erahnen. Er atmete tief durch und begann die Fakten in seinem Kopf weiter zu sortieren.

Die Informationen, wo entsprechende Leichen zu holen waren, entnahmen die Täter vermutlich aus der

Zeitung. Einfacher konnte man kaum an Geschlecht, Alter, Todeszeitpunkt der unfreiwilligen Spender sowie deren Beerdigungsdatum und Grabstelle kommen. Der Wagen, um die Leichen zu transportieren, wurde bei der Autovermietung Öztürk geliehen. Inwieweit der Unternehmer in den Fall involviert war, stand zwar noch nicht fest, Fakt war aber, dass der verunglückte Wagen von ihm stammte und er daher mit den Tätern in irgendeiner Art von Kontakt stand.

Nach der Gewebeentnahme mussten die Leichen wieder verschwinden. In die Gräber hatten die Täter die ausgeschlachteten Körper nicht zurückgebracht. Ansonsten hätten Sie die Grabstellen nicht leer vorgefunden. Die Krematorien schienen bisher unauffällig und zu stark überwacht. Da würde es auf Dauer auf jeden Fall auffallen, wenn man in einem Sarg zwei Tote verbrannte. Neben Angestellten des Krematoriums müssten außerdem noch Rechtsmediziner in den Fall eingeweiht sein, das erschienen Peer zu viele Mitwisser. Obwohl, einen Rechtsmediziner bedurfte es zur Gewebeentnahme schon. Oder konnte das auch ein anderer Arzt? Peer kratzte sich am Ohr.

In der Müllverbrennung war angeblich die Brenndauer und -temperatur nicht ausreichend, um entsprechend viele Tote zu beseitigen. Warum aber hatte der Pförtner dann den Lieferwagen vor dem Gelände gesehen? Oder hatte der Transporter gar nichts mit dem Fall zu tun? Und warum hatten die Täter die scheinbar letzte Leiche im Klövensteen abgelegt?

Peer drehte sich um und machte sich auf den Rückweg. Es gab einfach noch zu viele Fragen in dem Fall und Beweise hatten sie praktisch keine. Seit der Observation des Kleinunternehmers aus Altona war so gut wie nichts passiert. Im Gegenteil. Die Autovermietung schien in eine Art Schockstarre verfallen zu sein. Keinerlei Betrieb. Demzufolge waren keine weiteren Meldungen über ausgehobene Gräber oder anderweitig geklaute Leichen eingegangen. Was an und für sich gut war, nur kamen sie, wie es momentan aussah, ohne weitere Leichendiebstähle nicht weiter.

Vielleicht sollte er sich mal in der gewebeverarbeitenden Firma in Norderstedt umschauen? Ließ sich dort etwas finden? Er hatte die Promenade erreicht und wandte sich noch einmal zum Meer um, dessen Nähe er wie eine beruhigende Hand empfand. Seine Gedanken waren geordnet, der nächste Schritt – ein Besuch in Norderstedt – geplant.

Er würde den Fall knacken. Das spürte er plötzlich ganz deutlich. Er wusste zwar noch nicht wie, aber den Tätern würde er das Handwerk legen. Koste es, was es wolle.

20. KAPITEL

Am nächsten Morgen fühlte er sich ausgeruht und voller Tatendrang. Erstaunlich, was eine kurze Auszeit so bewirkte!

Er schaltete sein Handy an und sah mehrere Anrufe in Abwesenheit. Boateng, Jens, Fritsche, Dr. Choui. Kein Anruf von Christina. Ein Anflug von Traurigkeit überkam ihn. Wenn er ehrlich zu sich selbst war, hatte er mit einem Anruf von ihr nicht gerechnet, doch es schmerzte trotzdem ein wenig. Was lief nur falsch zwischen ihnen? Hatte die gemeinsame Nacht alles zerstört? Oder gab es noch eine Chance? Er seufzte und schob den Gedanken zur Seite, dann wählte er die Nummer von Boateng. Warum er ausgerechnet ihn als Erstes zurückrief, konnte Peer nicht sagen.

»Ach, hallo Chef«, grüßte ihn der Mitarbeiter mit noch schlaftrunkener Stimme. »Was gibt's?«

»Das frage ich dich, du hast doch angerufen.«

»Ja, aber schon gestern. Ich war noch mal in der Müllverbrennungsanlage.«

»Warum?«

»Weil es da auf der Liste einen Öztürk gab.«

Nielsen begann augenblicklich zu schwitzen. Wieso war ihm der Name nicht aufgefallen? »Und?«, fragte er zögerlich.

»Ach nichts, der ist nicht mit dem aus Altona verwandt.«

»Hm.« Peer war sich unsicher, ob das gut oder schlecht war. Für die Ermittlungen jedenfalls schlecht, denn so hatten sie nichts in der Hand, was ihre These zu einer möglichen Entsorgung der Leichen in der Anlage stützte.

»Aber mir ist da was aufgefallen.«

»Was?«

Boateng gähnte laut, während Peer auf den Deich starrte.

»Die haben da riesige Behälter.«

»Und was ist da drin?«

»Natronlauge.«

Dr. Choui setzte die Kaffeetasse zwischen mehreren Stapeln Papiere auf seinem Schreibtisch ab. Er war müde. Die letzten Tage waren anstrengend gewesen, forderten ihren Tribut. Doch Ausruhen war momentan einfach nicht drin. Dafür gab es am Institut zu viel zu tun und Jan Böhme war wieder nicht zum Dienst erschienen. Er musste dringend mit dem Mitarbeiter sprechen. Frau Landau, seine Sekretärin betrat den Raum und brachte die Post.

»Hat Jan sich gemeldet?«

Sie schüttelte den Kopf.

»Versuchen Sie noch mal, ihn zu erreichen.«

Er begann, die Umschläge flüchtig durchzublättern, als Frau Landau auch schon zurückkehrte. »Ist nicht da oder geht nicht dran. Weder Festnetz noch Handy«, erklärte sie knapp.

»Das gibt es doch gar nicht«, murmelte der Rechtsmediziner und sah auf den heutigen Plan. Spontan beschloss er, dem Mitarbeiter persönlich einen Besuch abzustatten. Da konnte doch etwas nicht mit rechten Dingen zugehen. Vielleicht brauchte Jan Böhme Hilfe? Lebte er nicht allein? Dr. Choui wurde bewusst, dass er so gut wie nichts über den jungen Mediziner wusste. Irgendwie hatte er ein seltsames Gefühl, was den Mann anging. Er konnte es zwar nicht begründen, aber gerade deshalb wollte er der Sache auf den Grund gehen. »Dr. Lutz soll meine Sektion übernehmen«, sagte er zu Frau Landau, die ihren Chef mit zusammengekniffenen Augen dabei beobachtete, wie er seinen Kittel auszog.

»Richte ich aus«, bestätigte sie, als Dr. Choui das Büro verließ.

Er lief zu seinem Wagen, der direkt auf dem Parkplatz des Rechtsmedizinischen Instituts stand, und gab Jan Böhmes Adresse in sein Navigationssystem ein. Ihm war nur bekannt, dass der Mitarbeiter nicht weit entfernt wohnte, wo die angegebene Adresse allerdings genau lag, wusste er nicht. Zum Glück gab es Navis – ohne die wäre er, insbesondere bei Außeneinsätzen, manches Mal ganz schön aufgeschmissen. Nur ungern erinnerte er sich an die Zeit zurück, in der man über derlei Hilfen nicht verfügte und mit zerfledderten Straßenkarten durch die Gegend irrte.

Wenige Minuten später erreichte er die Straße und das

Haus, in dem Jan Böhme wohnte. Was er nicht fand, war ein Parkplatz. »Unglaublich«, entfuhr es ihm, als er die lange Reihe parkender Autos sah, ohne auch noch die kleinste Lücke dazwischen. Mehrmals kreiste er um den Block, bis er schließlich Glück hatte und ein Anwohner wegfuhr. Schnell lenkte er seinen Wagen in die Lücke, bevor ihm jemand zuvorkommen konnte. Er atmete tief durch, als er den Motor abstellte und ausstieg. Wenn er hier wohnen würde, wäre er mit Sicherheit Fahrradfahrer oder Fußgänger. Ein freier Parkplatz war in dieser Gegend anscheinend wie ein Sechser im Lotto. Diese Suche jeden Abend? Na, vielen Dank!

Ein paar Schritte musste er nun ohnehin gehen. Nett war es ja, Altbau an Altbau reihte sich in dieser Straße aneinander. Billig sind die Mieten hier sicherlich nicht, überlegte Dr. Choui. Und dafür dann jeden Abend die endlose Kreiserei, um den Wagen abstellen zu können? Stellplätze oder Tiefgaragen gab es augenscheinlich keine.

Er erreichte das gesuchte Haus und stieg die Stufen zum Eingang hinauf. Ein kurzer Blick genügte ihm, schon hatte er den Klingelknopf, neben dem Jan Böhmes Namensschild prangte, gefunden. Er legte den Finger auf den schwarzen Knopf, doch auch nach einem aufdringlichen Dauerklingeln öffnete niemand. »Mhm«, brummte Dr. Choui. Wieder überlegte er, dass der Mitarbeiter im Krankheitsfall doch eigentlich zu Hause zu sein hatte. Oder war ihm doch etwas zugestoßen? In seiner Laufbahn war er schon zu einigen Fällen hinzugerufen worden, in denen Leichen tagelang oder sogar noch länger unentdeckt in ihren Wohnungen gelegen hatten. Wahrscheinlich war es übertrieben, gleich an derartige Szenarien zu denken, aber die Bilder schoben sich unweigerlich vor sein inneres Auge.

Glücklicherweise wurde die schwere Eingangstür geöffnet und eine ältere adrette Dame verließ das Wohnhaus. Schnell streckte Dr. Choui die Hand aus, um die Tür am Zufallen zu hindern, und schlüpfte in den Flur. Der Position der Klingel nach zu urteilen, lag Böhmes Wohnung im zweiten Stock und Dr. Choui stieg die Treppe hinauf. Oben schnüffelte er zunächst, doch Gott sei Dank roch es nicht nach Verwesung, sondern nach nassem Hund und angebratenen Zwiebeln.

Neben der hölzernen Wohnungstür mit Glaseinsatz befand sich ein weiterer Klingelknopf, den er drückte. Diesmal tat sich etwas, allerdings in der Wohnung nebenan. Eine junge Frau öffnete die Tür und streckte den Kopf heraus. Im Inneren der Wohnung schrie ein Kind, das wahrscheinlich durch sein Dauergeklingel geweckt worden war.

»Mensch, Jan ist nicht da«, zischte ihm die Nachbarin auch schon zu.

»Können Sie mir sagen, wo er ist?« Dr. Choui ging einige Schritte auf die Frau zu.

Die musterte ihn von oben bis unten. »Wer will das wissen?«

»Dr. Choui, ich bin Herrn Böhmes Chef.«

Immer noch taxierte die Frau ihn misstrauisch. Wahrscheinlich weiß sie, wo ihr Nachbar arbeitet, schoss es ihm durch den Kopf. Er versuchte zu lächeln, denn vielen Menschen war der Beruf des Rechtsmediziners suspekt.

»Nee, ich habe keine Ahnung, wo der steckt. Hab den schon seit Wochen nicht gesehen. Genau genommen nicht, seit der von so einer Tussi abgeholt worden ist.«

»Tussi?«

»Na, so eine Aufgebrezelte.«

Dr. Choui nickte und schaute sich nun seinerseits die Frau näher an. Wahrscheinlich erschien beinahe jede normal gekleidete Frau der Mutti im Jogginganzug als überkandidelt. Aber dass Jan Böhme hier schon seit Wochen angeblich nicht aufgeschlagen war, fand er höchst seltsam.

»Und sonst? Haben Sie vielleicht mitbekommen, wo die beiden hinwollten?«

»Ich belausche doch meine Nachbarn nicht«, empörte sich nun die Frau. Mit ihrer lauter werdenden Stimme schwoll zeitgleich das Babygeschrei im Inneren der Wohnung an. Das allerdings schien die junge Mutter gar nicht zu registrieren. »Ich habe die nur ein paar Mal zusammen hier gesehen. Nehme an, das war seine Freundin, obwohl die ehrlich gesagt nicht zu Jan passte.«

»Wieso nicht?«

Jetzt blickte die Frau sich doch kurz um, ehe sie einen Schritt auf ihn zumachte. »Der Jan, das ist doch so ein ganz netter. Sehr anständig und solide.«

»Aha«, entfuhr es Dr. Choui, der diese Ansicht nach den letzten Vorkommnissen nicht ganz teilen konnte.

»Und diese Tussi, also wie die mich angeschaut hat. Als sei ich unter ihrem Niveau. So von oben herab war die. Als sei die etwas Besseres.«

Noch immer schien die Nachbarin sich über das Verhalten der vermeintlichen Freundin Jan Böhmes zu ärgern. Jedenfalls schüttelte sie verächtlich den Kopf, ehe sie sagte: »Also ich nehme an, die hat den Jan irgendwo mit reingezogen.«

Peer hatte sich mit Boateng vor der gewebeverarbeitenden Firma in Norderstedt verabredet. Lag ja für ihn auf dem Weg. Beinahe schweren Herzens hatte er St. Peter-Ording verlassen, das sich ihm von seiner besten Seite präsentiert hatte. Strahlend blauer Himmel, Sonnenschein und eine frische Brise, die die Oberfläche des Meeres leicht gekräuselt hatte. Auf der einen Seite wäre er gerne geblieben, anderseits drängte es ihn, die Ermittlungen in dem Fall voranzutreiben. Wahrscheinlich gab er auch deshalb ordentlich Gas, als er bei Heide die A 23 erreichte.

Trotzdem war Michael Boateng nicht zuletzt aufgrund der kürzeren Anfahrt vor ihm da. Wie besprochen, wartete er jedoch in seinem Auto, ein bisschen abseits des Geländes. Als er Peers Wagen ausmachte, stieg er aus und hob die Hand zum Gruß.

»Ist verdächtig ruhig hier«, kommentierte er gähnend, nachdem Nielsen ebenfalls geparkt hatte und ausgestiegen war.

Trotz der dunklen Hautfarbe glaubte Peer auszumachen, wie blass Boateng im Grunde genommen war. Auf jeden Fall sah er müde aus.

»Hast du was von Jens gehört?«

Boateng schüttelte den Kopf. »Nee, bin direkt hierhergekommen.«

»Von der Observation bei Öztürk?«

»Ja. Und bevor du fragst, nein, auch da gibt es nichts Neues. Wieder alles ruhig. Genau wie hier.«

Sie blickten zu dem Gelände hinüber. Hinter einem hohen Metallgitterzaun lagen mehrere Gebäude. Betrieb schien anscheinend keiner zu herrschen. Auf dem Vorplatz standen nur vereinzelt ein paar Wagen, Leute waren keine zu sehen. »Vielleicht arbeiten die immer nur, wenn es Spenden gibt?« Boateng inspizierte angestrengt das Gelände durch den Zaun hindurch.

»Kann ich mir nicht vorstellen. Sporadisch kann man solch eine Firma bestimmt nicht führen. Da gibt es doch Personal, wahrscheinlich Maschinen und Apparate, die in Betrieb sind.« Peer hatte keine Ahnung, wie das menschliche Gewebe genau bearbeitet und vor allem auch gelagert wurde. Er wusste zwar, dass es wie Medikamente gehandelt wurde, aber man konnte wohl kaum in eine Apotheke gehen und eine neue Hornhaut verlangen?

»Außerdem bekommen die doch bestimmt von überall her Leichengewebe.«

»Schon, kommt aber sicherlich auf die Kooperationen mit den Rechtsmedizinischen Instituten an. Vielleicht läuft es im Moment bei denen schlecht?« Boateng konzentrierte sich bei ihrer Unterhaltung weiter darauf, das Gelände nach möglichen Hinweisen abzusuchen.

»Dr. Choui hat doch gesagt, dass das Hamburger Institut mit dieser Firma zusammenarbeitet. Und die haben da wahrlich genug Leichen.«

»Stimmt und Jens hat mir erzählt, dass die dort auch aktiv Hinterbliebene ansprechen, ob die einer Gewebespende zustimmen.«

»Ehrlich?« Peer zog die Augenbrauen hoch, während Michael nickte.

»Denk doch nur daran, wie viel Geld damit zu verdienen ist«, erinnerte ihn Boateng an das Gespräch mit Dr. Choui. »Schließlich ist das höchstwahrscheinlich auch das Motiv unserer Bande.«

»Verdient denn eigentlich auch das Institut daran?«

»Na, ganz umsonst werden die kaum arbeiten. Die Frage ist nur, wie das verteilt wird.«

Die Antwort darauf war in ihrem Fall sehr interessant, denn wie viele Leute brauchte es für derart illegale Aktivitäten? Einen, der die Leichen beschaffte – vielleicht zwei, denn das Ausheben der Gräber war körperlich anstrengende Arbeit. Zwar hatten sie bisher nur den toten rumänischen Fahrer, aber wer sagte, dass der alleine im Wagen gesessen hatte? »Sag mal, hatte die Spusi damals etwas in dem verunglückten Transporter gefunden, was auf einen weiteren Täter hinwies?«

»Nicht, dass ich wüsste.«

»Und die Zeugin? Hat die etwas gesehen?«

Boateng löste seinen Blick von dem Gelände und wandte sich Peer zu.

»Du meinst, da war noch jemand in dem Wagen und der ist abgehauen?«

»Wieso nicht? Oder kannst du dir vorstellen, dass dieser Rumäne die vielen Leichen tatsächlich alleine ausgegraben und in den Kleinlaster geschleppt hat?«

Michael runzelte die Stirn. Darüber hatten sie in der Tat noch nie nachgedacht. Aber Frau Vossen hatte nichts in die Richtung erwähnt. Oder war der zweite Täter eventuell vor ihrem Eintreffen geflohen? Er holte aus der Innentasche seiner wetterfesten Jacke das Merkbuch. »Das sollten wir in der Tat noch einmal überprüfen«, murmelte er, während er sich Notizen machte. Wo hatten die Täter überhaupt so schnell Ersatz gefunden? Oder machte der eventuelle Komplize des Fahrers alleine weiter?

»Dann braucht es eigentlich nur noch einen kundigen Mediziner und eventuell den Inhaber dieser Firma«, Peer deutete mit einem Kopfnicken hinüber auf das Firmengelände.

»Ja, aber die Öztürks stecken da mit Sicherheit auch mit drin. Da bin ich mir ziemlich sicher. Und vielleicht hat dieser Mitarbeiter aus der Müllverbrennung doch etwas damit zu tun.«

»Die Leichen können dort aber nicht vollständig verbrannt worden sein. Das hast du ja nun selber noch mal bestätigt bekommen.«

»Die arbeiten da allerdings mit Lauge und schau mal, was da hinten steht.«

Boateng wies auf ein paar große Kunststoffbehälter zwischen Haupt- und einem kleineren Nebengebäude. Nielsen inspizierte die blauen Becken. Hatte Michael recht und die restlichen Leichenteile wurden in diesen Plastikwannen in Natronlauge einfach aufgelöst?

»Ich denke, wir sollten den Laden mal etwas genauer unter die Lupe nehmen, was meinst du?«

Ohne eine Antwort abzuwarten, trat Peer einen Schritt zur Seite und drückte den Klingelknopf, den er neben dem Tor gefunden hatte. Beinahe augenblicklich ertönte ein Summen und der Metallzaun vor ihnen fuhr ratternd zur Seite.

21. KAPITEL

Dr. Chouis Forscherdrang war geweckt. Was hatte es mit dem verschwundenen Jan Böhme auf sich? Und wer war diese Frau, von der die Nachbarin gesprochen hatte? War sie für das Verschwinden seines Mitarbeiters verantwortlich? Von Natur aus neugierig, hatte Dr. Choui diese Angewohnheit heute jedoch aus seinem Sektionssaal in sein Büro verlagert. Und seine Nachforschungen galten heute auch nicht etwaiger Todeszeitbestimmungen oder anderen medizinischen Phänomenen, sondern dem Hamburger Telefonbuch. Er versuchte, mögliche Verwandte von Jan Böhme ausfindig zu machen. Soweit er wusste, war der junge Rechtsmediziner in Hamburg geboren und aufgewachsen, da gab es aller Wahrscheinlichkeit nach noch Familienangehörige in dieser Stadt.

Obwohl die Liste der Einträge unter dem Namen »Böhme« nicht gerade kurz war, beschloss Dr. Choui, die Leute der Reihe nach anzurufen. Außer einer schwerhörigen alten Dame, die nach langem Überlegen zu der Erkenntnis kam, keinen Jan Böhme zu kennen, und drei Ansagen auf dem Anrufbeantworter, konnte er jedoch zunächst nichts erreichen. Aufgeben kam für ihn allerdings nicht infrage. Er nahm einen Schluck Kaffee, straffte die Schultern, fuhr mit dem Zeigefinger die

Spalte der möglichen Verwandten ab und wählte die nächste Nummer in der Liste.

»TÜÜÜT. TÜÜÜT. TÜÜÜT. TÜÜ… Böhme?«

Vor Schreck ließ Dr. Choui beinahe den Hörer fallen. Irgendwie hatte er gar nicht mehr damit gerechnet, dass jemand seinen Anruf entgegennahm und wenn er ehrlich war, hatte er gedanklich bereits aufgelegt.

»Ja«, räusperte er sich. »Choui ist mein Name. Ich bin …«

»Dr. Choui?«, klang es überrascht aus dem Hörer.

»Ja?« War er hier richtig? Woher kannte die Frau am anderen Ende seinen Namen?

»Sie sind doch Jans Chef, richtig?«

»Ja«, entgegnete er mit einem leichten Seufzer, als ihm bewusst wurde, dass er diesmal anscheinend die richtige Nummer gewählt hatte.

Wie sich herausstellte, war die Angerufene die Mutter des verschwundenen Rechtsmediziners.

»Jan?«, überlegte sie, nachdem Dr. Choui ihr den Grund seines Anrufes kurz erläutert hatte. »Mhm. Weiß nicht. Habe auch lange nichts von ihm gehört.«

Enttäuschung breitete sich in Dr. Choui aus. Er schluckte. »Was heißt denn ›länger‹?«

»Na, sonst meldet er sich beinahe täglich. Aber seit seinem letzten Besuch vor gut einer Woche hat er sich weder blicken noch hören lassen.«

»Kennen Sie seine Freundin?«

»Ach, mein Sohn hat eine Freundin? Seit wann das denn?«

In dieser Richtung kam er hier also auch nicht weiter.

»Haben Sie eine Ahnung, wo er sein könnte? Hat er angedeutet, dass er in der nächsten Zeit etwas weg wollte?«

Eine kurze Pause entstand. »Ja, also wenn Sie nicht angerufen hätten ...«, Frau Böhme stockte, fuhr dann jedoch fort: »Hätte ich gesagt, er sei auf der Arbeit. Er hat mir erzählt, er hätte schrecklich viel zu tun, sei im Stress. Deshalb kam er angeblich in der letzten Zeit auch so selten vorbei.«

Dr. Choui konnte sich diesen Umstand nicht erklären. Eigentlich war es im Institut in den vergangenen Wochen eher ruhig zugegangen. Bis es diesen Leichenfund in dem verunglückten Transporter gegeben hatte. Aber sonst? Besonders viel Stress, wie er behauptete, konnte Jan Böhme nicht gehabt haben.

»Hat er denn erzählt, wieso er so viel zu tun hatte?«

»Na, wohl wegen seiner Beförderung.«

»Beförderung?« Dr. Choui war mehr als überrascht.

»Er ist doch befördert worden, oder? Verdient jetzt wohl mehr Geld. Jedenfalls hat er mir einen Scheck geschickt und gesagt, ich solle es mir einmal richtig gut gehen lassen.«

Peer und Michael traten durch das Tor, das sich wie von Geisterhand geöffnet hatte, doch gleich darauf sahen sie einen Mann in einem weißen Kittel auf sie zugeeilt kommen.

Nielsen kramte nach seiner Dienstmarke und hielt sie

dem Unbekannten entgegen. »Polizei Hamburg. Wir haben ein paar Fragen an Sie!«

Der Weißbekittelte blieb plötzlich stehen. »Polizei?«, fragte er mit dünner Stimme.

Peer nickte.

»Was wollen Sie?«

»Können wir das vielleicht drinnen besprechen?«, mischte sich Boateng ein, der gerne auch das Innere des Gebäudes inspizieren wollte.

»Haben Sie einen Durchsuchungsbefehl?«

»Haben Sie denn etwas zu verbergen?«, rutschte es Peer heraus.

Sein Gegenüber schluckte. »Natürlich nicht.« Der Adamsapfel des Mannes hüpfte auf und ab. »Es ist nur so, wir arbeiten hier mit hochsensiblem Material und …«

»Das ist uns bekannt«, unterbrach Boateng ihn. »Deswegen sind wir hier.«

»Wirklich?«

»Ja«, antworteten Peer und Michael im Chor.

»Also, wenn das so ist.« Der Mann trippelte von einem Fuß auf den anderen. Ganz offensichtlich wusste er nicht, was er tun sollte. »Na gut, dann kommen Sie«, forderte er sie schließlich auf und drehte sich um.

Die beiden folgten dem wehenden Kittel. Sie mussten sich anstrengen, mit dem Mann Schritt zu halten, der auf den Eingang zueilte. Vielleicht will er jemanden warnen, schoss es Peer durch den Kopf und legte noch einen Zahn zu.

Als sie das Gebäude betraten, wirkte alles sehr ruhig. »Hier entlang, bitte!«, forderte der Bekittelte sie auf und trieb sie an, ihm in einen abgelegenen Raum zu folgen.

Peer gehorchte eilig, während Boateng in aller Ruhe die Umgebung in Augenschein nahm. Doch auf den ersten Blick fiel ihm nichts auf und weitere Personen konnte er nicht ausmachen. Auch das Büro, in das der Mann sie führte, war leer.

»Arbeiten Sie alleine hier?«, fragte Peer und folgte der Aufforderung, auf einem abgewetzten Stuhl Platz zu nehmen.

»Kaffee?«, entgegnete der andere, ohne auf die Frage zu antworten.

Die beiden lehnten dankend ab. »Also, sind Sie ganz alleine hier? Ich dachte, Ihre Firma ist eine der führenden gewebeverarbeitenden Unternehmen in Deutschland?«

Die Augen des Mannes schwollen zu großen dunklen Löchern an. »Wie kommen Sie darauf?«

»Na, die Hamburger Rechtsmedizin arbeitet, soweit uns bekannt ist, mit Ihnen zusammen.«

»Ja, aber erst seit Kurzem. So lange gibt es diese Firma noch nicht.«

»Nicht?« Boateng zog beide Augenbrauen in die Höhe.

»Nein, wir sind relativ neu am Markt. Daher befindet sich das Unternehmen auch quasi noch im Aufbau.«

»Aufbau?«, fragte Peer. Er konnte sich kaum vorstellen, dass Dr. Choui mit einem Newcomer in dem

Bereich zusammenarbeitete. Schätzte er den Rechtsmediziner falsch ein oder gab es noch eine andere Firma in Norderstedt?

Die letzte der beiden Fragen verneinte der Mann. »Außerdem gibt es immer noch wenig Spender. Wir versuchen zwar momentan noch weitere Institute zu einer Zusammenarbeit zu bewegen, aber wie gesagt, das ist alles noch im Aufbau.«

»Heißt?«, hakte Boateng ein. »Wie viele Spenden verarbeiten Sie momentan pro Tag?«

Ihr Gesprächspartner, der sich immer noch nicht namentlich vorgestellt hatte, rutschte auf seinem Stuhl hin und her. »Momentan sieht es leider so aus, dass wir ein paar personelle Probleme haben, und ...«

Peer kniff die Augen zu engen Schlitzen zusammen und nahm den Mann ins Visier. Er wirkte zu nervös auf ihn. Pausenlos klimperte er mit den Augenliedern und wippte auf dem Stuhl hin und her. »Also?«, hakte er nach, als der andere nicht weitersprach.

Der Mann holte tief Luft und dann platzte es aus ihm heraus: »Im Moment sind hier die Arbeiten ins Stocken geraten«, entgegnete er mit gepresster Stimme.

Dr. Choui konnte sich auf die Äußerungen der Mutter von Jan Böhme keinen Reim machen. Die angebliche Beförderung hatte nie stattgefunden, vielmehr galt der junge Rechtsmediziner aufgrund seiner Leistungen und seines Verhaltens ja als Abschusskandidat. Erst recht, da er keine Hilfestellung annehmen wollte. Eine

Gehaltserhöhung hatte es also definitiv nicht gegeben und irgendwie hatte Dr. Choui sich verpflichtet gefühlt, die Frau über die wahren Tatsachen aufzuklären.

Die arme Frau war aus allen Wolken gefallen. »Aber woher, um alles in der Welt, hat er dann die 5.000 Euro?«

Nun war diese Summe in Dr. Chouis Augen zwar kein Vermögen, aber so eben mal vom Gehalt abknapsen ließ sie sich wahrscheinlich auch nicht. Zumal Jan Böhme auch noch eine teure Freundin zu haben schien, wenn man den Äußerungen der Nachbarin Glauben schenken durfte.

Das Telefonat mit Frau Böhme hatte Dr. Chouis ungutes Gefühl noch verstärkt, insbesondere weil sein Mitarbeiter immer noch nicht wieder aufgetaucht und nach Auskunft von Chouis Sekretärin auch zwischenzeitlich telefonisch nicht zu erreichen war.

Unruhig tigerte der Rechtsmediziner in seinem Büro auf und ab, unschlüssig, was er tun sollte. Schließlich nahm er wieder den Telefonhörer in die Hand und wählte Nielsens Nummer.

»Na ja, wir können dem Typen schlecht zum Vorwurf machen, dass er keine Aufträge hat.«

Peer und Michael hatten das Gelände der gewebeverarbeitenden Firma verlassen und standen wieder vor dem verschlossenen Tor.

»Aber gerade dieser Umstand macht das Unternehmen doch verdächtig!« Boateng warf einen grimmigen Blick zurück zu dem Gebäude. »Wenn die wirklich zu wenig Spendermaterial bekommen haben, sind sie vielleicht so auf die Idee mit dem Leichenklau gekommen.«

Peer seufzte. »Du hast ja recht. Aber aufgrund von bloßen Verdächtigungen bekommen wir keinen Durchsuchungsbeschluss. Das weißt du. Wir brauchen zumindest einen Anfangsverdacht.«

»Weiß ich«, maulte Boateng und ärgerte sich einmal mehr über die strengen Gesetze. Im Grunde genommen sah er die Notwendigkeit solcher Vorschriften ja ein, aber in ihrem Fall erschwerten sie schlichtweg die Aufklärung des Falls. Wie sollten sie denn an Beweise kommen, wenn sie das Gelände der Firma nicht untersuchen durften? Insbesondere die verdächtigen Kunststoffbehälter.

»Die haben unter Garantie etwas damit zu tun. Oder warum herrscht da sonst Stillstand, während wir gleichzeitig in den letzten Tagen keine neuen Leichendiebstähle gemeldet bekommen haben?«

Peer seufzte. Er ärgerte sich auch über die oftmals bürokratischen Richtlinien, wusste aber, dass es nichts brachte, seine Energie damit zu verschwenden, sich darüber aufzuregen. »Ich rufe jetzt kurz im Büro an und frage, ob es etwas Neues gibt, und dann fahren wir noch mal zu der Zeugin des Unfalls. Wohnte die nicht hier in der Gegend?« Suchend kramte er in seiner Jackentasche.

»Was ist?« Boateng blickte ihn ungeduldig an.

»Mein Handy ist weg.« Mit gerunzelter Stirn durchforstete Nielsen weiter seine Jackentaschen.

»Hier, nimm meins.« Boateng hielt ihm sein Mobiltelefon hin.

Etwas ratlos nahm Peer das Gerät und suchte nach der Taste für die gespeicherten Kontakte. Da das Modell seinem ähnlich war, brauchte er nicht lange, ehe er die Nummer gefunden hatte und Jens Schnitter sich meldete. »Nee, hier ist zwar heute Morgen Telefonterror angesagt, aber etwas wirklich Brauchbares ist nicht dabei. Gestern auf dem Anrufbeantworter dieser älteren Dame haben wir allerdings einen Hinweis auf die Identität der Toten erhalten.«

»Und?«

»Wir checken das noch, aber wie es aussieht, handelt es sich bei der Toten aus dem Klövensteen um Marita Neumann.«

»Mhm.« Diese Information war gut, brachte sie aber wahrscheinlich nur dahin, dass sie ein weiteres leeres Grab auf irgendeinem der Friedhöfe in Hamburg oder der näheren Umgebung finden würden. »Sonst was?«, wollte Nielsen wissen.

Schnitter verneinte.

»Gut, dann bleibt da trotzdem dran. Und meldet euch, falls es was gibt. Michael und ich fahren jetzt noch mal zu der Vossen.«

»Weshalb?«

»Erkläre ich nachher, wenn wir zurück im Büro sind.«

Peer reichte Boateng das Telefon zurück, nachdem er sich verabschiedet hatte. »Also, du weißt wo die Zeugin wohnt?«

»Klar Chef«, grinste Boateng.

»Na, dann mal los.«

Strammen Schrittes stiefelte er zu seinem Wagen. Irgendwann mussten sie einfach auf etwas stoßen, machte er sich Mut. Die gute Stimmung und Euphorie von seiner Auszeit am Meer war beinahe verflogen. Lange hatte sie nicht angehalten, wurde ihm bewusst. Dennoch war es das Beste, sich in die Arbeit zu stürzen, ansonsten würden ihn die Gedanken an Christina womöglich auch gleich wieder einholen. Er ließ sich ins Auto gleiten und atmete erleichtert auf. Auf dem Beifahrersitz lag sein Handy.

Er nahm es zur Hand und registrierte den Anruf in Abwesenheit, der auf dem Display verzeichnet war. Sofort flammte die Hoffnung in ihm auf, es könnte Christina gewesen sein. Vielleicht wollte sie sich mit ihm treffen? Mit zittrigem Finger rief er die Liste der Anrufer auf und war augenblicklich enttäuscht. Es war nur Dr. Choui gewesen.

Was hast du denn geglaubt?, schalt Peer sich selbst. Nach dem seltsamen Treffen und Christinas abweisendem Verhalten würde sie sich von sich aus sicherlich nicht bei ihm melden. Aber was wollte der Rechtsmediziner von ihm? Hatte es weitere Leichenfunde gegeben, von denen die Polizei noch nichts wusste? Er startete den Motor und gab Boateng in seinem Wagen ein Zeichen loszufahren, während er beinahe zeitgleich die Taste für einen Rückruf drückte.

»Tut mir leid, aber Dr. Choui führt gerade eine

Obduktion durch. Kann ich etwas ausrichten?«, wurde er am anderen Ende der Leitung vertröstet.

»Kaum«, entgegnete Peer und bat lediglich um einen weiteren Anruf des Rechtsmediziners, nachdem die Sekretärin ihm bedauernd erklärt hatte, sie wüsste auch nicht, worum es ginge. Und nein, weitere Tote, die zu dem Leichenklau passten, seien nicht eingeliefert worden.

Warum also hatte Dr. Choui ihn angerufen, fragte Peer sich, während er dem Wagen seines Mitarbeiters folgte. Hatte er etwas entdeckt? Oder gab es Informationen zu der Gewebefirma? Er stöhnte. Es machte keinen Sinn, weiter herumzuspekulieren, beschloss er kurz darauf und wählte stattdessen Fritsches Nummer. Der wollte natürlich sofort den neuesten Stand der Ermittlungen erfahren, doch Peer wiegelte die Frage ab, erkundigte sich stattdessen, wie es Margot ging.

»Ich musste sie ins Krankenhaus bringen«, seufzte Fritsche in den Hörer. »Es geht ihr nicht gut. Sie bekommt Infusionen.«

Peer schluckte. Hatte sein Besuch die Frau seines Vorgesetzten zu sehr angestrengt? Hätte er früher gehen oder vielleicht gar nicht erst kommen sollen?

»Das tut mir leid«, entgegnete er. »Kann ich etwas für euch tun?«

»Nein, danke. Mach du nur deine Arbeit. Damit ist uns allen momentan am meisten geholfen.«

»Okay, nimm dir Zeit«, bot er erneut an, obwohl ihm klar war, dass ihm davon nicht mehr viel bleiben würde. Jedenfalls nicht zusammen mit Margot, denn ihr Zustand verschlechterte sich scheinbar schneller, als die Ärzte es vorausgesagt hatten.

»Wir packen das hier!« Er versuchte, seiner Stimme einen optimistischen Klang zu verleihen, obwohl er sich momentan mehr als überfordert mit dem Fall sah. Die Ermittlungen liefen drunter und drüber, ohne nennenswerte Ergebnisse, aber davon erzählte er Fritsche nichts. Der hatte momentan schließlich genug Probleme.

Als er den Wagen neben Michaels stoppte und ausstieg, merkte dieser sofort Nielsens Veränderung. »Was ist?«, fragte er daher.

»Der Frau vom Chef geht's schlechter.«

»Oh, das tut mir leid.« Etwas unschlüssig verlagerte er sein Gewicht von einem Fuß auf den anderen, bis Peer schließlich fragte, wo genau denn nun Frau Vossen wohne.

»Gleich hier in dem Block«, erklärte Boateng. »Wir könnten Glück haben, ihr Auto steht da.« Er deutete auf einen schwarzen Smart.

»Na, dann!« Nielsen straffte die Schultern und ging den schmalen Plattenweg zum Haus hinauf.

»Nummer 5«, nannte Boateng die Hausnummer und Peer fuhr mit dem Zeigefinger die Klingelschilder ab, als sie den Eingang erreicht hatten.

»Oh, Sie schon wieder!«, zischte Klara Vossen sie wenig später durch den Spalt in der Wohnungstür an. Sie wirkte schlaftrunken. Ihre Haare standen in alle Richtungen ab und als sie die Tür weiter öffnete, sahen die beiden, dass sie lediglich Schlabberhosen und einen hellblauen weiten Wollpullover trug, der ihr viel zu groß zu sein schien.

»Ich bin krankgeschrieben«, erklärte sie, während sie die beiden hinein bat. In der Wohnung herrschte absolutes Chaos, doch anders als bei vielen Frauen, schien ihr das nicht unangenehm. Ungewöhnlich, befand Peer und beobachtete Klara Vossen dabei, wie sie sich seufzend auf ein Sofa fallen ließ. Seine bisherigen Freundinnen waren äußerst pingelig gewesen. Bloß keine Unordnung und erst recht keinen Dreck. Unweigerlich musste er an Christinas Wohnung denken, die beinahe ein wenig steril gewirkt hatte.

»Frau Vossen, wir hätten da noch ein paar Fragen zu dem Unfall«, begann er und überlegte gleichzeitig, ob er sich setzen sollte. Nur wo? Die Couch war übersät mit Kissen, Decken und Zeitschriften, die beiden farblich passenden Sessel quollen vor Klamotten über.

Klara Vossen nickte und Boateng sandte Peer einen fragenden Blick zu. Wahrscheinlich dachte sein Mitarbeiter genau dasselbe wie er. Die Frau nahm gewiss Medikamente. Der Anblick des sterbenden Fahrers hatte sie wahrscheinlich mental überfordert.

»Frau Vossen«, Peer räusperte sich, »es geht noch mal um den Zeitpunkt, als sie das verunglückte Fahrzeug am Straßenrand entdeckt haben.«

»Mhm.« Klara Vossen griff nach einem Kleenex aus einer Box direkt vor ihr auf dem Tisch und begann das Tuch in ihren Händen zu zerknüllen.

»Als Sie dort ankamen, haben Sie da jemanden gesehen? Außer dem Fahrer, meine ich. Vielleicht eine Person, die sich sogar vom Unfallort entfernt hat?«

Die Hände der Zeugin hielten unvermittelt inne.

Peer sog die Luft ein. Hatte die Frau tatsächlich einen Komplizen gesehen?

22. KAPITEL

Gedanklich war Dr. Choui während der Obduktion nicht ganz bei der Sache. Die Sektion wurde jedoch hauptsächlich durch eine junge Assistenzärztin ausgeführt, sodass seine Unkonzentriertheit wenig auffiel.

Immer noch beschäftigte ihn das Verschwinden von Jan Böhme. Das unruhige Gefühl in seinem Bauch hatte sich noch einmal verstärkt.

Beinahe fieberhaft hatte er versucht, sich an das Verhalten des jungen Rechtsmediziners in den letzten Tagen und Wochen zu erinnern. Aber außer dem häufigen Fehlen des Arztes und seinen unterdurchschnittlichen Leistungen war ihm nichts aufgefallen. Oder hatte er etwas übersehen? Hätte er aufmerksamer sein müssen? Zugegeben, in der letzten Zeit hatte er sich verstärkt um seine Forschungen gekümmert. Vielleicht hatte er sich zu sehr darauf fokussiert und andere Dinge dadurch vernachlässigt? Ihm trat plötzlich der Schweiß aus allen Poren, als ihm einfiel, dass das Institut den Kooperationspartner für die Gewebespenden auf Empfehlung von Jan Böhme gewechselt hatte. Ihm war das recht gewesen, da die durchaus besseren Konditionen, die diese Norderstedter Firma bot, seinen Forschungszwecken zugute kamen. Als Wissenschaftler musste man heutzutage sehen, wie man an Forschungsgelder kam. Daher hatte er nicht lange überlegt und dem Vertrag zugestimmt. Nun jedoch sah er den Wechsel in einem ganz anderen Licht. Hatte der Rechtsmediziner vielleicht auch illegal Gewebeproben entnommen und an das Unternehmen verkauft? In seinem Institut? Ohne offizielle Zustimmung? Das Unternehmen ging seinerseits wahrscheinlich sogar davon aus, dass alles seine Richtigkeit hatte. Aber es wäre für Jan Böhme ein Leichtes gewesen, die entsprechenden Unterlagen zu manipulieren. Vielleicht erklärte sich dadurch die angebliche Gehaltserhöhung?

»Dr. Choui?«

Völlig irritiert starrte er die junge Rechtsmedizinerin an, die ihn fragend anblickte. »Bitte?«

»Was Sie von den Auswüchsen an der Leber halten?«

Seine Augen inspizierten das Organ, das die Ärztin ihm entgegenstreckte. Tausend Gedankenblitze schossen durch seinen Kopf. Keinen konnte er greifen.

»Ist Ihnen nicht wohl?« Nun schaute auch noch Herr Holst, der Sektionsassistent, besorgt zu ihm hinüber.

»Ich, äh, nein. Ich muss …«

Ohne eine weitere Erklärung verließ er den Sektionsraum. Im Laufen streifte er sich die Handschuhe und den Kittel ab und eilte die Treppe – zwei Stufen auf einmal nehmend – ins Erdgeschoss hinauf.

»Frau Landau, ich brauche alle Akten zu den Gewebespendern, seit wir zu dieser Norderstedter Firma gewechselt haben.«

»Ja?« Seine Sekretärin machte ein genauso verblüfftes Gesicht wie die junge Rechtsmedizinerin und Herr Holst.

»Ja, und bitte schnell.«

Frau Landau erhob sich leicht ächzend und trippelte aus dem Raum, steckte aber kurz darauf noch einmal ihren Kopf durch die Tür. »Kommissar Nielsen bittet übrigens um einen Rückruf.

»Also Jens, habt ihr etwas Neues?« Gleich nach der Rückkehr ins Büro hatte Peer seine Mitarbeiter in den Versammlungsraum beordert, um die Ergebnisse zusammenzufassen.

»Ja, wir haben mittlerweile die Bestätigung, dass es sich bei der Leiche aus dem Klövensteen um Marita Neumann handelt. Verstorben ist die Frau vor ca. 10 Tagen an einem Gehirngerinnsel.«

Peer schluckte. Die Frau war nicht alt geworden. Nur 34 Jahre, wie Jens Schnitter bemerkte. Wie schnell das Leben vorbei sein konnte – das war ihm anhand dieses Falls bisher sehr deutlich geworden.

»Außerdem passt Frau Neumann voll in das Muster«, fuhr sein Mitarbeiter fort. »Relativ jung, noch nicht lange tot und eine Anzeige im Hamburger Abendblatt. Die Jungs von der Spusi sind schon dabei, das Grab zu untersuchen, aber die Wahrscheinlichkeit, Spuren zu finden, ist relativ gering.«

»Gab es denn neue Meldungen von einem der Friedhöfe?«

Carsten Hinrichs schüttelte den Kopf. »Seit wir Öztürks observieren, nichts Neues.«

»Hm.« Peer kratzte sich am Kinn. Der Unternehmer der Autovermietung musste Wind von der Beschattung seiner Firma bekommen haben. Anders war kaum zu erklären, warum die Täter gerade jetzt mit dem Leichenklau aufgehört hatten, oder? Der Unfall und die Entdeckung der Polizei hatten sie jedenfalls nicht gestoppt, doch nun, wo sie auf der Lauer lagen, traute sich die Bande verständlicherweise nicht, zuzuschlagen. Wenn sie den Tätern aber eine Falle stellten? Es wäre ein Leichtes, dem Inhaber von dem Abbruch der Observation zu erzählen. Und wenn der sich wieder in Sicherheit wiegte, würde es eventuell wieder zu Aktivitäten kommen.

Er stellte seine Idee zur Diskussion und die Mitarbeiter stimmten ausnahmslos zu, wahrscheinlich nicht zuletzt, weil dadurch die zähen Beobachtungsstunden entfielen.

»Gut, dann beenden wir mit sofortiger Wirkung die Observation. Ich fahre nachher gleich dort vorbei und teile es Öztürk mit. Anschließend lege ich mich auf die Lauer«, beschloss Peer.

Alle in der Runde nickten bestätigend.

»Gibt es sonst noch was? Habt ihr etwas über den Öztürk aus der Müllverbrennungsanlage rausfinden können?«

»Ja«, meldete sich Lutz Bielenberg zu Wort. »Verwandt ist der tatsächlich nicht mit dem Autoverleiher, aber ich habe mich im türkischen Kulturverein bei ihm um die Ecke umgehört.«

Peer zog erstaunt seine Augenbraue hoch. »Und?«

»Einige Mitglieder dort haben bestätigt, dass beide Öztürks sich auf jeden Fall aus dem Verein kennen.«

»Gut, dann sollten wir an ihm dranbleiben«, mischte Boateng sich plötzlich ein. Alle Anwesenden blickten fragend drein. »Na, ich habe dir doch erzählt, dass die in der Müllverbrennungsanlage hochkonzentrierte Natronlauge nutzen«, erklärte er an Peer gewandt.

»Du meinst …?« Nielsen konnte den Satz nicht zu Ende bringen. Sollten die Täter tatsächlich die Leichen in Lauge aufgelöst haben? Dienten die blauen Kunststoffwannen, die sie bei ihrem Besuch auf dem Gelände der Firma gesehen hatten, tatsächlich dazu, die Reste der Leichen verschwinden zu lassen? Aber wie waren sie an das Mittel gekommen? So einfach bestellen konnte man das wohl kaum.

»Vielleicht hat Öztürk da heimlich etwas abgezweigt?«, mutmaßte Boateng. »Arbeitet der vielleicht sogar in dem Bereich?«

Jens Schnitter kontrollierte die Mitarbeiterliste der Anlage. »Nee, der ist im Kranhäuschen beschäftigt.«

»Egal«, winkte Nielsen ab. »Immerhin arbeitet er dort. Das sollten wir noch mal unter die Lupe nehmen. So grausam die Vorstellung auch ist, aber in den Krematorien haben wir nichts gefunden und auch sonst nicht. Irgendwie müssen die aber die Reste der Toten verschwinden lassen und Natronlauge ist natürlich eine Möglichkeit.«

Dr. Choui hatte sich etwas beruhigt. Er war die Akten der Gewebespenden der letzten Wochen und Monate durchgegangen, doch alles schien seine Richtigkeit zu haben. Eine Zustimmung der Spender oder der Angehörigen lag jeweils vor und auch sonst hatte er nichts Auffälliges entdecken können.

Er klappte die letzte Akte zu und lehnte sich in seinem Stuhl zurück. Der Stapel war nicht übermäßig hoch, was ihn zusätzlich beruhigte. Dennoch blieb ein unbehagliches Gefühl zurück. Was, wenn sein Mitarbeiter etwas mit den ausgehobenen Gräbern zu tun hatte? Er blickte auf seine Armbanduhr. Die Besprechung von Kommissar Nielsen müsste doch langsam beendet sein, oder?

Er griff zum Telefon und drückte die Wahlwiederholung. Nach bereits einem Klingeln wurde abgehoben.

»Nielsen?«

»Ähem«, räusperte sich der Leiter der Rechtsmedizin, der wieder einmal etwas überrumpelt war. »Hier Dr. Choui, Herr Nielsen, schön, dass ich Sie endlich erreiche.«

»Ja?«

Der Rechtsmediziner schluckte. Er wusste nicht so recht, wie und wo er anfangen sollte. Schließlich war es ein ziemlich heftiger Verdacht, den er gegen seinen Mitarbeiter hegte. Was, wenn er sich irrte?

»Es geht mir noch mal um den Fall mit dem Leichenklau. Da gehen Sie ja von illegalen Geschäften mit entnommenem Gewebe aus, richtig?«

Er hörte Peer Nielsen am anderen Ende laut atmen.
»Ihr Kollege Dr. Lutz hat uns mit der letzten Leiche auf diese Spur gebracht. Obwohl wir die Möglichkeit ja bereits vorher auch in Betracht gezogen hatten.«

»Also, hier im Institut hat natürlich alles seine Richtigkeit.«

»So?« Peer musste an die Anrufe bei den Hinterbliebenen denken, die an sich nicht verboten, aber seiner Meinung nach unter Umständen ziemlich pietätlos waren.

»Ja, ja«, versicherte Dr. Choui schnell, ehe er darauf eingehen konnte. »Es ist nur so, … einer meiner Mitarbeiter ist verschwunden.«

»Verschwunden?«

»Ja. Er ist seit Tagen nicht zum Dienst erschienen. Zu Hause ist er auch nicht, da war ich schon und seine Mutter hat gesagt, …«

»Moment mal«, stoppte Peer den Rechtsmediziner in seinem Bericht. »Soll das heißen, Sie verdächtigen einen Ihrer Mitarbeiter, in den Fall verwickelt zu sein?«

Es folgte ein kurzes Schweigen, dann glaubte Nielsen Dr. Choui schlucken zu hören. »Ja.«

23. KAPITEL

Eigentlich hätte Boateng Feierabend machen können. Er war hundemüde und seit über 30 Stunden auf den Beinen, doch der Fall schien in die heiße Phase zu gehen und natürlich wollte er dabei sein, wenn sie die Täter dingfest machten.

Peer hatte ihn gebeten, an seiner Stelle nach Altona zur Autovermietung zu fahren und Öztürk von der Aufhebung der Observation zu berichten. Nielsen selbst war ins Rechtsmedizinische Institut gefahren, um mit Dr. Choui über Jan Böhme zu sprechen und die Unterlagen des Instituts zu kontrollieren. Vielleicht hatte der Mediziner etwas übersehen?

Boateng sollte den Verleih im Auge behalten. »Vielleicht tut sich da wieder etwas, wenn die sich in Sicherheit wiegen«, hatte Peer bemerkt. »Unter Umständen kreuzt da sogar der Jan Böhme auf.«

Boateng gähnte und streckte sich kräftig, als er aus dem Wagen stieg. Er war gespannt, wie der Unternehmer auf die frohe Botschaft reagierte.

Als er eintrat, stand ein südländisch wirkender Mann im Büro. Anscheinend wollte er ein Fahrzeug mieten, doch Öztürk schüttelte den Kopf und entgegnete etwas auf Türkisch. Boateng verstand zwar nichts, doch an der

Geste des augenscheinlichen Kunden glaubte er Ärger ablesen zu können.

»Was wollte der Mann?«, fragte er daher, nachdem der Unbekannte mit energischem Schritt das Büro verlassen hatte.

Der Geschäftsinhaber winkte ab. »Ach, dem leihe ich kein Fahrzeug. Da gibt es nur Ärger.«

»Ärger wie mit dem Rumänen?«

Öztürk schluckte. »Ja, aber an Rumänen vermiete ich auch nicht mehr.«

»Wie läuft denn das Geschäft?«

»Wie soll es schon laufen?«, giftete ihn der Türke an. »Wenn hier ständig die Polizei aufkreuzt. Als wenn ich mit den Leichen in dem Transporter und dem Unfall nicht schon genug gestraft wäre.«

»Ja, aber Ihr Laden ist doch sauber. Deswegen bin ich ja hier, um Ihnen mitzuteilen, dass wir nichts gefunden haben und daher die Ermittlungen hier einstellen.«

»So?« Öztürk schaute ihn mit großen Augen an und Boateng fragte sich, ob der Unternehmer ihm diese Lüge abkaufte.

Er nickte. »Ja, ich bin nur hier, um Ihnen das zu sagen. Damit Sie auch beruhigt sind. Sie wollen hier ja schließlich in Ruhe weitermachen, oder?«

»Weitermachen?«

»Na, mit Ihrer Autovermietung!«

Öztürk nickte schnell.

»Na, dann alles Gute und ich sag mal nicht auf Wiedersehen«, grinste Michael und reichte dem Inhaber die

Hand. Der lächelte plötzlich; wünschte Boateng bei der Verabschiedung überschwänglich alles Gute.

Doch entgegen seiner Ankündigung bezog Michael, nachdem er den Hof verlassen und durch die Einfahrt auf die Max-Brauer-Allee getreten war, in seinem Wagen Posten. Er machte es sich in seinem Sitz bequem und war gespannt darauf, wie lange es wohl dauern würde, bis sich hier etwas tat.

»Nein, nein, die Akten sind alle in Ordnung.« Dr. Choui schob den Stapel Ordner zur Seite. »Aber ich fürchte, Jan Böhme könnte mit den illegalen Spenden etwas zu tun haben.«

»Inwiefern?« Peer saß dem Rechtsmediziner an dessen Schreibtisch gegenüber. An den hektischen Bewegungen seines Gegenübers konnte er die Aufregung deutlich ablesen, die den Mann dazu veranlasst hatte, ihn zu verständigen.

Dr. Choui begann stockend über seine Verdächtigungen zu sprechen. Von dem Gespräch mit der Nachbarin, der angeblichen Beförderung und dem Geldgeschenk an die Mutter bis hin zu dem Wechsel zu der Norderstedter Firma.

»Aber wieso haben Sie das nicht schon vorher gesagt?«

»Hören Sie, ich habe mir zu dem Zeitpunkt doch nichts dabei gedacht.« Der Rechtsmediziner rutschte auf seinem Stuhl hin und her und erinnerte Peer damit an ein aus dem Rhythmus gekommenes Pendel.

Nichts dabei gedacht! Immerhin hatten er und Boateng den Leiter des Instituts speziell zu dieser Thematik befragt. Da hätte man durchaus einen Zusammenhang zwischen den geklauten Leichen und einer neuen Firma am Markt der Gewebeverarbeitung sehen können, oder nicht? Vor allem wenn ein bereits auffällig gewordener Mitarbeiter den Wechsel eingefädelt hatte.

Doch auch wenn sich alles langsam zusammenfügte – noch hatten sie nicht einen einzigen Beweis. Eventuell könnte er einen Durchsuchungsbeschluss für das Norderstedter Unternehmen erwirken, aber er war sich sicher, dass man dort sehr gründlich alle Hinweise vernichtet hatte. Wahrscheinlich auch die Lauge. Das würde zumindest die letzte geschändete Leiche erklären, die die Täter anscheinend versucht hatten, im Klövensteen zu entsorgen. Vielleicht hatte das Norderstedter Unternehmen nach dem Unfall des Transporters doch Muffensausen bekommen und alles, was auf eine mögliche Verstrickung in den Fall hindeutete, beseitigt? Obwohl ja auch nach Bekanntwerden des Leichenklaus Tote entwendet worden waren. Aber vielleicht hatte die Firma, als der Fall immer höhere Wellen schlug, sich doch gegen ein Weitermachen entschieden? Erst recht, weil man wusste, dass die Autovermietung observiert wurde? Das würde das scheinbare Untertauchen Jan Böhmes erklären und auch, warum es in den letzten Tagen keinerlei Aktivitäten der Bande gegeben hatte.

Aber jetzt, wo Boateng Öztürk von der Beendigung der Observation berichtet hatte, würden die Leichendiebe vielleicht wieder zuschlagen. Sie brauchten momentan nur abzuwarten – und etwas anderes blieb ihnen im Grunde genommen auch nicht übrig.

Peer erhob sich. Dr. Choui schaute ihn verwundert an. »Was ist denn jetzt?«

Nielsen zuckte mit den Schultern. Auch wenn er nicht glaubte, dass Jan Böhme hier noch einmal auftauchen würde, wies er den Mediziner an, ihm Bescheid zu geben, falls der Mitarbeiter hier erschien oder sich melden sollte. »Und besorgen Sie ein Foto und eine Beschreibung von Jan Böhme. Ich veranlasse eine Fahndung nach dem Mann.« Dann verabschiedete er sich.

Als er das Institut verließ, fuhr gerade ein Leichenwagen vor. Der Tod machte halt nie Feierabend – ebenso wie Peer. Trotzdem hielt er einen Moment inne und beobachtete, wie der dunkle Kombi vor den Seiteneingang fuhr und ein Mann in schwarzem Anzug ausstieg. Unweigerlich musste er an Margot Fritsche denken. Wie es ihr wohl ging? Ob sein Chef klarkam? Trotz aller Querelen in der letzten Zeit mochte er Gerhard Fritsche sehr gern. Er kümmerte sich, hielt sein Wort, stand zu ihm – fast wie ein Vater. Er spürte das dringende Bedürfnis, mit ihm zu sprechen. Vielleicht hatte er einen Ratschlag, was sie in diesem Fall noch tun konnten. Doch sein Anruf wurde lediglich von der Mailbox beantwortet, auf der Peer allerdings keine Nachricht hinterließ. Er half seinem Chef ohnehin wahrscheinlich am meisten, indem er endlich diesen spektakulären Fall löste.

Er stieg endlich in seinen Wagen und startete den Motor. Während seiner Fahrt durch den Feierabendverkehr rief er Boateng an.

»Nee, hier tut sich nichts. Ist aber auch noch zu früh, nehme ich an.«

»Wie hat Öztürk denn überhaupt aufgenommen, dass seine Firma angeblich aus unserem Fokus ist?«

»Glaube schon, dass der das geschluckt hat. Und was gab es Neues in der Rechtsmedizin?«

»Viel mehr als die Vermutung, dass dieser Jan Böhme etwas mit dem Leichenklau zu tun hat, haben wir nicht. Werde eine Fahndung veranlassen, aber das Institut scheint sauber.«

»Soweit man bei denen von sauber sprechen kann.« Boateng war nach wie vor leicht geschockt über die Vorgehensweise der Rechtsmedizin bei potenziellen Gewebespendern. Bei Organen verstand er ja, dass man ohne eine funktionierende Leber, Niere und Lunge nicht weiterleben konnte, aber Sehnen oder Knochenersatzteile? War das wirklich notwendig?

»Das sieht man meist anders, wenn man selbst betroffen ist«, erwiderte Peer auf Michaels Einwände. Ihm war die Vorstellung, mit der Hornhaut eines Toten oder dessen Sehnen durch die Welt zu spazieren, zwar auch nicht geheuer, aber anders als sein Mitarbeiter hatte er anscheinend weniger Skrupel. Als Verbraucher wusste man heutzutage ohnehin nicht immer, was sich in den vielfältigen Produkten, die man so freizügig konsumierte, befand. Und besser war es seiner Ansicht nach, man fragte erst gar nicht danach.

»Würde es dir etwas ausmachen, wenn ich kurz nach Hause fahre, um mich frisch zu machen, und dich dann erst danach ablöse?« Peer dachte an Fritzchen, der sicherlich auch schon an der Scheibe seines Terrariums scharrte.

»Kein Problem. Lass dir Zeit.«

Das ließ sich Nielsen nicht zweimal sagen. »Danke.«

Eine gute Stunde später stand er frisch geduscht vor seinem Badezimmerspiegel und rasierte sich. Die Dusche hatte ihm gut getan. Er fühlte sich ein wenig entspannter und pfiff sogar ein Lied. Seine losgelösten Gedanken verselbstständigten sich in dieser lockeren Atmosphäre. Vor Peers innerem Auge erschienen plötzlich die Bilder aus der Nacht mit Christina. Das Blut verlagerte sich aus seinem Kopf in weiter unten gelegene Regionen und er spürte, wie sein Glied anschwoll. Christina – ihre samtige Haut, die sich so gut anfühlte unter seinen Fingern. Ihre vollen Lippen, die gierig die seinigen gesucht hatten. Ihr biegsamer Körper, der sich aufbäumte vor Lust. Einer Lust, die sie warm und feucht machte, sodass er einfach in sie hineinglitt. Er ließ den Rasierer ins Waschbecken fallen, seine Hand umfasste seinen Penis. Fest. Er stöhnte leicht, als er den Griff noch einmal verstärkte und seine Hand einen Rhythmus anschlug, dem er sich hingab. Er warf den Kopf in den Nacken, während er schneller und schneller die Bilder von Christinas bebendem Körper aus seiner Erinnerung abspulte und dabei zeitgleich immer heftiger seinen Penis rieb. Er versuchte, das Kopfkino an das Gefühl in seinem Unterleib zu koppeln und den Moment auszudehnen, doch der Druck war derart groß, dass er nur wenige Sekunden später einen kehligen Laut an die Decke des Badezimmers schickte, während sein Glied zu explodieren schien. Ihn fröstelte, er zitterte und gleichzeitig spürte er die Hitze in sich. Er atmete tief durch, hielt die Augen einen Moment lang noch geschlossen, ehe er in den Spiegel blickte. Er musste diese Frau haben – und zwar nicht nur in seiner Fantasie.

Er wischte die Spermaspuren vom Boden und Waschbeckenrand. Wusch sich die Hände, beendete seine Rasur und schlüpfte in frische Klamotten. Gleich darauf schlug er die Tür hinter sich zu und eilte die Stufen ins Erdgeschoss hinunter.

»Lass dir Zeit«, hatte Boateng gesagt. Wenn er sich jedoch beeilte, konnte er kurz bei Christina vorbeischauen, ehe er Michael ablöste.

Während der Fahrt dorthin würde ihm ein Vorwand einfallen, unter dem er sie sprechen musste. Vielleicht etwas über den Friedhof, grübelte er und fuhr zu Christinas Wohnung in Ottensen. Er parkte ein Stück entfernt an der Straße, denn er brauchte noch einen Moment, ehe er ihr gegenübertrat. Vielleicht konnte er ihr etwas über die Kugel erzählen, die ihren Vater getötet hatte? Nein, das würde sie nur wieder runterziehen und das wollte er ihr nicht antun. Obwohl – vielleicht brauchte sie dann Trost? Unschlüssig fuhr Peer sich über das Kinn und blickte zu ihrem Eingang hinüber. Er versuchte, das Gefühl, das ihn in seinem Badezimmer ergriffen hatte, wieder heraufzubeschwören. Er musste diese Frau haben.

Seine Hand umfasste den Türöffner seines Wagens, dann stockte er. Christina war aus dem Haus getreten. Umwerfend wie immer schritt sie auf hochhackigen Pumps mit einer eleganten Tasche am Arm zu ihrem Kleinwagen. Gebannt verfolgte Peer jeden ihrer Schritte. Und dann sah er die Rücklichter ihres Golfs aufleuchten und sich langsam entfernen.

Ich muss diese Frau haben. Ohne großartig nachzudenken, startete Nielsen den Motor und folgte ihr in Richtung Autobahn.

Wo wollte Christina wohl hin? Was hatte sie vor? Peer gab Gas, um den hellen Golf nicht aus den Augen zu verlieren. Am Kreuz Nordwest fuhr Christina auf die A 23, doch nur eine kurze Strecke, denn in Pinneberg verließ sie die Autobahn schon wieder. Peer hielt Abstand. Christina kannte seinen Wagen, sollte ihn auf keinen Fall entdecken. Doch die Tochter des toten Friedhofgärtners schien relativ unbesorgt, blickte anscheinend selten in den Rückspiegel, denn bis sie schließlich vor einem kleinen Hotel hielt, hatte sie offensichtlich nichts von seiner Verfolgung bemerkt.

Was wollte Christina Thomsen hier? Peer blickte verwundert zu dem kleinen Gasthaus hinüber. Hatte sie hier vielleicht einen Geschäftstermin oder traf sie eine Freundin? Dass sie selbst hier nächtigen wollte, schloss er so gut wie aus. Das Hotel und die Umgebung waren nun überhaupt nicht ihr Stil. Oder hatte sie es gerade deshalb ausgesucht? Vielleicht weil sie sich mit einem verheirateten Liebhaber traf? Peer schluckte und hielt seinen Blick beharrlich auf das kleine Hotel gerichtet.

Was spielte sich hinter diesen Mauern ab? Er trommelte mit seinen Daumen aufs Lenkrad. Einmal, zweimal. Er hielt inne. Nein, er wollte es jetzt wissen. Schwungvoll stieß er die Tür auf, nur um sie gleich darauf wieder zuzuziehen und sich hinter das Steuer zu ducken. Christina war aus dem Hotel gestürmt. Ein Mann verfolgte sie, versuchte sie am Arm festzuhalten. Peer hielt den Atem an. Wer war der Mann? Ganz offensichtlich hatten die beiden einen Streit. Hatte sie vielleicht Schluss gemacht? Er holte Luft. Der junge, blonde Mann redete jedenfalls wild gestikulierend auf sie ein, während Christina sich in alle Richtungen umblickte. Peer rutschte noch tiefer in den Sitz. Auf keinen Fall durfte sie ihn entdecken. Sollte sie sich seinetwegen von dem Mann getrennt haben, war es denkbar ungünstig, wenn sie ihn nun hier sah, wie er ihr nachspionierte. Dann hätte er mit oder ohne anderen Liebhaber sowieso keine Chance mehr bei ihr.

Doch was war das? Versöhnten die beiden sich da etwa gerade? Peer blinzelte mehrmals. Der Blonde hatte seinen Arm um Christinas Taille gelegt und zog sie zu sich heran. Der Kuss schmerzte Peer wie tausend kleine

Pfeile in der Brust. Das Atmen fiel ihm schwer. Mit zitternden Händen betätigte er den Startknopf seines Autos und gab Gas.

24. KAPITEL

Boateng blickte auf die Leuchtziffern der Uhr in der Mittelkonsole seines Wagens. Wie lange Nielsen wohl noch brauchte, um sich frisch zu machen? Gut, er hatte gesagt, er solle sich Zeit lassen, aber so lange? Michael rückte sich im Sitz zurecht. Auf der anderen Seite hatte er ohnehin nicht vor, heute Nacht nach Hause zu gehen. Irgendwie spürte er, dass in den nächsten Stunden etwas geschehen würde – und zwar genau hier.

Er schaute wieder zur Hofeinfahrt, wo nach wie vor alles dunkel war. Öztürk musste immer noch in seinem Büro sein, Boateng hatte ihn jedenfalls nicht gehen sehen. Gutes Zeichen, dachte er und kniff die Augen zusammen, da er durch einen Scheinwerfer im Rückspiegel geblendet wurde. Er erkannte Nielsens Dienstwagen. Mann, auffälliger ging es wohl nicht, ärgerte Michael sich. Sie durften sich jetzt auf keinen Fall einen Fehler leisten.

Die Beifahrertür wurde aufgerissen und Peer steckte seinen Kopf ins Wageninnere. Er wirkte aschfahl im Gesicht. »Soll ich dich ablösen?«

»Nee, ich denke, da tut sich bald was. Bin dabei!« Michael hatte eigentlich damit gerechnet, dass sein Chef jetzt entscheiden würde, nach Hause zu gehen, doch zu seinem Erstaunen krabbelte Nielsen zu ihm in den Wagen.

»Ist denn schon was passiert?«, stöhnte er dabei.

»Nein«, entgegnete Boateng und warf seinem Vorgesetzten einen besorgten Blick zu. »Und bei dir?«

»Auch nicht.«

Schweigend blickten die beiden durch die Windschutzscheibe zur Hofeinfahrt hinüber. Boateng hatte das Gefühl, etwas sagen zu müssen. Die Stille erdrückte ihn, doch Peer schien total abwesend.

»Geht's dir gut?«

»Wieso?«

»Siehst so blass aus.«

»War alles ein wenig viel in der letzten Zeit. Hoffentlich schnappen wir die Kerle bald.«

Das wollte Boateng natürlich auch, trotzdem fragte er sich, ob das alles war, was seinem Chef scheinbar aufs Gemüt schlug. Peer war zwar auch sonst keine Plaudertasche, aber derart still und in sich gekehrt hatte Michael ihn selten erlebt.

»Hast du was von Fritsche gehört?«

Peer schüttelte den Kopf. »Nichts seit dem letzten Telefonat. Ich denke, der braucht jetzt einfach ein wenig Zeit für sich und seine Frau«, entgegnete Nielsen. »Am meisten können wir für ihn tun, wenn wir den Fall lösen.«

»Stimmt.«

Wieder folgte Schweigen. Boateng griff nach seiner Wasserflasche und bot sie Peer an. Doch der lehnte ab. »Muss dann nur gleich wieder Pinkeln«, grinste er angestrengt, während er sein Handy herausholte.

»Oh, die Fahndung nach Jan Böhme ist schon raus«, stellte er erstaunt fest. »Das ging schnell.« Mit einem Klick öffnete er den Anhang und zuckte zusammen.

»Was ist?« Boateng lehnte sich zu ihm hinüber, um einen Blick auf das Smartphone zu erhaschen.

Peer starrte wie versteinert auf den kleinen Bildschirm. »Den habe ich gerade noch gesehen«, murmelte er.

»Was?« Michael wollte nach dem Telefon greifen, hielt dann aber plötzlich inne und stieß Nielsen in die Seite.

»Da!« Er wies zur Max-Brauer-Allee. Dort bog gerade ein hellroter Golf in die Hofeinfahrt.

»Chef? Cheeeef?« Boateng versuchte, irgendeine Reaktion bei Nielsen zu erzeugen, indem er ihn in die Seite knuffte.

Peers Körper hatte sich völlig verkrampft. Boateng konnte ein leichtes Zittern neben sich spüren. Er selbst war auch aufgeregt. Endlich tat sich etwas. Sie mussten reagieren. Doch Nielsen schien wie gelähmt.

»Soll ich Verstärkung anfordern?«, fragte Boateng mehr sich selbst als seinen Chef, dessen Lebensgeister nur langsam zurückkehrten.

Seufzend fuhr Nielsen sich mit beiden Händen über sein Gesicht. »Das gibt es doch gar nicht«, murmelte er dabei.

Boateng verstand nur Bahnhof. Ihm war lediglich klar, dass sie jetzt reagieren mussten. Er griff über Peer hinweg zu seinem Handschuhfach, in dem sich seine Pistole befand.

Nielsen packte ihn am Handgelenk und sah ihn eindringlich an. Noch immer hatte er keine Erklärung für sein seltsames Verhalten abgegeben. Boateng konnte nur am Blick seines Vorgesetzten erkennen, dass der total überrascht von der ganzen Situation schien. Dabei hatten sie genau diesen Augenblick doch herbeigeführt, sehnlich erwartet, hart darauf hingearbeitet.

»Wir müssen da rein«, flüsterte Boateng, obwohl er zweifelte, dass Peer dazu in der Lage war. Aber wenn sie zu lange warteten, entkamen die Täter womöglich wieder. Das wollte Michael auf keinen Fall riskieren.

Nielsen räusperte sich und nickte. »Eins, zwei, drei!« Er holte Luft, stieß die Beifahrertür auf und folgte Boateng zur Hofeinfahrt. Dort stand der Golf in einem schwachen Lichtstrahl, der durch das Fenster von Öztürks Büro fiel. Daneben der Transporter.

Sie schlichen geduckt hinüber zum Eingang. Die Tür war geschlossen, dennoch konnten sie hören, dass drinnen mehrere Personen sprachen. Boateng versuchte durch das Zählen der unterschiedlichen Stimmen auszumachen, wie viele Täter sich im Inneren des Gebäudes befanden, doch Peer zeigte überzeugt mit den Fingern eine drei, noch ehe er sich sicher war. Boateng runzelte die Stirn, aber Nielsen nickte.

Er wusste, wer sich im Inneren befand – Öztürk, Christina und der blonde Mann. Und alle drei hatten auf jeden Fall etwas mit den Leichendiebstählen zu tun, steckten quasi unter einer Decke – auch wenn er es immer noch nicht ganz begreifen konnte. Doch jetzt war nicht der Zeitpunkt, sich über sich selbst zu ärgern. Jetzt mussten sie den Fall aufklären – ein für allemal.

Michael machte ihm eindeutige Handzeichen. Er wollte den Laden stürmen, doch Nielsen schüttelte den Kopf und zeigte ihren Rückzug an. Er ignorierte das fragende Gesicht seines Mitarbeiters und schob ihn in Richtung Hofeinfahrt.

»Wenn wir da jetzt reinplatzen«, zischte er zu Boateng, als sie die Straße überquerten, »haben wir wieder nichts in der Hand.« Die drei würden sich gegenseitig schützen, wahrscheinlich so tun, als würde es um eine ganz normale Autoanmietung gehen. Nein, sie mussten die Täter auf frischer Tat ertappen und sein Gefühl sagte ihm, dass sie davon nicht allzu weit entfernt waren.

Sie stiegen in den Wagen, ließen dabei die Hofeinfahrt aber nicht aus den Augen. Und tatsächlich – es dauerte nicht lange, ehe sich etwas rührte. Nur ein paar Minuten später sahen sie die Scheinwerfer des Transporters in der Einfahrt.

»Soll ich dem folgen?« Michael schien plötzlich unsicher.

»Na klar. Los!«

»Aber was ist denn mit dem anderen Fahrzeug?« Warum hatte er auch keine Verstärkung angefordert, ärgerte sich Boateng. Bis die Kollegen jetzt eintrudelten, wäre der Golf über alle Berge.

»Fahr los. Ich weiß, wem der gehört.«

Michael blickte kurz zu Peer, startete den Motor und gab Gas. »Und wem gehört der Wagen?«

»Die stecken alle unter einer Decke. Pass auf, dass du ihn nicht verlierst.« Peer deutete auf den schwarzen Transporter, der sich an keinerlei Geschwindigkeitsbegrenzungen hielt. »Wobei ich mir fast denken kann, wohin die fahren.«

Der Transporter hatte zwar den Weg zur Autobahn eingeschlagen, aber Nielsen war sich beinahe sicher, dass der Fahrer nicht auf die A7 auffahren, sondern weiter in Richtung Volkspark fahren würde. Daher entspannte er sich leicht und griff nach seinem Handy. »Ja, wir brauchen Verstärkung am Altonaer Friedhof. Aber ohne Blaulicht und möglichst unauffällig«, wies er die Kollegen an.

Als er auflegte, bog der Wagen gerade Richtung Friedhof ab und stoppte kurz darauf vor der Einfahrt für die Bestatter. Dort im Halbschatten konnte Peer eine Person ausmachen. »Fahr langsam weiter!«, forderte er Boateng auf und deutete an das Ende des Parkstreifens vor dem Hauptportal. »Is ja klar, dass die sich nicht selbst die Hände dreckig machen.«

»Du meinst, die haben wieder einen Rumänen beauftragt?«

»Was weiß ich ...« Peer zuckte mit den Schultern. »Vielleicht ist das auch der ehemalige Komplize vom Krosschenko, nach dem wir gesucht haben. Egal, jedenfalls buddeln die die Leichen nicht selbst aus. Jan Böhme fährt bestimmt heute auch nur ausnahmsweise den Transporter selbst.«

»Jan Böhme?« Boateng hatte das Bild des Rechtsmediziners, nach dem gefahndet wurde, nicht gesehen.

»Ja, der Mitarbeiter von Dr. Choui, der mit der Norderstedter Firma gemeinsame Sache macht und dort die illegalen Gewebeproben entnimmt.« Peer stieg aus und wartete im Licht einer Straßenlaterne darauf, dass auch Michael das Fahrzeug verließ.

Der kam mit gerunzelter Stirn auf ihn zu. »Und Öztürk kümmert sich um die Beschaffung der Leichen?«

»Zumindest um das Ausgraben und den Transport, vermute ich. Die Infos über die Toten kommen von einer anderen Person.« Sie hatten den Haupteingang erreicht und Nielsen legte seinen Zeigefinger auf die Lippen. Nicht weit entfernt konnten sie die Rücklichter des kleinen Kastenwagens ausmachen.

Peer hörte ein Geräusch und drehte sich um. Die Verstärkung rückte gleich mit mehreren Wagen an.

Er zog Boateng am Ärmel ein Stück zur Seite. »Du leitest den Einsatz hier. Warte noch einen Moment, instruier die Kollegen und dann schlagt ihr zu.«

»Ja, aber …«

»Nichts aber. Gib mir deine Wagenschlüssel. Ich habe noch etwas anderes zu tun.«

25. KAPITEL

Peers Hände zitterten, während er hinter dem hellroten Golf einparkte. Sein Blick wanderte hinüber zu dem Mehrfamilienhaus. Hinter einigen der Fenster brannte noch Licht. Alles wirkte friedlich. Doch Peer war in diesem Moment mehr als schmerzlich bewusst, wie sehr der Schein trügen konnte.

Er atmete tief durch und stieg aus dem Wagen. In seinem Bauch grummelte es, doch er konnte nicht sagen, ob es der Ärger über sich selbst oder die Wut auf Christina war, die sich durch seine Eingeweide wand. Sicher war nur, er musste das hier zu Ende bringen. Jetzt.

Der Klingelknopf fühlte sich eiskalt unter seiner Fingerkuppe an. Peer drückte ihn nur kurz. Der Türsummer schnarrte – ohne vorherige Nachfrage an der Gegensprechanlage, als habe man mit seinem Besuch gerechnet. Aber Peer wusste, dass nicht er es war, auf den Christina Thomsen gewartet hatte. Wie zum Beweis entfuhr der Rothaarigen auch gleich ein »Du?« an der Wohnungstür. Er nickte stumm.

»Ähm, es ist schon spät. Ich muss morgen früh raus.« Sie versuchte krampfhaft zu lächeln. »Aber wenn du möchtest …«

Er unterbrach ihr Gestammel durch ein Kopfschütteln. Sie schwieg.

Die Stille in dem Treppenhaus tat beinahe weh in seinen Ohren. Tausend Gedanken rasten durch seinen Kopf. Einen konnte er greifen und mit einem Wort formulieren: »Warum?«

Christina Thomsen holte tief Luft. Beinahe machte es den Anschein, als wolle sie sich für den Lügenmarathon, den sie ihm auftischen wollte, wappnen, dann aber fiel sie plötzlich in sich zusammen und schlug die Hände vors Gesicht.

»Ich bin da so hineingerutscht. Ich wollte das nicht«, schluchzte sie und blickte ihn aus tränenblinden Augen an. »Der Jan hat mich gezwungen mitzumachen. Er hat die Knochen entnommen und über diese Firma in Norderstedt verkauft. Diesen Autovermieter Öztürk kannte er. Auch den, der sich um die Lauge gekümmert hat, damit sie die Leichen verschwinden lassen konnten. Und diese Rumänen …« Ohne Punkt und Komma sprudelten die gesamten Zusammenhänge aus ihr heraus. Seit Monaten hatten sie mit dem Norderstedter Unternehmen gemeinsame Sache gemacht. Jan sei auf die Idee gekommen, da er im Institut mitbekommen hatte, wie viel Geld sich damit verdienen ließ. Doch in der Rechtsmedizin hatte er keine Leichen klauen wollen, hätte er sich nicht getraut, sei vermutlich auch zu schnell aufgefallen. »Als er an die Gräber ranwollte, habe ich gesagt, dass ich da nicht mitmache«, beteuerte Christina unter Tränen. »Du weißt, was für eine Einstellung ich zu Friedhöfen habe. Durch meinen Vater«, flüsterte sie beinahe. Doch Jan Böhme sei wie besessen gewesen von dieser Idee. »Wer soll das denn rausfinden?«, hatte er gefragt und den Leichenklau organisiert. Aber dann war alles plötzlich irgendwie aus dem Ruder gelaufen, als ihr Vater nachts an einem der Gräber aufgetaucht sei und der Rumäne die Nerven verloren und Georg Thomsen einfach erschossen hatte. »Ich habe das nicht gewollt. Aber nach dem Tod meines Vaters gab es kein Zurück mehr und irgendwie war mir auch alles egal.«

Die Norderstedter Firma habe zwar einen Rückzieher machen wollen, genau wie Peer es vermutet hatte, aber Jan Böhme sei nicht zu stoppen gewesen. Beinahe wahllos und ohne die notwendige Vorsicht hatte der junge Rechtsmediziner weitergemacht. Wie besessen. Anfangs habe Öztürk noch mitgespielt und geholfen, weil Jan ihm ja auch einen neuen Transporter gekauft hatte. Und das Geld dafür musste verdient werden. Aber als sie erfahren hatten, dass man die Autovermietung observierte, hatten sie aufgehört. Alle Spuren beseitigt, leider auch die Natronlauge – etwas zu früh, denn eine Leiche war noch übrig geblieben.

»Marita Neumann«, murmelte Peer.

»Ich wollte das alles nicht, doch Jan hat mich gezwungen. Das musst du mir glauben! Für ihn zählt bloß das Geld, daher hat er heute, nachdem ihr die Observation aufgehoben habt, gleich weitermachen wollen.«

Nielsen nickte. Alles war so, wie er es sich gedacht, aber nichts hatte beweisen können. Bis auf eine Sache.

Peer glaubte nicht, dass Christina nicht von vornherein aktiv an den illegalen Gewebegeschäften beteiligt gewesen war. Die Hinweise der Beisetzungen kamen unter Garantie von ihr. Sie arbeitete doch bei einer Zeitung – er hatte nur nicht gewusst, bei welcher. Warum hatte er nie danach gefragt? Jetzt aber war er sich sicher, dass es das Hamburger Abendblatt war, und daher kam sie sogar noch vor Erscheinen des Blattes an die Informationen über die Toten.

Skrupellos hatte sie die Daten weitergeleitet und wahrscheinlich ordentlich abkassiert mit ihrem Freund Jan Böhme. Daher auch die teuren Klamotten, die exklusive Wohnungseinrichtung. Für Peer war es egal, dass der Rechtsmediziner auf die Idee gekommen war, die Kontakte zu der Firma in Norderstedt hergestellt und das jeweilige Gewebe entnommen hatte – Christina hatte mitgemacht und sogar den Tod ihres Vaters, der den Machenschaften auf die Schliche gekommen war, in Kauf genommen. Unglaublich.

Und in diese Frau hatte er sich verliebt? War mit ihr ins Bett gestiegen? Wie hatte er nur so blind sein können? Wieder schüttelte er den Kopf, dann griff er sein Handy und rief einen Streifenwagen, der wenig später eintraf und in dem Christina, die immer wieder versicherte, sie habe das alles nicht gewollt, abgeführt wurde.

Peer zog die Wohnungstür zu und folgte den Beamten. Er beobachtete, wie die Kollegen Christina in den Wagen verfrachteten und losfuhren. Er stand noch eine Weile am Straßenrand – selbst als die roten Rücklichter des Peterwagens von der Dunkelheit verschluckt worden waren. Er fühlte sich leer und seine Beine, Arme – ja, sein gesamter Körper war von einer Taubheit ergriffen, die sich nur langsam verkroch und es ihm kaum möglich machte, in sein Auto zu steigen und den Motor zu starten. Er holte tief Luft, dann gab er Gas und fuhr in die Nacht. Einfach so – ziellos durch die Straßen der Stadt.

26. KAPITEL

Als Peer die Tür zu der Kneipe in der Silbersacktwiete öffnete, klatschte ihm eine warme Luftsuppe ins Gesicht. Sören, der schon reichlich angetrunken war, schien das nicht zu bemerken. Schnurstracks wankte er durch den Zigarettendunst auf den Tresen zu und bestellte zwei Bier.

Nielsen hatte eigentlich wenig Lust auf einen Zug über die Reeperbahn gehabt, aber sein Freund hatte sich einen Männerabend zum Geburtstag gewünscht, da hatte er schlecht Nein sagen können.

Doch die letzten Tage schlugen Peer nach wie vor auf den Magen und auch der Alkohol hatte bisher wenig geholfen, die trüben Gedanken zu verdrängen. Zwar waren die Ermittlungen endlich abgeschlossen – ein weiterer Grund zum Feiern, hatte Sören angemerkt und gegrinst – doch die Enttäuschung über Christina und die Ungeheuerlichkeit in diesem Fall hatte er einfach noch nicht verdauen können.

»Was hat denn dein Chef zu euerm Erfolg gesagt?«

»War froh.«

Gerhard Fritsche hatte ihn noch in der Nacht angerufen. Er schlief ohnehin momentan wenig, wachte an Margots Bett.

»Ich wusste, dass ich mich auf dich verlassen kann,

Peer«, hatte Fritsche gesagt und ihm zum Abschluss des Falls gratuliert.

Doch alles Lob und die Glückwünsche konnten den schalen Beigeschmack nicht neutralisieren. Peer griff nach der Bierflasche, die Sören ihm hinhielt und prostete ihm zu. Dabei schweifte sein Blick zu einem Tisch in der Ecke und blieb dort kleben. Nielsen blinzelte. Saß an dem Tisch wirklich Michael Boateng und zog an einer Zigarette? Er hatte gar nicht gewusst, dass sein Mitarbeiter rauchte. Und auch nicht, dass er sich überhaupt in Kaschemmen wie dieser herumdrückte.

Mit der Flasche in der Hand wies Peer auf seinen Kollegen. »Ich begrüße mal eben einen Bekannten.«

Sören nickte, während er in seiner Hosentasche nach Kleingeld für die Musikbox fummelte.

Peer bahnte sich den Weg durch die verräucherte Kneipe zu Michaels Tisch. »Du auch hier?«

Boateng hob den Kopf, als er Nielsens Stimme erkannte und grinste. »Jo, wollte ein wenig den Kopf freikriegen und feiern, dass wir den Fall gelöst haben.«

»Das trifft sich gut. Ich auch.« Peer ließ sich auf einen der Stühle fallen und stieß mit seinem Bier an das von Boateng. »Dann mal Prost«, bemerkte er und trank.

Als er die Flasche abgesetzt hatte, schaute Michael ihn nach wie vor an. Das Grinsen war aus seinem Gesicht verschwunden und einer Ernsthaftigkeit gewichen, die Peer ohne Worte verstand. Er nickte und musste unweigerlich lächeln. Boateng schloss kurz die Augen, atmete tief durch und hob sein Bier: »Auf uns, Chef.«

Das Klirren der Glasflaschen bildete zeitgleich den Auftakt zum nächsten Lied aus der Musikbox:
Auf der Reeperbahn nachts um halb eins,
ob du'n Mädel hast oder hast kein's,
amüsierst du dich,
denn das findet sich
auf der Reeperbahn nachts um halb eins.

DANKE SCHÖN

So, das ist er nun – mein erster »purer« Hamburg-Krimi – für mich etwas ganz Besonderes.

Schon in »Friesenlüge« hat mir die Arbeit mit meinem neuen Kommissar Peer Nielsen in Hamburg sehr viel Spaß gemacht. Daher gilt zunächst mein Dank diesmal meinem Verlag – insbesondere meiner Lektorin Claudia Senghaas, die dieser neuen Krimireihe in Hamburg zugestimmt und mich wie immer bei der Arbeit an dem Manuskript geduldig und mit vielen Anregungen und Kommentaren unterstützt hat.

Gleich darauf danke ich Dr. Uwe Koll als Ideengeber – ohne dich wäre dieses Buch überhaupt nicht entstanden. Danke schön!

Meiner Freundin Inga gilt erneut mein Dank für viele wichtige Hinweise und Informationen aus dem Alltag der Rechtsmedizin und zu weiteren medizinischen Fachfragen.

Auch diesmal erhielt ich bei meinen polizeilichen Ermittlungen in diesem Fall Unterstützung vom Polizeikommissariat HH-Bahrenfeld. Lieben Dank an dich, Michael, dass du für all meine skurrilen Fragen und erdachten Fälle so viel Begeisterung aufbringst und mir fachmännisch bei deren Umsetzung unter die Arme greifst. Ich freue mich auf unseren nächsten »Fall«!

Eine Leiche verschwinden zu lassen, ist schwieriger, als ich dachte. Herzlichen Dank daher an Frau Dr. Boisch für die umfangreichen Einblicke in die Müllverbrennungsanlage Stellinger Moor und die wertvollen Hinweise zur »Abfallbeseitigung«.

Mama und Papa, euch gilt mein Dank, ebenso wie meinen Freunden und vor allem meinem Mann Kay. Ich weiß, es ist nicht immer leicht, meine Mordsfantasien und mich bei deren Umsetzung zu ertragen. Danke, dass ihr für mich da seid – immer!

Nicht zuletzt möchte ich aber auch all meinen Lesern danken, die mich immer wieder darin bestärken, das Richtige zu tun – Schreiben! Vielen Dank an alle!

SANDRA DÜNSCHEDE
Friesenschrei

978-3-8392-1668-2 (Paperback)
978-3-8392-4613-9 (pdf)
978-3-8392-4612-2 (epub)

»Kommissar Dirk Thamsen und seine Freunde ermitteln in einem brisanten Fall vor traumhaft schöner Küstenkulisse.«

Früh an einem Sommermorgen findet der Schüler Jonas Lützen den Bademeister des Freibades in Risum tot im Becken treiben. Der Schock über den grausamen Fund ist groß, erst recht als die Untersuchungen ergeben, dass der Mann ermordet wurde. Nur, wer hat den Bademeister ins Jenseits befördert und warum? Alle Spuren, die Kommissar Thamsen mit seinen Freunden Tom und Haie verfolgt, scheinen im Sande zu verlaufen …

SANDRA DÜNSCHEDE
Friesenlüge
....
978-3-8392-1519-7 (Paperback)
978-3-8392-4333-6 (pdf)
978-3-8392-4332-9 (epub)

»Blut ist nur manchmal dicker als Wasser …«

Von einem Ausflug des Seniorenvereins »Aktive Nordfriesen« kehren nicht alle Rentner wohlbehalten heim. Eine Spaziergängerin entdeckt Heinrich Matzen tot im Hamburger Volkspark. Zunächst deutet alles auf einen Raubmord hin, doch als auch seine Witwe tot in ihrem Haus am Dagebüller Deich aufgefunden wird, verstärken sich weitere Verdachtsmomente. Kommissar Thamsen und seine Freunde Tom und Haie ermitteln gemeinsam mit dem Hamburger Kollegen Peer Nielsen und stoßen dabei auf alte Geheimnisse …

GMEINER SPANNUNG

WWW.GMEINER-VERLAG.DE
Wir machen's spannend

SANDRA DÜNSCHEDE
Friesenkinder
....
978-3-8392-1398-8 (Paperback)
978-3-8392-4117-2 (pdf)
978-3-8392-4116-5 (epub)

»Nordfriesland in Angst und Schrecken. Ein hochaktuelles Thema!«

Vor der KZ-Gedenkstätte im nordfriesischen Ladelund wird die Leiche eines iranischen Arztes gefunden. Alle Hinweise deuten auf einen Mord mit fremdenfeindlichem Tatmotiv hin und schnell findet Kommissar Thamsen erste Verdächtige in der rechten Szene. Dann wird jedoch ein Neugeborenes aus dem Husumer Krankenhaus entführt und zwischen den beiden Fällen scheint es einen Zusammenhang zu geben. Kommissar Thamsen nimmt zusammen mit seinen Freunden Tom, Haie und Marlene die Ermittlungen in die Hand …

SANDRA DÜNSCHEDE
Nordfeuer
. . . .
978-3-8392-1244-8 (Paperback)
978-3-8392-3819-6 (pdf)
978-3-8392-3818-9 (epub)

»Eine brandheiße Geschichte aus dem kühlen Nordfriesland.«

Die Menschen in Nordfriesland leben in Angst und Schrecken. Ein Feuerteufel treibt sein Unwesen. 14 Brände hat er bereits gelegt – fünf davon allein in Risum-Lindholm.

Der Polizei fehlt jede Spur. Dann fällt die Grundschule im Dorf dem Brandstifter zum Opfer und im Lehrerzimmer des abgebrannten Gebäudes stößt die Feuerwehr auf eine verkohlte Frauenleiche. Die Kriminalpolizei geht von einem Unfall aus, doch Kommissar Dirk Thamsen und seine Freunde Haie, Tom und Marlene vermuten, dass ein Trittbretttäter dahinter steckt, der einen Mord vertuschen will …

SANDRA DÜNSCHEDE
Todeswatt
....

978-3-8392-1085-7 (Paperback)
978-3-8392-3533-1 (pdf)
978-3-8392-3532-4 (epub)

»Absolut plausibel.«
Kieler Nachrichten

Nordfriesland, im März. Im Morgengrauen wird auf der Insel Pellworm eine Leiche an den Strand gespült. Bei dem Toten handelt es sich um den Anlageberater Arne Lorenzen. Kommissar Thamsen vermutet den Mörder im Kundenkreis des Bankers, da viele seiner Anleger nach dem großen Börsencrash am Neuen Markt hohe Geldbeträge verloren haben.

Auch der Spediteur Sönke Matthiesen gehört zu den Geschädigten. Er hatte sein letztes Geld in einige Aktiendeals gesteckt und steht nun endgültig vor dem Aus. Doch hat der gebeutelte Fuhrunternehmer wirklich etwas mit Lorenzens Tod zu tun?

SANDRA DÜNSCHEDE
Friesenrache
....

978-3-89977-792-5 (Paperback)
978-3-8392-3435-8 (pdf)
978-3-8392-3434-1 (epub)

»Tatort Nordfriesland. Die Idylle trügt.«

Maisernte in Nordfriesland. Urplötzlich kommt der Maishäcksler zum Stillstand. Zwischen seinen scharfen Messern hängt ein toter Mann. Schnell stellt sich heraus, dass das Opfer bereits tot war, als ihn die Mähmaschine erfasste. Die Obduktion ergibt, dass Kalli Carstensen durch einen Verkehrsunfall ums Leben kam. Doch an einem profanen Unfall mit Fahrerflucht mag Kommissar Thamsen nicht glauben. Dafür hatte der Friese zu viele Feinde im Dorf. Und auch Haie Ketelsen, der mit dem Toten zur Schule ging, glaubt nicht an diese einfache Lösung. Zusammen mit seinen Freunden Tom und Marlene macht er sich auf die Suche nach der unbequemen Wahrheit in einem Dickicht aus zerbrochenen Beziehungen, dunklen Geheimnissen und brutaler Gewalt.

WWW.GMEINER-VERLAG.DE
Wir machen's spannend

SANDRA DÜNSCHEDE
Solomord
....

978-3-89977-758-1 (Paperback)
978-3-8392-3089-3 (pdf)
978-3-8392-3088-6 (epub)

»Ein spannender Wettlauf gegen die Zeit …«

Am helllichten Tage wird in Düsseldorf die zehnjährige Michelle entführt. Wenig später wird das Mädchen tot aus der Düssel geborgen.

Alles deutet darauf hin, dass der Mörder im Kinderpornomilieu zu finden ist, aber die dortigen Ermittlungen von Kommissar Hagen Brandt und seinem Kollegen Teichert verlaufen erfolglos. Bis ein weiteres Mädchen verschwindet und der Täter durch Zufall gefasst werden kann. Doch die Zeit arbeitet gegen Brandt und sein Team, denn der Entführer weigert sich zu kooperieren und keiner weiß, wo er das kleine Mädchen versteckt hält.

SANDRA DÜNSCHEDE
Nordmord
....
978-3-89977-725-3 (Paperback)
978-3-8392-3333-7 (pdf)
978-3-8392-3332-0 (epub)

»Fesselnd, authentisch und mit viel Lokal-kolorit.«

Tom Meissner und seine Freundin Marlene haben in Nordfriesland ein gemeinsames Leben begonnen, als ihr kleines Dorf erneut von einem Mord erschüttert wird – und diesmal sind sie persönlich betroffen: Die Ärztin Heike Andresen, Marlenes beste Freundin, wird tot aus der Lecker geborgen. Die Polizei tappt im Dunkeln. Ein Motiv für die grausame Tat ist nicht erkennbar, eine wirklich heiße Spur gibt es nicht – bis Kommissar Thamsen das Tagebuch der Toten entdeckt …

WWW.GMEINER-VERLAG.DE
Wir machen's spannend

Das Neueste aus der Gmeiner-Bibliothek

Unsere Lesermagazine

Bestellen Sie das kostenlose KrimiJournal in Ihrer Buchhandlung oder unter www.gmeiner-verlag.de

Informieren Sie sich ...

www ... auf unserer Homepage:
www.gmeiner-verlag.de

@ ... über unseren Newsletter:
Melden Sie sich für unseren Newsletter an unter www.gmeiner-verlag.de/newsletter

f ... werden Sie Fan auf Facebook:
www.facebook.com/gmeiner.verlag

Mitmachen und gewinnen!

Schicken Sie uns Ihre Meinung zu unseren Büchern per Mail an gewinnspiel@gmeiner-verlag.de und nehmen Sie automatisch an unserem Jahresgewinnspiel mit »mörderisch guten« Preisen teil!

WWW.GMEINER-VERLAG.
Wir machen's spanner